源氏物語の誕生

披露の場と季節

斎藤正昭 Saito Masaaki

笠間書院

まえがき

紫式部は『源氏物語』五十四帖の各巻を、いつ、どのようにして執筆・発表したか――この問いに対して従来、部分的な指摘に止どまり、具体的事実を伴う体系的、かつ詳細な考察は、極めて稀であったと言ってよい。こうした現状に対して筆者は、自身の五期構成説に基づき、推定でき得る限りの執筆時期を提示した。すなわち、巻末と巻頭の連続性の有無等から導き出された執筆順序に基づき、勧修寺流・具平親王・帚木三帖のキーワードを手掛かりに、紫式部の人生の軌跡と重ね合わせながら巻々の執筆時期を推定した（拙著『源氏物語　成立研究――執筆順序と執筆時期――』（笠間書院、平13）、『紫式部伝――源氏物語はいつ、いかにして書かれたか』（笠間書院、平17）参照）。

本書は、この成果に基づいて、『源氏物語』における各巻々のさらなる執筆時期の限定、及びモデル・准拠を求めるものである。その際、手掛かりとなるのは、具平親王家サロン周辺、並びに彰子中宮サロンという披露の場と、巻々に示されている時節である。これらは、これまでも執筆順序・時期を導く有効な手段であったが、本書においては、この観点を前面に打ち出すことで、残されている埋もれた事実を探っていきたい。

本書は三章から成る。第一章は、五十四帖全巻の執筆・発表時期、第二章においては『源氏物語』のモデルと准拠について論究し、第三章は、王朝文学全体に視野を広げて、披露の場に関する考察の意義について、『枕草子』『紫式部日記』等の作品から確認したい。

『源氏物語』は千年の時を経て、読み継がれてきた。世界文学として、さらに読み継がれていくためには、作者論と作品論との融合、すなわち紫式部が如何にして『源氏物語』を着想・執筆したかを解明し、『源氏物語』の全貌を明らかにすることが不可欠である。本書は、そうした目的からなされた私自身の研究の最終報告でもある。

源氏物語の誕生——披露の場と季節

目次

目次

【凡　例】

一　『源氏物語』の本文は、山岸徳平校注『源氏物語』一〜五（日本古典文学大系、岩波書店）、『紫式部日記』の本文は、山本利達校注『紫式部日記　紫式部集』（新潮日本古典集成、新潮社）、『紫式部集』の本文は、南波浩校注の岩波文庫本『紫式部集』に拠った。但し、読解の便宜を図るため、表記は適宜、改めた。

二　五十四帖の構成、五十四帖の執筆・発表年譜、紫式部略年譜を付した。

三　初出論文名と掲載誌の一覧は、巻末に記した。

四　主要事項・人名索引を付した。

第一章　五十四帖の執筆・発表時期

——発表の場と季節を手掛かりとして

はじめに

『源氏物語』五十四帖の各巻々は、いつ執筆・発表されたか——この問いに対して従来、部分的な指摘はあっても体系的な考察は、ほとんどなされてこなかったと言ってよい。それは『源氏物語』と作者紫式部の回路が、限りなく閉ざされている状況に起因する。こうした学界の現状は、菊田茂男氏の次の言によって象徴されよう。

紫式部の作家的体験の実相は、濃い霧の中に閉ざされた永遠の謎である。虚構としての『源氏物語』は論外としても、『紫式部日記』や『紫式部集』の作品本文（＝表現）は、複雑に曲折した回路を潜り抜けて外光に曝された、その謎の精神的営為の局面をわずかに伝えるに過ぎない。

（菊田茂男「源氏物語作者紫式部論はいかに可能か　複式構造の意味するもの」「国文学」学燈社、昭57・10）

この逼塞した現状に対して筆者は、自身の五期構成説に基づき、推定できる限りの執筆時期を提示した（拙著『源氏物語　成立研究』『紫式部伝』参照）。すなわち、巻末と巻頭の連続性の有無・「帚木」巻起筆等を手掛かりとして導き出された執筆順序に基づき、紫式部の人生の軌跡と重ね合わせながら巻々の執筆時期を推定した。

ちなみに、筆者の五期構成説のおおよその区分は、次の通りである。

【第一期】寡居期、具平親王家サロン周辺で発表された帚木三帖。

【第二期】彰子中宮に出仕後、寛弘五年十一月の御冊子作りまでに執筆された「桐壺」〜「藤裏葉」までの巻々（帚木三帖、及び「蓬生」「関屋」巻と玉鬘十帖を除く）。

【第三期】御冊子作り以後、寛弘七年二月の妍子の東宮参入までに執筆された「蓬生」「関屋」巻と玉鬘十帖。このうち、玉鬘十帖は、妍子参入の献上本として執筆されたと思われる。

【第四・五期】寛弘七年二月（より厳密に言えば寛弘六年十二月）以降、紫式部が彰子のもとを辞していたと推定される長和三年正月以前に執筆された「若菜上」巻以降の巻々。

本章は、この執筆時期の結論に基づいて、各巻のより限定し得る可能性を求めるものである。その際、手掛かりとなるのは、紫式部を含む彰子中宮周辺の出来事、及び巻に示されている時節である。

第一節　第一期（帚木三帖）

はじめに

記念すべき『源氏物語』五十四帖の起筆となる帚木三帖（「帚木」「空蟬」「夕顔」）の発表時期は、いつか。この考察の前提となる「帚木」巻起筆については、既に繰り返し、あらゆる観点から考察し、その妥当性を検証してきたが、(1)本書における端緒の段階で、それらを簡潔な形で提示し、再確認する必要性があろう。本節では、そうした中から、本文の読みレベルから窺われる現行巻序（「桐壺」→帚木三帖）の矛盾と推定巻序（帚木三帖→「桐壺」）の優位性を改めて整理した上で、本論である帚木三帖の執筆・発表時期の考察に移りたい。

一　「桐壺」巻と帚木三帖の巻序

『源氏物語』を現行巻の順序に従って読み進めるとき、巻末・巻頭の不連続、内容の齟齬、女君の突然の登場と退場、年立・記事の変化等、様々な矛盾が生ずる。しかも、こうした矛盾は物語の始発の段階から、五十四帖中、局所的に見いだされる。『源氏物語』研究の真価は、この謎をいかに解明するかにかかっていると言っても過言ではあるまい。(2)その中でも、物語の始まりを堂々と宣言する「桐壺」「帚木」両巻の不連続は、そうした筆頭に挙げられる。

この両巻の巻序の問題を真正面から論じたのは、大正・昭和を代表する知識人、和辻哲郎である。和辻は首巻「桐壺」巻末が次巻「帚木」巻頭に直結しないことに疑念を抱いた。すなわち、「桐壺」巻が藤壺を恋い慕う元服間もない純真な少年光源氏像を語って閉じられるのに対して、次巻「帚木」は「光源氏、名のみ事々しう……」と突如、色好みの世評高き貴公子としての登場から始まる――この不可解さから、和辻は「帚木」巻が「桐壺」巻に先行したとする、「帚木」巻起筆説を打ち出した（「源氏物語について」「思想」大正11・11）。この和辻説の卓越した点は、それまで唐突な書き出しから不自然さを拭い切れなかった「帚木」巻冒頭に最も素直な解釈を加えたところにある。

「桐壺」巻→帚木三帖（「帚木」「空蝉」「夕顔」巻）(3)という現行の巻序には、和辻が指摘したこの「桐壺」巻末と「帚木」巻頭の不連続以外にも、次の①〜③の矛盾点・不自然さが指摘される。

① 帚木三帖中、光源氏は伊予介・紀伊守親子の主家筋として描かれており、後見なき母桐壺更衣方の「桐壺」巻の設定とは矛盾する。

② 帚木三帖の世界には「桐壺」巻の暗い影が一切見られぬことに象徴されるように、内容的にも不連続、かつ異質である。

③ 「桐壺」巻が直結するのは帚木三帖を隔てた第五巻「若紫」であり、一方、帚木三帖が直結するのは第六巻「末摘花」である。(4)

右のうち、微証ながら看過できない絶対的矛盾は①である。(5)伊予介は伊予国より上京した折、旅姿のままで真っ先に光源氏のところに挨拶に参上している（「夕顔」巻）。(6)また、伊予介一行が任国に下向する際、光源氏は空蝉との別れを惜しみ、女房たちへ贈る名目に事寄せて、不審に思われる事なく餞別の中に彼女との思い出の品を忍ばせている（同巻）[7]。それも、光源氏との強い主従関係があればこそである。また、「親しく仕うまつる人」と紹介されている紀伊守（「帚木」巻）[8]との関係についても同様である。紀伊守が光源氏のもとに参上して、方違え先としての訪問の旨を承諾した後、「空蟬一行の滞在によって邸内が手狭となっているから、失礼があっては」と陰で漏らした嘆きが、そのまま光源氏に伝わり、さらに、それでも構わないとする光源氏の言葉が伝令されている（「帚木」巻）[9]。このような濃やかな対応は、婿入り先の左大臣家側の人間を介してではなく、光源氏の供人による紀伊守との直接的な関係を前提として可能となる。光源氏が空蟬との逢瀬以前の段階で、あらかじめ彼女についての基本的な情報を得ていたのも、それゆえである[10]。帚木三帖は、言わば光源氏と伊予介・紀伊守親子との主従関係を前提として成立している物語なのであり、こうした設定は、桐壺更衣の後見のなさを大前提とする「桐壺」巻とは対照的で、かつ相容れない。

この①から垣間見られる巻序の綻びの先には、②で指摘される「桐壺」巻とは一線を画する帚木三帖の独自な世界が広がっている。帚木三帖には弘徽殿女御や一の皇子は登場せず、「桐壺」巻における重苦しい後宮絡みの政治的世界も、藤壺との深刻な関係への予兆も、ここにはない。左大臣家で大切にされ、姫君も理想的な正妻でありながら、若さゆえもあってか、他の女君たちとの恋愛により自ら失敗を招く――こうした光源氏から、「桐壺」巻で語られる両親の悲恋の物語を背負った少年の面影は皆無である。

①・②の矛盾が生じた理由として最も抵抗の少ない解釈は、帚木三帖が「桐壺」巻に先行するという巻序である。すなわち「桐壺」巻の設定から、あえて帚木三帖の設定に変える必然性は見いだせず、帚木三帖の後に「桐壺」巻が書かれ、以降、長編的構想のもと、『源氏物語』が執筆し続けられたと見なすべきである。

③の巻々の流れは、それを裏づけている。「末摘花」巻末に若紫が登場していることを踏まえるならば、第六

巻「末摘花」までの巻序は次の二通りに限定される。

A 「桐壺」→「若紫」→帚木三帖→「末摘花」

B 帚木三帖→「桐壺」→「若紫」→「末摘花」

しかし、Aの場合は問題が生ずる。「若紫」巻で何の紹介もなく登場する惟光の存在は、「夕顔」巻における彼についての充分な紹介と、その活躍ぶりを踏まえてのものとするのが自然である。さらに六条御息所は「若紫」巻に「六条京極わたり」と触れられているが、これは彼女が重要な脇役として登場する「夕顔」巻を前提とした記述と見なすべきである（帚木三帖を「若紫」巻の後記と位置づけられない、この二つの証拠は、玉鬘系後記説の最大の弱点でもある）[11]。したがって、「若紫」巻は帚木三帖の後巻とするべきであり、Aの選択肢は除外され、Bの巻序、すなわち、帚木三帖が「桐壺」巻に先行するという結論が導き出される。

ちなみに従来、帚木三帖中、四カ所、藤壺についての記述があるとされているが、これらは本来、帚木三帖中のヒロインたちにかかわるものとすべきである（拙著『源氏物語　成立研究』第二章第一節二「帚木三帖における藤壺の存否、再検証」笠間書院・平13、参照）。それは前後の文脈からそのように断言できるが、それ以外にも、もし藤壺とするならば『源氏物語』の文学性を大いに損なう次の不利な点が生ずる。

① 「若紫」巻において衝撃的に明かされる藤壺との密通の事実は、事前に帚木三帖中、示唆されていることとなり、「若紫」巻の醍醐味を著しく殺ぐものとなる。

② 六条の御方とすべき箇所を藤壺とする結果、「夕顔」巻頭「六条わたりの御忍び歩きの頃」に対する伏線が弱くなり、巻頭の唐突性のみ不自然に強調される。[12]

③ 光源氏と六条の御方との交渉関係が不分明となる、左大臣家の姫君の点描的効果が薄れる等、帚木三帖の時間的・人物的構成の妙が減ずる。[13]

④『源氏物語』初期の巻々において、しばしば六条御息所とタイアップして登場する朝顔の姫君の謎が解けなくなる。(14)

以上、成立論・構成論上、帚木三帖が「桐壺」巻に先行するという巻序がいかに妥当であるかを検証した。この結果を踏まえ、次項では、帚木三帖が寡居期に発表されたことを再確認したい。

二　帚木三帖の発表時期はいつか（一）――寡居期執筆の再検証

帚木三帖は、いつ執筆されたのか。物語作者としての紫式部の名声は、彰子中宮出仕以前、既に広まっていた。それは出仕当初、新参者の彼女に対して中宮付きの女房たちが抱いていた、次の先入観が雄弁に物語っている。

物語好み、よしめき、歌がちに、人を人とも思はず、ねたげに見落とさむ者となむ、皆、人々言ひ、思ひつつ憎みしを、……（『紫式部日記』）

〈物語を好み、上品ぶり、何かと歌を詠みがちで、他人を馬鹿にし、妬ましげに見下す者と、誰も言い、思っては憎んでいたが〉

『源氏物語』は彰子中宮出仕以前に流布し、その評判によって、紫式部は中宮のもとに女房として招かれたのである。『紫式部日記』には、そうした事情を窺わせる寡居期（夫宣孝死去以降、彰子中宮出仕以前）頃を回想した、次の記述が見られる。

見所もなき古里の木立を見るにも、ものむつかしう思ひ乱れて、年頃、つれづれにながめ明かし暮らしつつ、花鳥の色にも音にも、春秋にゆきかふ空の景色、月の影、霜雪を見て、「その時、来にけり」とばかり思ひ分きつつ、いかにやいかにとばかり、行く末の心細さは、やる方なきものから、はかなき物語などにつけて、うち語らふ人、同じ心なるは、あはれに書き交はし、少しけ遠きたよりどもを尋ねても言ひけるを、ただこれを、様々に、あへしらひ、そぞろ事に、つれづれをば慰めつつ、……さしあたりて、「恥づかし、いみじ」と思ひ知る方ばかり逃れたりしを、さも残る事なく思ひ知る身の憂さかな。試みに、物語を取りて見れど、見しやうにも覚えず、あさましく、あはれなりし人の語らひしあたりも、「我をいかに面なく心浅き者と思ひ落とすらむ」と推し量るに、それさへ、いと恥づかしくて、え訪れやらず。……中絶ゆとなけれど、おのづから、かき絶ゆるも、あまた。

（『紫式部日記』寛弘五年十一月中旬の条）

寛弘五年（一〇〇八）十一月、土御門邸で行われた御冊子作り終了後、紫式部は一時、里下がりした。この時点までに発表した『源氏物語』の豪華清書本の制作という大仕事をなし終えた余韻からか、見慣れた実家の木々に目をやるにつけても、「年頃、つれづれにながめ明かし暮らし」た寡居期が彷彿とされ、出仕以前の自身とのあまりの境遇の違いに改めて愕然とする。それは、花鳥風月から知る時節の移ろいを何らの感慨もなく受け止め、将来の不安を抱きつつ過ごした日々であった。そして、そうした日々の中で無聊を慰められたのが、傍線部「はかなき物語」などを介して知り合った、気心の合う者同士たちとの交流であり、そこで物語について、しみじみと書簡を交換したり、少し遠い縁故を尋ねてまで、あれこれやり取りをしたのである。こうして広がった交友関係の輪の中で読まれた「はかなき物語」の中に、紫式部のオリジナルが含まれていたことは、波線部「試みに、物語を取りて見れど、見しやうにも覚えず」という自作に対する彼女自身の失望感より知られる。紫式部は、熱中して創作した当時とのあまりの印象の違いに驚き呆れて、かつてしみじみと語り合った人たちが、「自分をどんなに厚かましく思慮浅い者と軽蔑していることか」と推量するにつけても恥ずかしく、絶交するということはないが、自然と交流が途絶える人も多くあったとある。『源氏物語』の始発部、少なくとも帚木三帖は、こうして寡居期の無聊を慰める、この交流の輪の中で発表されたのである。

それでは、その交流の中心であった、かつてしみじみと語り合った人たちとは誰か。紫式部はその重要な手掛かりを、同じく『紫式部日記』に残している。それは寡居期を回想する記述より溯ること、わずか一カ月前の条である。

中務の宮わたりの御事を（道長様は）御心に入れて、そなたの心寄せある人と思して、語らはせ給ふも、まことに心のうちは思ひゐたる事、多かり。（『紫式部日記』寛弘五年十月中旬の条）

藤原道長は紫式部を、傍線部「そなたの心寄せある人（＝具平親王家側から贔屓《ひいき》のある者）」として、中務宮具平親王に関する件で相談事をもちかけ、それに対して紫式部は心中複雑な思いを抱いたとある。その相談事が具平親王女隆姫と道長の嫡子頼通との縁談であったことは、その翌年四月から秋の間に二人が婚姻した事実（『栄花物語』(15)）から知られる。道長は次代の繁栄の重要な布石ともなる嫡男の正妻選びの際、具平親王家との橋渡し役として、親王家と縁の深い紫式部に白羽の矢を立てたのである。しかし、この栄誉に対して、紫式部の反応は波線部「まことに心のうちは思ひゐたる事、多かり」という消極的なものであった。彰子中宮のもとへの出仕は、具平親王家との乖離を意味していた。『紫式部集』には、紫式部が彰子中宮の後宮へ出仕することを了承したと見なされる具平親王の歌も残されている。(16)いかに栄誉あることとは言え、一旦、決別をした具平親王家との連絡係を紫式部が躊躇したのも当然である。それは、先に記されていた寡居期における女友達たちとの交流が途絶えた事実とも照応する。まさに『源氏物語』（帚木三帖）は彰子中宮のもとに出仕する以前に書き始められ、この具平親王家サロン周辺で発表されたと推論されるのである（具平親王家が為時一家の主家筋であること、帚木三帖における光源氏のモデルが具平親王であることについては、次章第一節「帚木三帖――具平親王と光源氏」参照）。

寡居期における帚木三帖の執筆は、物語それ自体からも窺われる。老受領の後妻という空蟬の人物設定は、その執筆時期が宣孝との結婚以前に溯らない証左である。また、「帚木」巻名の由来ともなった次の空蟬の歌に象徴される、自らの運命に対するやるせない心象風景は、宣孝との死別後の絶望感と重ね合わされる。

数ならぬ伏屋に生ふる名の憂さにあるにもあらず消ゆる帚木
（「帚木」巻末）

〈とるにたらない伏屋（＝屋根の低い粗末な小家）に生えている（という、その）名のつらさゆえに、あるのかないのかわからないようにして消える帚木であることです。〉

左記の夫宣孝追悼歌も、宣孝没後執筆の傍証として挙げられる。

世のはかなき事を嘆く頃、陸奥に名ある所々書いたるを見て、塩釜

見し人の煙となりし夕べより名ぞ睦ましき塩釜の浦
（『紫式部集』48番）

ここからは、火葬の夕暮時、立ちのぼってゆく夫の煙を呆然と見つめていた紫式部の姿が彷彿とされる。その悲しみは、この歌を踏まえ、夕顔の死を悼んで詠んだ光源氏の歌「見し人の煙を雲と眺むれば夕べの空も睦ましきかな」（「夕顔」巻）に刻印されている。

三　帚木三帖の発表時期はいつか（二）

夫宣孝没は長保三年（一〇〇一）四月二十五日、紫式部、彰子中宮初出仕は寛弘二年（一〇〇五）十二月二十九日である。(17)帚木三帖は、この約四年半強の寡居期に執筆されたが、常識的に考えるならば、服喪中の長保三年内はありえない。(18)一周忌の間も同様であろう。三回忌となる長保五年（一〇〇三）を除外する慎重さも論外とは言えまい。

そうした中、この三回忌後という推測を後押しするのが、寛弘二年十二月二十九日（翌日は元旦）という、異例とも言える彰子中宮のもとへの初出仕時期である。おそらく彰子中宮側からの出仕要請に対する決断を延ばしに延ばしていた結果、内裏炎上（前月の十一月十五日に本内裏が炎上し、同月二十七日、東三条院を里内裏に）といった不測の事態等もあって師走を迎えるに至ったのであろう。いずれにせよ、年を越しての出仕では、彰子中宮方に対して不義理になりかねないという切迫した状況となっていたと思われる。ちなみに、この慌ただしい年の瀬の初

出仕は、不慣れなまま場違いな孤独をかみしめることとなったのみならず、以後、半年にも及ぶ同僚の女房たちとの軋轢の一因となるという禍根を生んでいる。[19] こうした事情から推測されるのは、年内中での出仕要請である。その場合、具平親王家サロン周辺で発表された帚木三帖が評判を呼んで、摂関家の耳に達するまでの期間を考えるならば、帚木三帖の執筆・発表は、おそらく初出仕の前年、遅くとも初出仕年度前半となる。

それでは、その更なる発表時期の限定は可能か。その際、重要な指針となるのが、巻々に描かれている季節である。帚木三帖は、「中将などに、ものし給ひし時」の若き光源氏の五月雨の頃（「長雨、晴れ間なき頃」）から、十月初旬（「神無月の朔日頃」）に至るまで、半年余りの出来事が、ほぼ一貫した経過で描かれている。このうち「帚木」巻は、その約三分の二の分量を占める〝雨夜の品定め〟に象徴されるように、まさに梅雨時、五月の物語である。これは「帚木」巻が五月という発表時期を想定して執筆されたからにほかなるまい。長い屋内での生活を強いられる無聊の五月が物語発表において、特別、重要な月であったこと（本章第二節三「五月五日の薬玉の一件と「若紫」巻」参照）を考え合わせるならば、その可能性は一層、高い。[20] また、次巻「空蟬」は、梅雨後の五月末～六月二十日頃までが描かれる、[21] 暑い盛りの水無月（六月）の物語である。巻前半のハイライト、光源氏による空蟬・軒端の荻の垣間見の場面は、暑さから、視線を遮るはずの几帳が用をなさなかったことから始まる。[22] 巻名「空蟬」も、空蟬が脱ぎ滑らせた「生絹（生糸で織った夏向きの素材）なる単衣」に由来し、盛夏を印象づけて止まない。巻頭が前巻「帚木」巻末と、本来、一巻と見なすのが自然である程、直結していること、[23] 分量的に「帚木」巻の四分の一程度の小巻であることからも、「空蟬」巻は、「帚木」巻の五月発表に引き続いて、六月に発表されたと推定される。

残りの「夕顔」巻については、どうか。「夕顔」巻は、前巻「空蟬」において六月下旬頃まで語られた時節を、一旦、五月末～六月初旬の梅雨明けの頃に戻して始まる。そして夕顔との出会いの経緯を語った上で、再び「空蟬」巻の結末を踏まえ、それ以後の秋以降、立冬の日の空蟬との別れへと展開していく。[24] 巻中、季節感が前面に押し出された主要な時節は、左記の通りである。

① 五月末～六月初旬（巻頭における夕顔の花を機縁とする夕顔との出会い）

② 八月中旬（夕顔怪死事件）

③ 立冬の十月初旬（巻末での空蟬、伊予国下向）

右のうち、①の場合は、前巻「空蟬」の執筆前となり、除外される。また、③は点描的な場面に止どまる。[25] これに対して②は、この巻の半分の分量を占めるハイライトであり、かつ、夕顔を廃院に連れ出す前日の「八月十五夜」以降、夕顔が謎の死を遂げ、その葬送を見届ける十八日の朝方まで、次のように逐一、その時間が記されている。

「明け方も近うなりにけり」「明けゆく空」「日たくる程に起き給ひて」「夕べの空を眺め給ひて」「宵過ぐる程」「名対面（＝午後九時）は過ぎぬらむ」「夜中も過ぎにけむかし」「夜の明くる程の久しさは」「からうじて鳥の声、はるかに聞こゆるに」「明け離るる程」「日高くなれど」「日暮れて」「十七日の月さし出でて」「初夜も皆、行ひ果てて」「夜は明け方になり侍りぬらむ」「いとどしき朝霧」

このような克明なドキュメンタリータッチの手法は、中秋の名月の頃を意識した発表時と重ね合わせることによって、物語の迫力を一層、増すものとなる。また、「夕顔」巻は「帚木」巻と同じ分量をもつが、前巻から二ヵ月後の発表は、充分な執筆期間であり、間延びした観が否めない③の四ヵ月後の発表より、妥当である。

以上、季節描写の観点から導き出される帚木三帖の発表時期は、五月（「帚木」）、六月（「空蟬」）、八月（「夕顔」）となる。これは、先に最下限として挙げた彰子中宮サロン初出仕年度前半における帚木三帖発表の可能性を否定する。したがって帚木三帖は、夫宣孝三回忌の翌年である寛弘元年（一〇〇四）の五月から八月にかけて発表され、翌年の寛弘二年、その評判を耳にした道長摂関家が紫式部に彰子中宮への出仕を要請、年内ギリギリの時点で、初出仕に至ったという経緯が浮かび上がる。

鎌倉時代の説話集『古今著聞集』には、こうした事情を窺わせる興味深い具平親王のエピソードが残されている。そこには、月明かりの夜に具平親王が連れ出した雑仕女（雑役に従事する下女）が、物の怪に襲われて急死し、それを嘆き悲しんだ親王は、遺児と共に親子三人の姿を「大顔の車」と呼ばれた牛車の窓の裏に描いて偲んだとある。身分違いの恋、月明かりの頃の一夜のアバンチュール、そして物の怪による怪死――「夕顔」巻における夕顔事件の着想は、まさに、この雑仕女との一件による（詳細については次章第一節「帚木三帖――具平親王と光源氏」二、参照）が、寵愛した雑仕女ゆかりの牛車が「大顔の車」と呼ばれた由来については、次のように語られている。

寛弘の中殿（＝清涼殿）の御作文に参り給ひて、その車を陣に立てられたりける程に、物見落ちたりけるを、牛飼、立つとて誤りて、裏を面に立ててけり。その後、改めらるる事なくて、いまに、大顔の車とて、かの家に乗り給ひつるは、この故に侍りとぞ申し伝へたる。（『古今著聞集』「後中書王具平親王雑仕を最愛の事」）

右によると、具平親王が寛弘年間に催された漢詩を作る会（作文会）に参加する際、牛車を陣に停めておいたところ、かの絵の描かれている物見が落ちてしまった。それを牛飼が誤って裏側を表にして、はめ立てたが、その後、直されることなく、「大顔の車」として牛車は代々、使い続けられ、現在に至っているとある。

それでは何故、具平親王は偶然、牛飼によって表に出された絵を、あえてそのままにしておいたのか。その積極的理由の一端は、この折の作文会が催されたとされる寛弘二年（一〇〇五）七月七日という時期から読み取られる。同年十二月二十九日、紫式部は彰子中宮のもとに出仕している。この作文会での一件は、まさに紫式部が道長摂関家からの出仕要請の積極的なアプローチを受けている最中の出来事である。先の推定に拠れば、この年の前年の八月に「夕顔」巻は発表された。いずれにせよ、未だ帚木三帖の最終巻「夕顔」の話題性が消え去らぬ頃と言える。そうした時事性を考え合わせるならば、牛飼のミスを黙認した具平親王の意図には、寵愛の雑仕女怪死という スキャンダラスな事件（帚木三帖跋文には「かやうの、くだくだしき事」とある）[26]を物語化された当事者としてのパフォーマンスが感じられよう。そこには、「夕顔」巻を頂点として当時、評判を呼んだ帚木三帖における光源氏のモデルとしての具平親王のプライドが垣間見られる。

こうした「大顔の車」の一件の裏事情を後押しするのが、雑仕女との間に生まれた遺児の生年である。この遺児については、『古今著聞集』では「土御門の右大臣」、すなわち源師房（一〇〇八〜一〇七七）としながらも、疑問の余地があると付言されている[27]。師房は『公卿補任』（「母式部卿為平親王女」）『尊卑分脈』（「母為平親王女」）等にあるように、明らかに具平親王の正妻腹の御子である。一方、具平親王には、次のように親王の御落胤で、紫式部の伯父藤原為頼の長男伊祐（?〜一〇二四）の養子となった、母方が不明な頼成がいた。

藤原頼成為蔵人所雑色。阿波守伊祐朝臣男、実故中書王御落胤。（『権記』寛弘八年正月の条）

雑仕女との遺児は、この頼成（生没年、未詳）であろう。寛弘八年（一〇一一）正月に蔵人所雑色となったのであるから、頼成の誕生は、これより六年半前の「大顔の車」の一件以前である。また、「朝夕、これ（＝雑仕女）を中に据ゑて、愛し給ふ事、限りなかりけり」という具平親王の異常な寵愛ぶりからしても、遺児誕生は雑仕女の怪死事件より一年以上、遡らないとするのが自然であろう。したがって、頼成が蔵人所雑色に任ぜられた年齢を仮に十歳という極端な場合を想定しても、「大顔の車」の一件は、雑仕女怪死事件から二〜三年近くも経過した頃の出来事となる。いずれにせよ、「大顔の車」の一件は、雑仕女怪死事件から、それなりの期間が経っていた。この点からも、あえて絵を表に出し続けさせた具平親王の、「夕顔」巻に対する自意識は窺われよう。

ちなみに、具平親王の描いた親子三人の絵が、偶然ながら表に出されるという経緯からして、〝大顔〟という呼称も、大きな顔が描かれたであろう、その絵の特徴によると考えられ、あえて雑仕女の名としなければならない根拠は弱い。(28) 寛弘二年七月という作文会の開催時期が物語っているように、〝大顔〟という雑仕女の名から「夕顔」が連想されたのではなく、「夕顔」巻から、「大顔の車」のエピソードが生まれたとすべきである。

結語

以上、これまでの考察結果から、新たに確定される帚木三帖の発表時期は左記の通りである。

《大宣孝没は長保三年四月二十五日》

《宣孝の三回忌は長保五年》

「帚木」巻……………………翌寛弘元年五月

「空蟬」巻……………………同年六月

「夕顔」巻……………………同年八月

《具平親王参加の作文会は寛弘二年七月七日》

《紫式部、彰子中宮への初出仕は同二年十二月二十九日》

このように、従来、看過されてきた物語中に描かれている季節、初出仕状況、具平親王のエピソード等を踏まえることによって、『源氏物語』の出発点となる帚木三帖の発表時期は、寡居期という四年半に及ぶ長いスパンから、初出仕前年の五月から八月に限定される。「帚木」巻起筆から演繹される寡居期における帚木三帖発表は、今回の考察結果から一層、強く裏づけられると言えよう。

【注】

（1）拙著三冊『源氏物語　展開の方法』（笠間書院、平7）、『源氏物語　成立研究――執筆順序と執筆時期――』（笠間書院、平13）、『紫式部伝――源氏物語はいつ、いかにして書かれたか』（笠間書院、平17）参照。

（2）『源氏物語』の成立論については、長年にわたり、看過されてきたきらいがあったが、近年、加藤昌嘉「『源氏物語』成立論再考」『物語の生成と受容③』国文学研究資料館、平20）といった動きも見られる。原岡文子著『『源氏物語』に仕掛けられた謎――「若紫」からのメッセージ』（角川学芸出版、平20）参照。

（3）帚木三帖は、「光源氏、名のみ事々しう……」（「帚木」巻頭）という序文と、「かやうのくだくだしき事は……」（「夕顔」巻末）の跋文に示されているように、一連のまとまりをもって書かれた巻々である。物語の時間的流れからしても、「中将などに、ものし給ひし時」の「長雨、晴れ間なき頃」から、「神無月の朔日頃」に至るまで、半年余りの出来事が、ほぼ一貫した経過の中で描かれていることから、それは明らかである。

（4）二条院に藤壺のような理想的女性を迎えたいという「桐壺」巻末における光る君の願いは、そのまま「若紫」巻頭から語られる北山での藤壺と瓜二つの美少女若紫の登場に結び付いている。一方、帚木三帖が直結するのは「若紫」の次巻「末摘花」である。「末摘花」巻は、「思へども、なほ飽かざりし夕顔の、露に後れし程の心地を、年月ふれど思し忘れず」と夕顔追慕から語り出される。

（5）この帚木三帖中の矛盾を正視した山岸徳平氏は「帚木」巻起筆説を支持している（山岸徳平校注『源氏物語』一、日本古典文学大系、岩波書店、昭33）。

（6）「伊予の介、のぼりぬ。まづ、急ぎ参れり。船路のしわざとて、少し黒み、やつれたる旅姿、いと、ふつつかに、心づきなし」（「夕顔」巻）

（7）「伊予の介、神無月の朔日ごろに、下る。『女房の下らむに』とて、たむけ、心殊にせさせ給ふ。また、内々にも、わざとし給ひて、こまやかに、をかしきさまなる櫛・扇多くして、幣など、いと、わざとがましくて、かの小袿もつかはす」（「夕顔」巻）

（8）紀伊守邸が方違え先として選ばれたのは、光源氏の供人の次の言葉による。
「紀の守にて、親しく仕うまつる人の、中川のわたりなる家なむ、この頃、水せき入れて、涼しき陰に侍る」と聞こゆ。（「帚木」巻）
新編日本文学全集・新潮日本古典集成等、仕える対象を左大臣家と採る説が多い中、『岷江入楚』には「紀伊守源氏の家人也」とあり、山岸徳平校注の日本古典文学大系も、紀伊守邸を薦めたのを供人の言葉として、光源氏と採る。

（9）「紀の守に仰せ言、賜へば、承りながら、退きて、『伊予の守の朝臣の家に、慎しむ事、侍りて、女房なむ、まかり移れる頃にて、狭き所に侍れば、なめげなる事や侍らむ』と下に嘆くを、（光源氏が）聞き給ひて、『その人近からむなむ、うれしかるべき。……』と宣へば、『げに、よろしき御座所にも』とて、人走らせやる」（「帚木」巻）

（10）空蟬についての初出は、方違え先として訪問した紀伊守邸における次の場面である。
君は、のどやかに（紀伊守邸を）ながめ給ひて、「かの中の品に取り出でて言ひし、この並ならむかし」と思し出づ。思ひあがれる気色に聞きおき給へる女なれば、ゆかしくて、耳とどめ給へるに、……（「帚木」巻）

（11）玉鬘系後記説の意義と限界については、註1の拙著『源氏物語　成立研究』第四章第一節二「紫の上系・玉鬘系の意義と限界」、紫式部顕彰会編『源氏物語と紫式部――研究の軌跡　研究史編』（角川学芸出版、平20）所収の拙論「昭和の源氏物語研究史を作った十人　六　武田宗俊」参照。

（12）方違え先の紀伊守邸において、空蟬方の女房から耳にした噂話に対して、光源氏が藤壺の事かとドキリとする箇所（「帚木」巻）は、六条の御方とすべきである。この時期は光源氏の心が彼女に傾斜していた時期と一致し、光源氏は彼女との交渉に対して神経をとがらせていた。註1の拙著『源氏物語　成立研究』第一章第一節「帚木三帖の時間的構成」参照。

（13）註12の拙論「帚木三帖の時間的構成」、及び拙著『源氏物語　展開の方法』（笠間書院、平7）第二章第一節「帚木三帖の人物構図」参照。

（14）朝顔の姫君は「葵」「賢木」巻において物語の展開とほぼ無関係に、しばしば六条御息所とタイアップして登場し、それは『源氏物語』における謎のひとつとされている。しかし、註12の箇所を六条の御方とするならば、その謎は氷解する。すなわち、朝顔の姫君はその登場当初より、高貴な愛人候補として六条御息所と対比的な役割を担っていたためにほかならない。註1の拙著『源氏物語　成立研究』第二章第一節「初期の巻々」参照。なお、この二人の女君の「帚木」巻における当初からのタイアップを踏まえることにより、朝顔のモデルのルーツを解明する手掛かりも与えている。本書第二章第四節「朝顔斎院」参照。

(15)「六条の中務の宮（＝具平親王）と聞こえさするは、故村上の先帝の御七宮におはします。麗景殿の女御（＝荘子女王）の御腹の宮なり。……その宮、この左衛門督殿（＝頼通）を心ざし聞こえさせ給へば、大殿（＝道長）聞こし召して、『いと、かたじけなき事なり』と畏まり聞こえさせ給ひて、『男は妻がらなり。いと、やむごとなきあたりに参りぬべきなめり』と聞こえ給ふ程に、内々に思し設けたりければ、今日明日になりぬ。……」（『栄花物語』「初花」巻）

(16)　八重山吹を折りて、ある所に奉れたるに、一重の花の散り残れるを、おこせ給へり

　折からを一重にめづる花の色は薄きを見つつ薄きとも見ず（『紫式部集』52番）

傍線部「ある所」が、具平親王であることについては、後藤祥子「紫式部集評釈」（「国文学」学燈社、昭57・10）、註1の拙著『源氏物語　成立研究』第三章第一節「帚木三帖の誕生」等、参照。

(17) 彰子中宮への初出仕が寛弘二年であることの詳細は、註1の拙著『紫式部伝』「初出仕」参照。

(18) そうした意識の一端は、喪中、早々の求婚者に対する次の返歌からも窺われよう。

　年かへりて、「門はあきぬや」と言ひたるに

　誰が里の春の便りに鶯の霞に閉づる宿を訪ふらむ（『紫式部集』51番）

(19) 紫式部はこの初出仕日の事を、後に「いみじくも夢路に惑はれしかな」〈無我夢中で夢路を、さ迷う思いであったなあ〉と振り返っている（『紫式部日記』）。また、彼女は、この時の思いを次のように詠んでいる。

　初めて内裏わたりを見るにも、もののあはれなれば

　身の憂さは心の内に慕ひ来ていま九重ぞ思ひ乱るる（『紫式部集』57番）

紫式部の宮仕えは当初から滞りがちであった。右の57番に続く次の一連の贈答歌（本章第二節41〜42頁）は、それを物語っている。その詞書には、「正月十日の程に……まだ出で立ちもせぬ隠れ処にて」「弥生ばかりに……いつか参り給ふなど」「いといたう、上衆めくかなと、人の言ひける」等とある。詳細については、拙著『紫式部伝』「初出仕」参照。

(20) 三谷栄一「物語の享受とその季節――『大斎院前の御集』の物語司を軸として――」（「日本文学」昭41・1）には、「帚木巻の冒頭が五月雨の頃の記事にはじまるのも（中略）物語発表の五月といふ季節にマッチした表現であった」とある。

(21) 帚木三帖の時間的構成については、註1の拙著『源氏物語　成立研究』第一章第一節「帚木三帖の時間的構成」参照。

(22) 「（光源氏は中を）見通し給へば、紛るべき几帳なども、暑ければにや、（帷子を横木に）うち掛けて、いと、よく見入れらる」（「空蟬」巻）

(23) 「帚木」巻は、空蟬との再度の逢瀬を拒否された光源氏が、空蟬の弟小君を横に寝かせて辛さを紛らわす場面で閉じられる。一方、「空蟬」巻は「寝られ給はぬままに……」と、寝付けぬまま光源氏が隣で寝ている小君に愚痴をこぼし、小君がそれに涙するのを見て可愛く思う場面から始まる。

(24) 註21、参照。

(25) 「伊予介、神無月の朔日頃に、下る。……今日ぞ、冬立つ日になりけるも、しるく、うち時雨て、空の気色、いとあはれなり。……」（「夕顔」巻末）

(26) 「かやうの、くだくだしき事は、あながちに隠ろへ忍び給ひしも、いとほしくて、みな漏らしとどめたるを、『など、帝の御子ならむからに、見む人さへ、かたほならず、もの誉めがちなる』と、作り事めきて、とりなす人、ものし給ひければなむ。あまり物言ひ、さがなき罪、さり所なく」（「夕顔」巻末）

(27) 「後中書王、雑仕を最愛せさせ給ひて、土御門の右大臣をば、まうけ給ひけるなり。……土御門の大臣の母は式部卿為平の御子の御女のよし、系図に註せる、おぼつかなき事なり。尋ね侍るべし」（『古今著聞集』「後中書王具平親王雑仕を最愛の事」）

（28）「おほかほ」について、永積安明・島田勇雄校注『古今著聞集』（日本古典文学大系、岩波書店、昭41）の頭注には「未審。大顔か。また雑仕の名か」とある。

第二節　第二期前半（「桐壺」〜「葵」六帖）――源明子の典侍辞任を手掛かりとして

はじめに

第二期の巻々は、紫式部が彰子中宮のもとへ初出仕してから、『源氏物語』豪華清書本が制作された寛弘五年（一〇〇八）十一月の御冊子作りの時点までに発表された。それでは、この各巻々は、それぞれ、いつ執筆・発表されたか。その更なる考察の糸口として着目されるのが、御冊子作りの前年の寛弘四年五月に起こった源明子の典侍辞任の一件である。源明子は源典侍のモデルとされる女性であり、源明子の典侍辞任は「紅葉賀」「葵」巻における源典侍登場と無縁ではないと思われる。[1] その一件の背景に迫ることで、第二期の初期の巻々の執筆時期が一層限定され、また、その成立事情の一端が明らかとなる可能性が残されている。こうした観点から、本節では、第二期中の「桐壺」巻から「葵」巻までの六帖について考察を加えたい。

一　源典侍登場と源明子の典侍辞任

源典侍は第七巻「紅葉賀」において、強烈なキャラクターとして次のように登場する。

年、いたう老いたる典侍、人も、やむごとなく、心ばせありて、あてに覚え高くはありながら、いみじう、あだめいたる心ざまにて、そなたには重からぬ、あるを、（光源氏は）「かう、さだ過ぐるまで、など、さしも乱るらむ」と、いぶかしく思え給ひければ、戯れ言、言ひ触れて、こころみ給ふ。（「紅葉賀」巻）

桐壺帝のお側近くには大層高齢な典侍が仕えていた。彼女は家柄もよく、才気・人望もありながら、ひどく好色な性分で、そちらに関して軽々しいため、光源氏は「どうして、こんな年をとってまで、そんなにも多情なのか」と、いぶかしく覚え、冗談に言葉を懸けて相手の出方を見たとある。

この高齢にして多情な老典侍は、後に「源典侍」（第二十巻「朝顔」）(2) とあるが、そのように呼ばれた女性は紫式部の宮仕え時代、実在した。長保年間から寛弘年間にかけて、一条天皇の御代、典侍を務めた源明子（生没年未詳）である。『権記』長保三年（一〇〇一）四月二十日と寛弘七年（一〇一〇）閏二月二日の条には、それぞれ「典侍源明子朝臣」「典侍明子朝臣」とある。(3) 一方、紫式部の初出仕は、寛弘二年（一〇〇五）十二月二十九日(4) であり、彰子中宮が初皇子を出産して土御門邸より内裏に還啓する際、一条天皇への贈り物としてなされた御冊子作り（『源氏物語』豪華清書本作製）(5) は、寛弘五年（一〇〇八）十一月である。まさに「紅葉賀」「朝顔」巻を含む第二期の巻々の執筆時期を包み込むようにして、「源典侍」源明子は一条天皇に近侍していた。彼女は一条天皇の乳母であったようだ。一条天皇の乳母子藤原定雅は息子と思われる。(6) 定雅の父藤原嘉時と別れた後か、陸奥国守等を歴任した藤原説孝（九四七～？）の妻となり、一男頼明を儲けている。(7)「紅葉賀」巻発表当時、宮中の誰もが源典侍から、この源明子を連想した可能性が高い。少なくとも源典侍と明記した「朝顔」巻発表の時点において、紫式部自身、源明子がモデルであることを認めている。

そうした状況下、興味深い源明子の動向がある。寛弘四年（一〇〇七）五月七日に起こった典侍辞任の一件である。源明子は、典侍（内侍司の次官）の職を内侍（内侍司の三等官。典侍同様、定員四人）である橘隆子に譲る辞任状を提出している（『権記』）[8]。源明子が自分の後釜に据えようとした橘隆子とは、紫式部に「日本紀の御局」とあだ名をつけた、かの左衛門の内侍にほかならない。『紫式部日記』には、彼女が訳もなく紫式部を敵視し、心当たりのない陰口を多く言っていたとある[9]。橘隆子（生没年未詳）については、藤原理明（紫式部の母方の祖父藤原為信男）の妻と目されるのみで[10]、その出自も未詳である。理明と紫式部の関係も伝えられているところはなく（総じて母方の実家との関係を伝える資料は皆無に等しい[11]）、なぜ橘隆子が紫式部を敵視していたのかは不明と言うしかない。

しかし、その理由の一端は、この源明子との関係から窺われる。すなわち、橘隆子は源明子が信頼した後輩であることから、源明子を戯画化して描いた『源氏物語』にこそ、その確執の遠因が見いだされよう。結局、この辞表は受理されず、源明子はそのまま典侍に止どまっている[12]。このことは、その推定を裏打ちする。「日本紀の御局」というあだ名は、一条天皇が『源氏物語』を女房に読ませ、「この人は日本紀をこそ読みたるべけれ。まことに才あるべし」という感想を口にされたことに端を発する[13]。これを大層、才能をひけらかしたとして、橘隆子は「日本紀の御局」とあだ名をつけたのであるが、この折の『源氏物語』こそ彰子中宮から贈られた御冊子であろう。御冊子作りは、彰子中宮が文学好きな一条天皇のために、長い里下がりに対する陳謝と土御門邸行幸への感謝の意を込めて、慌ただしい日程のもとなされている。産後の寒い時期に彰子中宮自らが立ち会い、中宮サロンが一丸となって作られた、この御冊子を、一条天皇がそのまま捨て置くはずもない[14]。紫式部への賛辞も、彰子中宮の愛情のこもった御冊子に対する感想の意も含まれていたはずである。こうした御冊子の性格上、「日本紀の御局」の一件は、寛弘五年十一月の御冊子作りから、それ程、時を隔てていないと思われる。一方、源明子は少なくとも御冊子作りの一年以上後の寛弘七年閏二月まで典侍を務めていた[15]。したがって、この一件は、未だ橘隆子が源明子を上司として仰いでいた頃と見なすのが妥当である。この点からも、橘隆子が紫式部に対して敵意を剥き出しにしていたことは、極めて自然な行為であったと言わねばならない。

それでは、この辞表は『源氏物語』のどの巻が発表された時点で提出されたのか。源典侍が登場する巻は「紅葉賀」「葵」「朝顔」の三帖である。ここで先に確認しておかなければならないのは、この三帖を内包する第二期の執筆期間である。

二　紫式部の出仕当初と「桐壺」巻

第二期の巻々（第一期の帚木三帖と第三期の巻々〔「蓬生」「関屋」・玉鬘十帖〕を除く、「桐壺」～「藤裏葉」までの十八帖）は、紫式部の初出仕から御冊子作りまでの三年弱の間に執筆された。このうち、執筆時期がほぼ限定できるのは、寛弘五年八月二十六日に土御門邸で行われた薫物配り以降に執筆された「梅枝」巻と、御冊子作りに先立つ十一月一日の五十日の祝い以前の約一ヵ月余りの間に執筆された次巻「藤裏葉」に過ぎない。[16] しかし「桐壺」「若紫」巻については、出仕当初の状況から、なお限定しうる余地が残されている。

紫式部の宮仕えは、当初から滞りがちであった（『紫式部集』57番～63番）。[17] もとより為時一家は花山天皇譲位（兼家一家の策謀による退位）以降、外様的存在であり、長徳二年（九九六）越前守になるまで、摂関家とは距離がおかれていたと言ってよい。加えて、慌ただしい年の瀬での初出仕は、新参者としての紫式部の印象をさらに悪くし、[18] 四月に至っても里下がりがちな状況は改善されることはなかった。この月、「いつか参り給ふ」と同僚の女房から出仕の催促の歌が届けられている（61番の詞書）。こうした紫式部の出仕態度は、同僚の女房たちの更なる反発を募らせたようだ。里下がりの長さは、彼女たちの目には、いかにも不承不承の出仕と映り、それは何より彼女たちのプライドを損なうものであった。「いといたう、上衆めくかな（＝随分とお高く止まっていること）」という陰口が紫式部の耳にも届くようになったとある（63の詞書）。[19]

しかしながら、こうした敵意を抱く女房が多い中にあって、やがて紫式部に好意を寄せる者が現れている。

薬玉おこすとて

忍びつるねぞあらはるるあやめ草言はぬに朽ちて止みぬべければ

（『紫式部集』64番）

五月五日の節句の折、同僚の女房の一人から薬玉と一緒に、「今まで隠しておりましたが、この日にちなんで、あなたへの好意を言葉に出します。このままでは、それを言わないまま終わってしまいそうなので」といった歌が贈られている。この歌に象徴されるように、徐々に周囲も紫式部に対して軟化した態度を取っていったようである。[20]

この同僚のたちの軟化は、どのようにして起こったのか。元来、教養をひけらかすような行為は極力、控え、人前では「一といふ文字」さえ書くまいとした紫式部である（『紫式部日記』[21]）。周囲の変化は、そうした常日頃の心配りが浸透した結果でもあったろう。しかし、それだけではあるまい。やはり彰子中宮の女房として、彼女に与えられた使命を最低限、果たそうとする姿勢が見られ、またそれを実際、果たしたからであろう。その使命とは、物語の執筆にほかならない。異様とも言える里下がりの長さも、そうした一般的な宮仕えとは異なる、彼女のみに期待された役割があったからこそ可能だったと考えられる。[22]

「桐壺」巻は、こうした長い里下がりの間に執筆された。この巻は、宇多・醍醐天皇の御代に准拠しながら、左記のモデルの図式のもと、道長摂関家側の代弁者的な意図を前面的に打ち出した物語である。[23]

桐壺帝………一条天皇

桐壺更衣……定子・原子・御匣殿（中関白家、悲劇の三姉妹。原子は「淑景舎（＝桐壺）女御」「更衣藤原子」とも呼ばれ、非業の死を遂げた東宮女御で、御匣殿は一条天皇の御子を懐妊しながら逝去）の融合体

藤壺…………彰子中宮（藤壺は本内裏における常用の殿舎）

光る君………敦康親王（定子の遺児。彰子中宮所生の敦成親王出生前までの皇太子第一候補で、彰子中宮は長く後見的役

割を果たしていた）

弘徽殿女御…藤原義子（一条天皇の寵愛薄き弘徽殿女御。定子の後宮独占を終わらせる先鞭をつけた）

この巻には、道長一家による中関白家失墜という、自明とも言える後代の歴史的認識とは全く異なる解釈が含まれている。すなわち、寵愛深き定子皇后、御匣殿の姉妹亡き後、一条天皇の御心を慰めたのは、遅れて入内した外ならぬ彰子中宮（弘徽殿女御義子の入内は、中関白家失墜を見届けた段階で、他の女御たちの先陣を切ってなされている）であり、彰子中宮は定子皇后の遺児、敦康親王を可愛がり、親王も中宮を慕う——こうした彰子中宮側に立った解釈に基づく。これは、具平親王をモデルとして書かれた帚木三帖とは別次元の、彰子中宮サロンという披露の場を考慮した新たな物語にほかならない。また、桐壺更衣へのいじめには、新参女房として孤立している作者紫式部自らの姿も投影されている。長い里下がり中に、満を持して発表されたこの「桐壺」巻は、大いなる共感をもって受け入れられたはずである。もとより物語好きな集団である。彰子中宮サロンを称揚しつつ、『長恨歌』を下敷きにして高度な文学作品に仕上げたこの物語は、作者への同情心とともに、紫式部の実力を認めさせるに充分であった。その結果、出仕当初、紫式部の孤立した状況も、この巻の発表を契機に、徐々に解消に向かったと思われる。(24)

それでは、同僚の女房が紫式部に密かに好意を寄せる歌を贈ったのは、この「桐壺」巻の発表直後であろうか。ここで着目しなければならないのは、歌が贈られた五月五日という時節である。

三　五月五日の薬玉の一件と「若紫」巻

端午の節句（五月五日）の月は、物語を好む女君や女房たちにとって、特別な時期であったようだ。梅雨どきは、長い屋内での生活を強いられる無聊の季節である。加えて、四月には葵祭（葵祭本番とそれに先立つ御禊）という一大イベントがある。六月は水無月の名の通り暑い盛りとなるから、葵祭の興奮が収まって一息つく、寒からず暑からずの五月は、物語に専念するに格好な時節と言えよう。[25]「螢」巻には「長雨、例の年よりも、いたくして、晴るる方なく、つれづれなれば、御方々、絵物語などのすさびにて、明かし暮らし給ふ」とある。こうした文芸と五月の強い関係は、統計的にも裏打ちされる。平安時代に開催された歌合の回数を月毎にみると、五月が群を抜いて多く、この月が如何に文学活動に適した時節かが窺われる。物語に対する情熱が高まる五月に、自ずと新作も多く発表され、この月での発表を目標に自信作をぶつけてきた者もいたであろう。[26]

後年ながら、後冷泉天皇の御代の天喜三年（一〇五五）五月三日に催された、賀茂斎院禖子内親王家主催の物語合では、十八編の新作が一挙に披露されている。しかも、この十八編中、半数近くの八編が五月にこだわった内容であった。[27]ちなみに、ここで発表された新作のひとつが、『堤中納言物語』所収の「逢坂越えぬ権中納言」である。この作品は、作者名とともに発表の場が知られる、王朝物語においても希有な短編である。物語は花橘薫る五月三日の夕べから語り出されるが、これは物語合が催された五月三日を意識した効果的な演出にほかならない。物語の前半の内容も、五月五日の宮中における菖蒲の根合を中心としたものとなっている。[28]具平親王家サロン周辺で発表された帚木三帖、その首巻「帚木」が「長雨、晴れ間なき頃」から始まるのも、偶然ではあるまい。次巻「空蟬」は梅雨後の五月末〜六月二十日頃までが描かれ、最終巻「夕顔」も梅雨明けの頃から始まっている。[29]「帚木」巻は、おそらく五月という発表時期を想定して執筆された物語と考えられる。[30]

彰子中宮サロンにおいても、紫式部は五月の重要性を充分、認識していたと思われる。出仕後、最初に迎える五月は、なおさらである。五月五日の節句に事寄せて、同僚から秘密裏とは言え、紫式部支持の一票が投じられたのも、五月初めに発表された巻に感激したゆえであったろう。しかし、その巻を「桐壺」と断ずるには、やや難がある。「桐壺」巻は名作ながら、深刻で暗い内容である点、圧倒的な人気を博すまでには至らなかったのではないかという疑念が残るからである。これに対して『源氏物語』において決定的な支持を得た巻と言えば、「若紫」がその筆頭に挙げられる。御冊子作り直前に催されている、敦成親王の五十日の儀の祝宴の際、紫式部のもとを訪ねた藤原公任の言葉「このわたりに若紫やさぶらふ」は、いかにこの巻が評判となったか雄弁に物語っている。(31) 北山で邂逅する藤壺と瓜二つの美少女若紫のキャラクターは、藤壺との密通・懐妊という重厚なテーマを内包するこの巻の中で一際、輝き、圧倒的な支持・共感をもって迎え入れられたことであろう。(32) 時節的にも、「桐壺」巻は野分の段に象徴されるように、秋がメインになっているのに対して、「若紫」巻は「三月の晦日」(33) から始まる春がメインで、五月に近く、違和感は少ない。四面楚歌的な状況を打破する突破口を開いた「桐壺」巻に続く、この「若紫」巻の成功が、彰子中宮サロンにおける紫式部の評価を決定づけたと推測される。

四　源明子の典侍辞任と「葵」巻

寛弘三年春における「桐壺」巻と、五月初めにおける「若紫」巻の発表——この推定時期から、「若紫」の次々巻「紅葉賀」の発表は、年内と言わねばならない。そのことは、御冊子作りまでの執筆ペースからも窺われる。すなわち、「紅葉賀」巻を翌年の寛弘四年とするならば、寛弘三年の丸一年間は、わずか「桐壺」「若紫」「末摘花」の三巻のみの執筆に止どまる。その場合、寛弘四・五年のほぼ二年間で、御冊子作りまでの残り十五帖が、前年度の二倍半強というハイペースで執筆されたこととなり、不自然さを否めない。

それでは「紅葉賀」巻は、寛弘三年のいつ頃に発表されたのか。それを示唆するのは、「紅葉賀」巻と次巻「花宴」の巻頭である。

・朱雀院の行幸は、神無月の十日余りなり。　　（「紅葉賀」巻頭）

・二月の二十日余り、南殿の桜の宴せさせ給ふ。　　（「花宴」巻頭）

「花宴」巻頭は明らかに「紅葉賀」巻頭を意識して書かれている。一方、「紅葉賀」の前巻「末摘花」において、光源氏が末摘花と契るのは「八月二十余日」の秋の月夜である。「末摘花」巻には秋たけなわの八月頃が描かれ、続く「紅葉賀」「花宴」巻は、晩秋の十月、春爛漫の二月から始まる――この三巻の季節的連続性に、そのまま発表時期を重ね合わせることは、あながち不当ではあるまい。

「末摘花」「紅葉賀」巻が寛弘三年、「花宴」巻が翌年の春頃という発表時期は、「花宴」巻の着想の観点からも窺われる。巻名となった花宴は実際、紫式部が出仕して程ない寛弘三年三月四日に、初出仕先の東三条院で催されている。[34]「花宴」巻の着想は、天延二年(九七四)以来、実に三十二年ぶりに復活した、この雅な行事に拠る。翌年春の「花宴」巻発表は、前年度に催されたこの花宴を意識しての、しゃれた演出ということになろう。

ちなみに、「末摘花」巻が宮仕え後であることは、宮中での見聞や人間関係が、この巻に大きく反映していることから知られる。「末摘花」巻末近くには、宮中の清涼殿の女房詰所で、赤い鼻をもつ女性として「左近の命婦」「肥後の采女」の名が話題に挙げられている。[35]采女とは地方出身の天皇に近侍する下級女官であることから、そうした宮仕えで得た新たな知識が、赤い鼻の女君という末摘花の着想に結び付いた可能性が高い。また、彰子中宮のもとには、この巻で活躍する大輔命婦と同名の女房が仕えていた。この女性は、もとは彰子中宮の母方の祖父源雅信家の女房(母が小輔命婦という同家の女房)で、倫子に付き従い、やがて彰子に仕えるようになったらしい(『栄花物語』勘物)。『紫式部日記』にも、その衣装を「目やすし」として一目置かれ、[36]『栄花物語』によれば、道長は彰子中宮の初めての懐妊をこの大輔命婦から聞き出している(「初花」巻)。古参の女房として倫子の信望も厚く、勧修寺流繋がりで倫子の後見のもとに出仕した紫式部にとって、特に宮仕え当初、数少ない味方にして身近な人物だったと推測される。[37]「末摘花」巻に登場する大輔命婦は、宮中の女房で、光源氏の乳母子として目端が利き、末摘花を紹介する役回りの若い女性である。[38]実際は年配にして古参の大輔命婦を、こうした人物に置き換えたところに、紫式部のウィットが覗かれる。大輔命婦も参加したであろう彰子中宮サロンで、この巻が披露された折、さぞや当座の暖かな笑いも誘ったことと思われる。

以上のように、寛弘三年五月までに「桐壺」「若紫」巻、そして年の後半に「末摘花」「紅葉賀」巻が、さらに翌年の春頃に「花宴」巻が発表されたと推定される。したがって、源明子が典侍を辞任した寛弘四年五月七日の時点では、「紅葉賀」巻はとうに発表されていたはずである。「紅葉賀」巻は源明子を憤激させたであろうが、辞表提出という事態には至らなかった。それでは、源明子を辞任に駆り立てたものは何か。ここにおいて着目されるのは、源典侍の第二番目の登場巻「葵」である。葵祭の当日、光源氏が若紫を伴い、祭見物に出た際、源典侍と偶然出会うが、ここで彼女は「紅葉賀」巻程ではないながら、相変わらずの好色ぶりを発揮している。一度ならず二度までも恥をかかされた思いの源明子は、激怒し辞表を提出するに至ったというのが真相ではなかったか。しかも誰もが注目する五月での発表である。五月七日の辞表提出は、おそらく五月初めに「葵」巻が発表されたのを受けての行動であったと思われる。五月の重要性は前項で述べた通りである。この辞表が受理されなかったのも、事が事だけに当然であったろう。

源典侍は「葵」巻に続いて「朝顔」巻にも登場する。しかし、この最終登場巻に、源明子の典侍辞任の原因を求めることはできない。それは、この巻の発表が寛弘五年以外に考えられない状況から明らかである。「朝顔」巻は、御冊子作りの一カ月前の寛弘五年十月前後に執筆された「藤裏葉」のわずか三巻前であり、寛弘四年に執筆されるはずもない。このように第二期の執筆順序から大局的に見ても、源明子の典侍辞任直前頃の発表は、「紅葉賀」「朝顔」巻とはなりえず、「葵」巻に自ずと限定される。

寛弘四年五月における「葵」巻発表——これを裏づけるのは、この年の葵祭が例年になく異常な盛り上がりを見せていることである（ちなみに翌寛弘五年の葵祭は、彰子中宮からの使は懐妊のため、東宮の使も花山院崩御のため立たず、盛り上がりに欠けた)。[39] この年の葵祭について、『御堂関白記』には「善ヲ尽クシ美ヲ尽クスコト、未ダ此ノゴトキ年アラズ」(寛弘四年四月十九日の条)とある。「葵」巻にもあるように、その年の葵祭が盛儀となるか否かは、おおよそ予想されるところである。[40]「葵」巻の構想は、この事前情報を踏まえて練られたことだろう。「葵」巻は、祭の興奮、未だ覚めやらぬうちに発表された、まさにタイムリーな物語であったと言わねばならない。

五　源典侍のモデルと源明子の辞任騒動

以上の考察から、源明子は寛弘三年の後半、「紅葉賀」巻が発表された時点においては一旦、怒りを押し殺したものの、翌年五月、「葵」巻が発表されるに及んで、辞表を突き付けるに至ったという経緯が浮かび上がる。それでは紫式部が、ここまで事をこじらせたのは何故か。そもそも何故、こうした危険を犯してまで、源典侍という人物を登場させたのであろうか。

この問いに答えるには先ず、源典侍のモデルについて認識を深めなくてはならない。源典侍のモデルは、何も源明子に限定されない。その設定の原型には、『伊勢物語』における「つくも髪の老女」[41]といった好色な老女のイメージがあったであろう。そして何より『大和物語』における監命婦の影響が顕著である。[42] 監命婦は承平・天慶(九三一〜九四七)頃の中臈の女房で、『大和物語』には、その多情な交際ぶりが伝えられている。「紅葉賀」巻には、源典侍の紹介(第一項の冒頭、参照)に続いて「森の下草老いぬれば」と書かれた彼女の扇を、光源氏が手にして和歌を詠み交わす場面がある。これは『古今集』「大荒木の森の下草老いぬれば駒もすさめず刈る人もなし」(巻一七・雑歌上)とともに、監命婦の詠んだ次の歌を踏まえる。

柏木の森の下草老いぬとも身をいたづらになさずもあらなむ　(『大和物語』第二一段)

この歌は、監命婦のもとに良少将(良岑仲連)が通っていた頃、通いが途絶えがちだったのか、良少将に通いを促すもので、「私が高齢だからといって見捨てたりしないように」と訴えている。監（げん）は源（げん）に通ずる。好色な老女官のイメージは、まさに監命婦にあると言えよう。また、続く第二十二段には、同じく良少将との絡みで、太刀に関するエピソードが紹介されている。すなわち、良少将が太刀の緒にするべき革を求めていたところ、監命婦が手元にあると言いながら、長い間、そのままにしていた。これに対して良少将は、「あだ人の頼めわたりし……」と、移り気な監命婦を頼りにして待っている自らの思いを託した歌を詠み、その歌にほれ込んだ監命婦が、その革を捜し出して彼のもとに届けたとある。[43]「太刀」「あだ人」というキーワードを含むことから、この章段は、源典侍を脅そうと、頭中将が太刀を抜いて光源氏とドタバタ劇を演ずる場面の着想になったと思われる。

このように源典侍のモデルは第一義的には『大和物語』の監命婦が挙げられる。源典侍の造型は、基本的に『伊勢物語』『大和物語』等から引き継がれた好色な老女のパターンを踏襲している。これに源明子のイメージが付与されたのが、源典侍と言えよう。したがって、必ずしも源典侍、イコール源明子とするには当たらない。物語上の人物とモデルの関係については、前項で述べた大輔命婦の場合がその好例である。「末摘花」巻に登場する大輔命婦は若い女房であるが、現実の大輔命婦は年配の女房であった。源明子に、源典侍の等身大の姿全てを求める必要はなかろう。源明子も年配ではあったろうが、果たして五十七、八歳もの高齢（「紅葉賀」巻）であったか、またそれほど多情であったかも疑問である。実際のところは、夫の異なる息子たちがいるといった程度だったことも充分に考えられる。「紅葉賀」巻には、源典侍に未練を持つ元恋人として修理の大夫が引き合いに出されている。[44]源明子に夫がいるにもかかわらず、元夫との関係が完全に切れていないといった事情があり、それを皮肉る程度のものだったかもしれない。いずれにせよ、紫式部の意識からすれば、余りの露骨さはなく、弁解の余地がある程度の書き方に止どめていた可能性がある。紫式部にとって源明子の反応は、ある意味、予想外の過敏さだったのではなかろうか。

しかし、たとえ、ある程度の予防線を張っていたとしても、そうした危険性を伴うキャラクターをあえて登場させるには、それ相応の覚悟があったと思われる(45)。この点に関して先ず留意しなくてはならないのは、源明子は一条天皇側の女官であって、彰子中宮側の女房ではないことである。双方は基本的に良好な関係ではあったろうが、当然ながら全て利害が一致しているわけではない。後宮を司る高官の一人である源明子は、彰子中宮側の女房にとって、いわゆる煙たい存在であったことは予想される。一方、「末摘花」巻には、大輔命婦に象徴されるように、彰子中宮サロンでの発表ならではの仲間意識的な性格が垣間見られた。「若紫」巻で大好評を博したと言っても、未だ同僚たちとの融和を心掛けていた段階であったろうから、「紅葉賀」巻においても、そうした融和を前面的に押し出す意味においても、源典侍の登場は有効であるという計算がなかったとは言えまい。ちなみに、このような紫式部における彰子中宮サロンとしての仲間意識・連帯感は、御冊子作り直後の寛弘五年(一〇〇八)十一月下旬、童女御覧の儀の当日に起こった、左京の君の一件から窺われる。左京の君とは、彰子中宮のライバルの一人であった弘徽殿女御(藤原義子)のもと、かつて宮中で幅を利かせていた女房であり、この日、大勢の奉仕人の中、五節の舞姫の介添えの一人として加わっていた。それを目ざとく見つけた彰子中宮方の女房たちは、彼女をからかう手の込んだいたずらをするが、その際、紫式部もその零落ぶりを揶揄した歌を詠んで、このからかいに積極的に加担し、同僚たちと一体となって興じている(『紫式部日記』)。

こうした同僚たちとの連帯感に加えて、あるいは、源明子が紫式部の出仕当初、陰口を言っていた一人(むしろ、その筆頭格)であった可能性もある。その場合、物語を通じて紫式部は筆誅を加えたこととなる。このほか、源明子が紫式部を敵視する一因として、「桐壺」巻が考えられる。『権記』には、源明子の邸宅に定子皇后の遺児、脩子内親王と敦康親王が滞在していた記録が残されている(寛弘七年閏二月二日の条(46))。第二項で触れたように、敦康親王は「桐壺」巻における光る君のモデルである。源明子が敦康親王たち姉弟と縁の深い人物とするならば、一条天皇の乳母として、中関白家没落の実情を目の当たりにしている彼女にとって、道長摂関家の代弁者的意図が隠されている「桐壺」巻は、不快な対象であったに違いない。もしくは、この遺児たちとの関係を抜きにしても、常に一条天皇の身近に接し、定子・御匣殿姉妹に対する天皇の深い寵愛ぶりを知っていた源明子が、好評を得た「桐壺」巻に大いなる欺瞞性を感じ、義憤に駆られたとしても不思議ではあるまい。また、そうした中関白家に肩入れする屈折した感情は、彰子中宮方に対する接し方にも現れ、彰子中宮側の女房たちにとって、厄介な存在であったことも充分にあり得る。源明子が紫式部当人のみならず、同僚たちとの言わば共通の敵であったならば、物語における筆誅も強い共感を持って、受け入れられたはずである。

ともあれ、紫式部は「紅葉賀」巻発表後、おそらく源明子の激高ぶりを耳にしながらも、それを無視して、「葵」巻で再び源典侍を登場させ、源明子を辞表提出にまで追い込んだ。こうした事態に至ってまで懲りもせず、「朝顔」巻に三度、源典侍を登場させているのは、源典侍はあくまで、虚構の人物であったことを強調する意図もあったのではなかろうか。「朝顔」巻の発表は辞任騒動の翌年であり、この頃には辞任の一件のほとぼりが冷めている。この巻において初めて「源典侍」と明記したのも、自らに悪意はなかったというポーズを採りつつ、源明子の過敏な反応を多少、揶揄したためのように思われる。

ちなみに、「朝顔」巻における源典侍の登場は、朝顔斎院が退下後に移り住んだ桃園邸においてである。そこには、尼になりながら、斎院のおばである女五の宮のもとに身を寄せる姿が点描されている。何故、唐突に源典侍が桃園邸で登場するのか、従来、不審とされているが、その理由の一端は、連想の糸から語り起こす紫式部の創作方法から窺われる。すなわち、前回「葵」巻での登場は、光源氏の葵祭見物の折であり、この葵祭の条は、六条御息所についての叙述から始まる。(47) さらに、葵の上死去後における六条御息所との歌の贈答直後にも、源典侍に対する言及が見られる。(48)一方、六条御息所と朝顔斎院は、その初出より強い連想関係で結ばれており、(49)源典侍は、この両者の連想の糸を介して、桃園邸での登場とあいなったと推定される。「葵」巻において源典侍は「祖母おとどの上」と呼ばれており、(50)「朝顔」巻においても「祖母おとど」(51)とある。これは、紫式部が源典侍の登場する「葵」巻の場面を踏まえて、「朝顔」巻の場面を執筆した証左であろう。

結語

以上、寛弘四年五月の源明子、典侍辞任の一件を手掛かりに、紫式部の彰子中宮サロン出仕後における『源氏物語』初期の巻々の発表時期を推定した。これまでの考察結果から、新たに推定される「桐壺」巻から「葵」巻までの発表時期を列挙するならば、左記の通りである。

「桐壺」巻…………寛弘三年春
「若紫」巻…………同年五月初め
《薬玉の一件は同年五月五日》
「末摘花」巻………同年後半（秋の八月？）
「紅葉賀」巻………同年後半（晩秋の十月？）
「花宴」巻…………寛弘四年春（三月？）
「葵」巻……………同年五月初め
《源明子の辞表提出は同年五月七日》

『源氏物語』が王朝文学の集大成として、先行する文学・歴史を取り込んで執筆されたことは言うまでもない。しかし、物語執筆時においては、紫式部自身の体験・状況がふんだんに盛り込まれている。就中、物語の披露の場と季節を看過すべきでないことは、源明子辞任の一件からも自ずから浮かび上がってくるのである。

【注】

（1）この一件について角田文衞「源典侍のことども」（『角田文衞著作集6 平安人物誌下』法蔵館、昭60）には、次のようにある。

こうあからさまに書かれては、さすがの明子も宮廷に居たたまれなくなり、寛弘四年五月、辞表を出してしまった。……これは、大変な名誉棄損であり、プライヴァシーの侵害であった。しかし当時はそれを訴える方法もなかったし、また懦に傷をもつ明子は泣き寝入りするより方法がなかったであろう。

（2）光源氏が朝顔の姫君の住む桃園邸を訪れた際、次のようにある。

（女五の宮と）また、いと古めかしき咳き打ちして、参りたる人あり。「かしこけれど、『聞こし召したらむ』と、頼み聞こえさするを、世にある者とも数まへさせ給はぬになむ。院の上（＝桐壺院）は『祖母おとど』と笑はせ給ひし」など、名乗り出づるにぞ（光源氏は）思し出づる。「源典侍と言ひし人は、尼になりて、この宮（＝女五の宮）の御弟子にてなむ行ふ」と聞きしかど、今まであらむとも、尋ね知り給はざりつるを、あさましうなりぬ。……（「朝顔」巻）

（3）・又典侍源明子朝臣当使巡。而依縫殿頭貞清喪俄不供奉。……（『権記』長保三年四月二十日の条）

・参一品（＝敦康親王）、御除服。一品宮（＝脩子内親王）同之。……宮（＝脩子内親王）日来御典侍明子朝臣一条宅。（『権記』寛弘七年閏二月二日の条）

（4）『紫式部日記』寛弘五年十二月二十九日の条には、「師走の二十九日に参る。初めて参りしも今宵の事ぞかし」とある。初出仕年次は寛弘二年か三年にほぼ絞られているが、このうち寛弘二年とすべきであることについては、拙著『紫式部伝』（笠間書院、平17）「初出仕」参照。

（5）（内裏へ）入らせ給ふべき事も近うなりぬれど、人々は、うち次ぎつつ心のどかならぬに、御前には、御冊子つくり営ませ給ふとて、明けたてば、まづ向かひさぶらひて、色々の紙、選り整へて、物語の本ども添へつつ、所々に文書き配る。かつは綴ぢ集めしたたむるを役にて、明かし暮らす。「なぞの子持ちか、冷たきに、かかるわざは、せさせ給ふ」と（道長様は中宮様に）聞こえ給ふものから、よき薄様ども、筆・墨など、持て参り給ひつつ、御硯をさへ持て参り給へれば、（中宮様が私に）取らせ給へるを、惜しみののしりて、「物の奥にて、向かひさぶらひて、かかるわざし出づ」とさいなむ。されど、よきつぎ・墨・筆など、賜はせたり。（『紫式部日記』）

御冊子作りは、十一月一日の五十日の儀が終わったのも束の間、同月十七日予定の彰子中宮の内裏還啓を控えるという慌ただしい日程のもと、土御門邸における彰子中宮の御前で営まれた。料紙の選定から元本書写の依頼、製本に至るまで、紫式部が陣頭指揮に当たったその一連の作業は、そうした状況を反映してか、連日、明け方から始まり、一日中行われている。このような様子を見て、道長は「どういった産後の方が寒い時期に、こうしたことをなさるのか」と彰子中宮の安否を気遣いながらも、上質の薄様の紙や筆・墨を始め、硯まで提供し、この御冊子作りに協力したとある。御冊子作りの詳細については、註4の拙著『紫式部伝』「御冊子作り」参照。

（6）源明子の種姓と経歴については、三条天皇乳母の橘清子女説や、源信明女説等、諸説に分かれる。こうした中、足立祐子氏は「典侍源明子考」（『武庫川国文』第66号、平17・11）において、これらの諸論を整理しつつ、『権記』における源典侍に関する記述を丹念に検証し、一条天皇の乳母（源師保女）説を打ち出している。

（7）源明子を藤原説孝室とするのは、『御堂関白記』寛弘元年（一〇〇四）十二月二十七日の条に「典侍源□子」の記述が見られ、同年前月十一月十五日の条に「源典侍説孝室」とあることに拠る。角田文衞「源典侍と紫式部」（『角田文衞著作集7　紫式部の世界』法蔵館、昭59）、註6の足立祐子「典侍源明子考」参照。

（8）右頭中将下典侍明子以所帯典侍譲前掌侍橘朝臣隆子文、七日状、（『権記』寛弘四年五月十一日の条）
詳細については、註6の足立祐子「典侍源明子考」参照。

（9）「左衛門の内侍と言ふ人、侍り。あやしう、すずろに、よからず思ひけるも、え知り侍らぬ心憂き、しりう言の、多う聞こえ侍りし。内の上（＝一条帝）の、源氏の物語、人に読ませ給ひつつ聞こし召しけるに、『この人は、日本紀をこそ読みたるべけれ。まことに才あるべし』と、宣はせけるを、（内侍は）ふと、推しはかりに、『いみじうなむ、才がる』と殿上人などに言ひ散らして、日本紀の御局とぞ付けたりける。いと、をかしくぞ侍る。この古里の女の前にてだに、つつみ侍るものを、さる所にて、才、賢し出で侍らむよ」（『紫式部日記』）

（10）『尊卑分脈』には藤原理方（紫式部の母方の曾祖父文範男）について「母左衛門内侍」とある。しかし、それでは年代的に釣り合わないため、為信男理明の妻かと推定される。萩谷朴著『紫式部日記全注釈』上巻（角川書店、昭46）三八二頁〜三八五頁の語釈「左衛門の内侍」参照。

（11）母方の実家関係から紫式部の人生を解き明かそうとする試論も散見するが、その確実な根拠は皆無と言ってよい。そもそも紫式部は、『紫式部日記』中にある、紫式部が男でなかったのを為時が嘆いたという有名な少女期のエピソードからも知られるように、母為信女の早世後、兄弟ともに父為時方で育てられた。紫式部の前半生は、父方の祖母三条右大臣定方女の実家筋である勧修寺流の係累の影響下にあり、その係累は『源氏物語』の成立事情の全貌を解き明かす大前提ともなっている（註2の拙著『紫式部伝』参照）。また、こうした父方の系譜からは、例えば朝顔の姫君のモデルとなった人物が見いだされ、六条御息所の着想・造型の背景を知る手掛かりも窺われる。第二章第三節「六条御息所」、第四節「朝顔斎院」参照。

（12）註3の『権記』寛弘七年閏二月二日の条、参照。

（13）註9、参照。

（14）註5、参照。

（15）註3、参照。

（16）御冊子作りが営まれた三カ月弱前の『紫式部日記』寛弘五年八月二十六日の条には、土御門邸で行われた薫物配りについて次のように記されている。

　二十六日、御薫物あはせ果てて、人々にも配らせ給ふ。まろがしゐたる人々、あまた集ひゐたり。

この薫物配りから連想されるのは、「藤裏葉」巻の前巻「梅枝」における薫物調合の場面、そしてその後に行われた薫物競べである。紫式部が垣間見たと思われる彰子中宮サロンにおける最高水準の薫物調合は、「梅枝」巻の薫物競べの発想や薫物に関する描写に何らかの影響をもたらしたと思われる。

さらに、この薫物配りの二ヵ月弱後の十月十六日における一条天皇の土御門邸行幸は、「藤裏葉」巻との関連が見いだされる。すなわち、「藤裏葉」巻を締めくくる盛儀を冷泉帝・朱雀院の六条院行幸とする発想的基盤に、『紫式部日記』にも詳細に記されている土御門邸行幸があったと考えられる。土御門邸行幸は、九月二十五日の段階で決定している（『御堂関白記』）。したがって、この九月二十五日以降、御冊子作りに先立つ十一月一日の五十日の祝い以前の約一カ月余りの間に、「藤裏葉」巻が執筆された可能性が高い。島津久基著『源氏物語新考』（明治書院、昭11）「源氏物語論考」、山中裕著『歴史物語成立序説』（東京大学出版会、昭37）「源氏物語の内容」、註4の拙著『紫式部伝』「御冊子作り」参照。

(17)『紫式部集』における次の一連の贈答歌からは、出仕当初の状況が窺われる。

初めて内裏わたりを見るにも、もののあはれなれば
57 身の憂さは心の内に慕ひ来ていま九重ぞ思ひ乱るる
まだ、いと初々しきさまにて、古里に帰りて後、ほのかに語らひける人に
58 閉ぢたりし岩間の氷うち解けば緒絶えの水も影見えじやは
返し
59 深山辺の花吹き紛ふ谷風に結びし水も解けざらめやは
正月十日の程に「春の歌、奉れ」とありければ、まだ出で立ちもせぬ隠れ処にて
60 み吉野は春の気色に霞めども結ぼほれたる雪の下草
弥生ばかりに、宮の弁のおもと、「いつか参り給ふ」など書きて
61 憂き事を思ひ乱れて青柳のいと久しくもなりにけるかな
返し
62 つれづれとながめふる日は青柳のいとど憂き世に乱れてぞふる
かばかり、思ひ屈じぬべき身を、「いといたう、上衆めくかな」と、人の言ひけるを聞きて

63　わりなしや人こそ人と言はざらめ自ら身をや思ひ捨つべき

(18)　寛弘二年の師走は小の月で、翌日は元旦という慌ただしい年の暮での初出仕だった。そうなった最大の原因は、紫式部本人に求められよう。おそらく出仕要請に対する決断を延ばしに延ばしていた結果、内裏炎上といった不測の事態等もあって師走を迎えるに至り、年を越しての出仕では、彰子中宮方に対して不義理になりかねないという切迫した状況となっていたと思われる。註4の拙著『紫式部伝』「初出仕」参照。

(19)　註17、参照。元来、評判の物語作者として鳴り物入りでの宮仕えだっただけに、紫式部の動向に対しては周囲の者も過敏になっていたらしい。同僚の女房たちが当初、抱いていた紫式部の印象は、次のように険悪なものであったことが、後に述懐されている。

いと艶に恥づかしく、人見えにくげに、そばそばしき様して、物語好み、よしめき、歌がちに、人を人とも思はず、ねたげに見落とさむ者となむ、皆、人々言ひ、思ひつつ憎みしを、……。(『紫式部日記』)

(20)　最終的には、最悪であった紫式部の印象も、「見るには、あやしきまで、おいらかに、異人《ことひと》かとなむ覚ゆる」(『紫式部日記』)とまで、誰も口にするようになっている。

(21)　「日本紀の御局」というあだ名に対して、「このふるさとの女(＝里邸の侍女)の前にてだに、つつみ侍るものを、さる所にて、才、賢し出で侍らむよ」と反論しており(註9、参照)、「一といふ文字をだに書きわたし侍らず」ともある。さらに、宮仕えにおける彼女の処世術とも言うべき同僚に対する一般的な接し方について、次のように記している。

人の中に交じりては、言はまほしき事も侍れど、……物もどきうちし、我はと思へる人の前にては、うるさければ、物言ふ事も、物憂く侍り。……ほけ痴れたる人に、いとど、なり果てて侍れば……。(『紫式部日記』)

(22)　註4の拙著『紫式部伝』「初出仕」参照。

(23)　第二章第二節「「桐壺」巻」参照。

(24)　註4の拙著『紫式部伝』「「桐壺」巻の誕生」参照。

(25)　三谷栄一「物語の享受とその季節――『大斎院前の御集』の物語司を軸として――」(「日本文学」昭41・1)に

は、次のようにある。

上下挙って祭見物の準備に熱中するだけに、この四月は文学的行事は全く顧みられない。……またそれだけにその反動として大祭が終った五月は、斎院の方々はいふまでもなく、見物に熱中した後宮や姫君も落着きをとり戻して、時はあたかも五月雨の季節でもあり、文学的行事に専念したのではあるまいか。……この時期に光源氏は有名な物語論を展開してゐるやうに、五月がやはり物語が書写されたり、享受する季節であった。

(26) 註25の御論には、萩谷朴編著『平安朝歌合大成』第一巻〜第五巻（同朋舎、昭32）記載の歌合の回数を表にまとめた上で、次のようにある。

斎院ならずとも、一般の人々も五月五日を中心として五月に催されたのが、実に39回、次いで八月の21回、三月18回、四月17回と続く。……六月や十一月・十二月がもっとも少いのは、竹取物語ではないが、「十一月《しも》・十二月《しはす》の降りこほり、六月《みな》の照りはたたく」季節は、やゝ大陸的な京都の生活は、文学的催しどころではなく、物語や和歌などを静かに燈下に親しむ環境ではあり得なかったからであらう。やはりかうした季節には、物語作家の創作力も低下を来たし、享受も遠ざかり、新作は出現しなかったのであらう。

(27) 鈴木一雄著『堤中納言物語序説』（桜楓社、昭55）『逢坂こえぬ権中納言』について——作者と成立——」、本書第三章第一節「『宇津保物語』『落窪物語』『堤中納言物語』からの照射」三、参照。

(28) 註27、参照。

(29) 「夕顔」巻は、「空蟬」巻において六月二十日前後まで語られた物語の時間を、一旦、五月末頃〜六月十日前後の宮中住まいの頃に戻して語り出される。池田亀鑑校注『源氏物語』七（日本古典全書、朝日新聞社、昭30）に付されている年立、拙著『源氏物語　成立研究』（笠間書院、平13）第一章第一節「帚木三帖の時間的構成」参照。

(30) 註25の御論には「帚木巻の冒頭が五月雨の頃の記事にはじまるのも（中略）物語発表の五月といふ季節にマッチした表現であった」とある。

(31) 左衛門の督（＝公任）、「あな、かしこ。このわたりに、若紫やさぶらふ」と、うかがひ給ふ。「源氏に似るべき人も見え給はぬに、かの上は、まいて、いかでものし給はむ」と、聞き居たり。（『紫式部日記』）

この一件からは、当代の歌壇の権威である公任に読まれるまでに「若紫」巻の評判が高かったことが窺われる。

(32) 拙著『源氏物語　展開の方法』（笠間書院、平7）第三章第一節「若紫」等、参照。

(33) 巻頭の光源氏の北山訪問は「三月の晦日なれば、京の花盛りは、みな過ぎにけり」（「若紫」巻）という時期になされている。

(34) 花宴の史実の詳細については、清水好子著『源氏物語論』（塙書房、昭41）第五章「花の宴」参照。紫式部の初出仕先が東三条院であることについては、註4の拙著『紫式部伝』「初出仕」参照。

(35) 「この中には、匂へる鼻もなかめり。左近の命婦、肥後の采女やまじらひつらむ」（「末摘花」巻）

(36) 『紫式部日記』寛弘五年九月十一日、敦成親王誕生前の条に、彰子中宮に仕える「いと年経たる人々」の一人として大輔命婦の名が見える。また、同月十五日、五日の産養の条には、次のように記されている。

大輔の命婦は、唐衣は手もふれず（＝趣向も凝らさず）、裳を白銀の泥して、いと鮮やかに大海に摺りたるこそ、けちえんならぬものから、目やすけれ。

(37) 道長の正室源倫子は、夫宣孝同様、三条右大臣定方の曽孫であり、紫式部とは再従姉妹の関係（倫子の母穆子は、紫式部の祖母定方女の姪）にある。倫子が紫式部にとって特別な存在であったことは、寛弘五年重陽の節句の折、倫子が紫式部に菊の着せ綿を御指名で贈っていること（『紫式部日記』）や、その二カ月後、御冊子作りの大役を果たして里下がりした紫式部のもとに、倫子は直々の手紙を送り、早々に帰参するよう促していること（同）から知られる。註4の拙著『紫式部伝』「初出仕」参照。

(38) 大輔命婦は次のように紹介されている。

左衛門の乳母とて、大弐のさしつぎに思いたるが女、大輔の命婦とて（内裏に）さぶらふ、王家統流の兵部の大輔なる女なりけり。いと、いたう色好める若人にてありけるを、君も召し使ひなどし給ふ。（「末摘花」巻）

(39) 「賀茂祭。中宮（＝彰子中宮）依御懐孕不被立使。東宮依花山院事不被立使」（『日本紀略』寛弘五年四月十九日の条）

(40) 次の「葵」巻の箇所より、そうした状況は垣間見られる。

・祭の程、限りある公事に添ふ事、多く、見所こよなし。
・今日の物見には、大将殿（＝光源氏）をこそは、あやしき山賊さへ見奉らむとすなれ、遠き国々より、妻子を引き具しつつも、まうで来なるを、……。

(41) 三人の子持ちの老女が情愛深い男を望み、三男の計らいで業平と関係をもつ話（『伊勢物語』第六三段）で、「つくも髪」は業平の次の歌に、老女に譬えて詠まれている。

百年に一年たらぬつくも髪われを恋ふらし面影に見ゆ

(42) 岡一男著『源氏物語事典』（春秋社、昭39）第七章Ⅱ「『源氏物語』のモデル」参照。

(43) 「良少将、太刀の緒にすべき革を求めければ、監の命婦なむ、『我がもとにあり』と言ひて久しく出ださざりければ、

あだ人の頼めわたりしそめかはの色の深さを見でや止みなむ

と言へりければ、監の命婦、めでくつがへりて、求めてやりけり」（『大和物語』第一二一段）

(44) 源典侍と寝ている現場に頭中将が踏み込んだ際、光源氏は次のような感想を抱いている。

この中将とは思ひ寄らず、「なほ忘れ難くすなる、修理の大夫にこそあらめ」と思すに、……。（「紅葉賀」巻）

(45) ちなみに、「紅葉賀」巻における源典侍の挿話それ自体は、物語の展開上、重要な役割を担っている。彼女の登場は、桐壺帝が光源氏の葵の上への夜離れを心配する場面からである。桐壺帝は、不義密通の御子誕生という秘密が漏れるのを最も避けねばならない相手にほかならない。この源典侍とのドタバタ劇によって、秘密の漏洩について、当面、心配する必要のないことが間接的に読み取られる。註32の拙著『源氏物語　展開の方法』第一章第三節「初期の巻々」三のⅠ（5）「紅葉賀」巻、参照。

(46) 註3、参照。

(47) 葵祭の条は、次のように六条御息所についての記述から語り出される。

祭の日は大殿（＝葵の上）には、物見給はず。大将の君（＝光源氏）、かの御車の所争ひ、まねび聞こゆる人ありければ、「（六条御息所には）いと、いとほしう、（葵の上には）憂し」と思して、……（六条御息所のも

とに）まうで給へりけれど、心やすくも対面し給はず。……今日は、二条の院に離れおはして、祭、見に出で給ふ。……よろしき女車の、いたう乗りこぼれたるより、扇を差し出でて、人を招き寄せて、「ここにやは、立たせ給はぬ。所さり聞こえむ」と聞こえたり。「いかなる好き者ならむ」と思されて、……。

（48）「『（六条御息所が伊勢に）下り給ひなば、さうざうしくも、あるべきかな』と、さすがに（光源氏は）思されけり。（故葵の上の）御法事など過ぎぬれど、正月までは、なほ籠もりおはす。慣らはぬ御つれづれを、心苦しがり給ひて、三位中将（＝頭中将）は、常に参り給ひつつ、世の中の御物語など、まめやかなるも、また、例の乱りがはしき事をも聞こえ出でつつ、慰め聞こえ給ふに、かの内侍ぞ、うち笑ひ給ふ種には、なるめる。大将の君は、『あな、いとほしや。祖母おとどの上、ないたう軽め給ひそ』と、いさめ給ふものから、常に『をかし』と思したり」（「葵」巻）

（49）朝顔斎院は「葵」「賢木」巻において、六条御息所とタイアップした形で登場する。朝顔斎院は初出より、光源氏の高貴な愛人候補として六条御息所と対照的に設定されており、「式部卿の宮の姫君」として登場する彼女が、賀茂斎院となるのも、六条御息所の伊勢下向構想に連動して生まれた可能性が高い。第二章第四節「朝顔斎院」、註29の拙著『源氏物語　成立研究』「帚木三帖の時間的構成」参照。

（50）註48、参照。

（51）註2、参照。

第三節　第二期後半（「賢木」～「藤裏葉」十二帖）

はじめに

『源氏物語』第二期の各巻々は、いつ執筆されたか——この問いに対して、本節は前節に引き続いて、残りの十二帖、すなわち、「葵」巻の寛弘四年（一〇〇七）五月以降、翌年十一月における御冊子作りまでの「賢木」巻～「藤裏葉」巻の執筆・発表状況を探るものである。その際、手掛かりとなるのは、これまで同様、紫式部を含む彰子中宮周辺の出来事、及び巻中に示されている時節である。

一　第二期後半（「賢木」～「藤裏葉」十二帖）の発表時期

前節までに、ほぼ確定された『源氏物語』第二期の巻々における執筆・発表時期は、左記の通りである。

《彰子中宮のもとへの初出仕は寛弘二年十二月二十九日(1)》

「桐壺」巻……寛弘三年春(2)

「若紫」巻……同年五月初め(3)

「末摘花」巻……………………同年後半（秋の八月？）
「紅葉賀」巻……………………同年後半（晩秋の十月？）
「花宴」巻………………………寛弘四年春（三月？）
「葵」巻…………………………同年五月初め(4)
「賢木」巻～「乙女」巻…………未確定
「梅枝」巻………………………寛弘五年八月下旬～十月(5)
「藤裏葉」巻……………………同年九月下旬～十一月初旬(6)
《御冊子作りは寛弘五年十一月初旬～中旬》

右のうち、未確定な「賢木」～「乙女」の十帖（**「賢木」「花散里」「須磨」「明石」「澪標」「絵合」「松風」「薄雲」「朝顔」「乙女」**）の執筆期間は、寛弘四年五月～翌年十月頃までの一年半以内に限定される。分量的に言えば、寛弘三年五月から翌年五月と丸一年かかった「若紫」～「葵」の五帖の約一・八倍で、年間的には、やや早いペース、巻数からしても、ほぼコンスタントに執筆されたことが予想される。これを踏まえた上で、「賢木」～「乙女」の十帖を見てみると、改めて着目されるのは、前巻・後巻の執筆時期がそれぞれ限定されている「賢木」「乙女」両巻である。

「賢木」巻は、六条御息所の伊勢下向に伴い、光源氏が野宮を訪れる「九月七日ばかり」より語られる。(7)この巻が五月五日頃発表の「葵」の次巻であること踏まえるならば、この巻頭における九月という設定は、その発表時期を意識した可能性がある。(8)前巻の五月発表から丸四カ月後の発表と、やや期間が空いているのは、道長の一大イベント吉野参詣（御嶽詣）の影響が考えられる。閏五月十七日、道長は精進潔斎に入り、八月二日に出立、同月十四日に帰京している。この吉野参詣の大きな目的の一つは、入内して以来、七年間、御子のない彰子中宮の懐妊を願ってのことであった(9)。道長一世一代の大旅行に対して、つつがなく吉野参詣の一切が終わるまで、彰子中宮サロンは息をひそめて道長の健康を祈っていたと思われる。九月発表は、この吉野参詣の話題が一息ついた頃であり、時宜に適っていよう。

また、「乙女」巻末近くで語られる八月の六条院落成(10)は、寛弘五年八月下旬〜十一月初旬成立の後巻「梅枝」「藤裏葉」との関連から興味深い。この年の七月中旬頃より、彰子中宮は出産のため土御門邸に長い里下りとなるが、親王誕生の九月十一日以降、御冊子作りに至るまでの間は、三・五・七・九夜の産養や一条天皇の行幸等、慌ただしい日々が続く(『紫式部日記』)。そうした慌ただしい日程の中で「梅枝」巻ならまだしも、「乙女」巻までが執筆されたとは到底、思われない(「藤裏葉」巻は九月下旬以降の成立である)。「乙女」巻が「梅枝」「藤裏葉」両巻を合わせた以上の分量であるのも、それを裏づける。秋の気配漂う土御門邸の素晴らしさは『紫式部日記』冒頭の名文で紹介されている通りである。六条院落成で印象的に「乙女」巻が閉じられるのは、彰子中宮の土御門邸滞在を踏まえての、彰子中宮サロンという発表の場を意識した効果的演出ともなっていると言えよう(11)。

ちなみに、土御門邸への里下がりは七月以前にも、四月十三日から丸二カ月間なされている。この間の四月二十三日〜五月二十二日、土御門邸では法華三十講が催され、その一部については『紫式部日記』『紫式部集』に記されているように、紫式部の随行が確認される(12)。六条院構想の萌芽は、「乙女」より三巻前の「松風」に見られる。「明石」の次巻「澪標」において打ち出された二条東院構想は、その完成が告げられる「松風」巻の段階で早くも修正されることとなる(13)。こうした二条東院構想から六条院構想への転換(14)の契機として、この四月〜六月の里下がりは無視できまい。「松風」巻の執筆時期についても、「乙女」巻発表を八月とした場合、この折の里下がり頃が妥当である。

このほか、彰子中宮周辺との関連で一考を要するのは、明石の君が懐妊する「明石」巻の執筆時期と彰子中宮懐妊の時期との関連性である。彰子中宮の懐妊は、寛弘四年十二月初めで、翌年一月二十日には、道長の知るところとなる（『栄花物語』）[15]。一方、「明石」巻は寛弘四年九月発表想定の「賢木」から三巻目、翌年五月前後執筆の「松風」より三巻前で、彰子中宮懐妊の確定時期は、この巻の執筆予想時期の範囲内と言える。明石の姫君の誕生は、光源氏の栄華を支える重要な布石であり、当然ながら彰子中宮懐妊の有無にかかわらず、物語の進展に伴って語られざるをえない。しかし、既に述べたように彰子中宮は、長い年月、懐妊がなかった。しかも道長の吉野参詣もなされ、中宮サロンがより一丸となって、懐妊を望んでいた頃にである。物語上とは言え、この中宮の弱み、無言の精神的圧力をかけるような事を、あえて刺激することにもなりかねない展開は当面、避けたいところであろう（明石の浦での懐妊は展開上、ベストであるに違いないとは言え、未懐妊のまま、光源氏帰京の後に上京する等、異なる展開も可能だったはずである）。「明石」巻における明石の君懐妊は、彰子中宮懐妊を踏まえてのものではなかったか。その場合、明石の姫君誕生が語られる「明石」の次巻「澪標」は、順調な彰子中宮の胎児発育の中、執筆されたことになる。この巻の中で、後の玉鬘十帖構想の原型とも言うべき養女（玉鬘？）構想の断片が語られているのも[16]、彰子中宮懐妊によって、そうした御子絡みの制限が取り払われた結果であろう。冷泉帝の聖代を印象づける「絵合」巻（「澪標」の次巻）も同様に、こうしためでたい雰囲気の中での発表と相成ったと思われる。

これらの事を踏まえるならば、「澪標」「絵合」両巻の執筆時期は、彰子中宮懐妊が確定する寛弘五年一月から、「松風」巻執筆が想定される同年五月前後の間に限定される。そうした中、「絵合」巻のメインとなる絵合が催される三月十余日・二十余日は、一つの目安となろう。物語を好む女君や女房たちにとって、五月は特別な月であった[17]。しかし、寛弘五年五月は、既に述べたように土御門邸において法華三十講が催されており、前年の「若紫」巻のような五月発表とはならなかったはずである。したがって、変則的ながら前倒しに四月、もしくは晩春頃の発表とするのが妥当ではなかろうか。五月発表とはならなかったものの、「若紫」巻同様、五月に近い春三月の季節で、聖代を謳う「絵合」巻は内容的にも、そうした読者の期待を裏切らないものとして受け止められたであろう。

結語

以上の考察から推定される「賢木」巻〜「乙女」巻（第二期後半）の執筆・発表状況は、左記の通りとなる。(18)

（「葵」巻 ……………寛弘四年五月初め）

《道長の吉野参詣は同年八月》

「賢木」巻 ……………同年九月

「花散里」「須磨」巻……………同年後半

《彰子中宮の懐妊は同年十二月初め》

「明石」巻 ……………寛弘五年春（一月？）

「澪標」巻 ……………同年春

「絵合」巻 ……………同年四月頃

《法華三十講等のための土御門邸里下がりは四月中旬〜六月下旬》

「松風」巻 ……………同年四月中旬以降

「薄雲」「朝顔」巻……………同年後半

《出産のための土御門邸里下がりは七月中旬》

「乙女」巻 ……………同年八月

（「梅枝」……………同年八月下旬〜十月）

本節で明らかにしたように、第二期後半における「賢木」以降の巻々の展開内容は、彰子中宮の懐妊・出産絡みの出来事と見事にリンクしている。二条東院構想から六条院構想への転換、玉鬘十帖構想の原型とも言うべき養女構想の断片が、土御門邸行啓に伴い見られるのは、その証左でもある。第二期後半の巻々には、発表の場の影響力、すなわち、物語構想は彰子中宮サロンの動向を抜きにして語れないという特徴が、前半の巻々以上に、刻印されていると言えよう。

【注】

(1)『紫式部日記』寛弘五年十二月二十九日の条には、「師走の二十九日に参る。初めて参りしも今宵の事ぞかし」とある。初出仕年次は寛弘二年か三年にほぼ絞られているが、このうち寛弘二年とすべきであることについては、拙著『紫式部伝』(笠間書院、平17)「初出仕」参照。

(2)「桐壺」巻が宇多・醍醐天皇の御代に准拠しながら、道長摂関家側の代弁者的な意図を前面に打ち出した物語であり、滞りがちな宮仕え当初の長い里下がりの間に執筆されたことについては、次章第二節、本章第一節二、参照。

(3)寛弘三年五月五日、同僚の女房から薬玉が贈られていること、五月が物語発表において重要な季節であること等を踏まえるならば、好評を博した「若紫」巻が、「桐壺」巻に引き続き、同年五月に発表され、紫式部の四面楚歌的な出仕当初の状況を打破する突破口を開いた可能性は極めて高い。本章第二節、参照。

(4)寛弘四年五月七日、源典侍のモデル源明子の辞表提出の一件等から演繹するならば、源典侍が再登場する「葵」巻は、例年になく異常な盛り上がりを見せた、この年の葵祭の興奮が未だ覚めやらぬ五月に発表された物語と推定される。本章第二節四「源明子の典侍辞任と「葵」巻」、参照。

(5)御冊子作りが営まれた三カ月弱前の『紫式部日記』寛弘五年八月二十六日の条には、土御門邸で行われた薫物配りについて次のように記されている。

二十六日、御薫物あはせ果てて、人々にも配らせ給ふ。まろがしゐたる人々、あまた集ひゐたり。

この薫物配りから連想されるのは、「藤裏葉」巻の前巻「梅枝」における薫物調合の場面、そしてその後に行われた薫物競べである。紫式部が垣間見たと思われる彰子中宮サロンにおける最高水準の薫物調合は、「梅枝」巻の薫物競べの発想や薫物に関する描写に何らかの影響をもたらしたと思われる。山中裕著『歴史物語成立序説』（東京大学出版会、昭37）「源氏物語の内容」、註1の拙著『紫式部伝』「御冊子作り」参照。

（6）薫物配りの二カ月弱後の十月十六日における一条天皇の土御門邸行幸は、「藤裏葉」巻との関連が見いだされる。すなわち、「藤裏葉」巻を締めくくる盛儀を冷泉帝・朱雀院の六条院行幸とする発想的基盤に、『紫式部日記』にも詳細に記されている土御門邸行幸があったと考えられる。土御門邸行幸は、九月二十五日の段階で決定している（『御堂関白記』）。したがって、この九月二十五日以降、御冊子作りに先立つ十一月一日の五十日の祝い以前の約一カ月余りの間に、「藤裏葉」巻が執筆された可能性が高い。島津久基著『源氏物語新考』（明治書院、昭11）「源氏物語論考」、及び註5の山中裕氏の論、註1の拙著、参照。

（7）「斎宮の御下り、近うなり行くままに、御息所、物心細く思ほす。……（光源氏は）野宮にまうで給ふ。九月七日ばかりなれば……」（「賢木」巻頭）

（8）巻頭で打ち出されている季節から発表時期を推定しえた例としては、「紅葉賀」巻が挙げられる。本章第一節30〜31頁、参照。

（9）道長の吉野参詣のハイライトとなる埋経は、その当日、「小守三所」に参詣してから行われている。「小守三所（＝吉野水分神社、子守明神）」は古くは青根ケ峯山頂に芳野水分峯の神として鎮座し、祈雨等、農耕の水の神であったが、ミクマリ（「水分」）からミコモリ（「子守」）となって、平安時代以降、子育て・安産の神として信仰を集めていた。参詣の翌年早々に彰子中宮の懐妊を知った道長は「御心のうちには『御嶽の御験にや』と、あはれに、うれしう思さるべし」（『栄花物語』「初花」巻）とある。蛭田廣一「藤原道長金峰詣の道筋試論」（「古代文化史論攷」創刊号、昭55）等、参照。

（10）「八月にぞ六条院、造り果てて（光源氏は）渡り給ふ」（「乙女」巻）

（11）こうした粋な演出は、「藤裏葉」巻にも見られた。すなわち、「藤裏葉」巻末における冷泉帝の六条院行幸の発想的基盤に、一条天皇の土御門邸行幸があった（註6、参照）。また、寛弘五年八月の彰子中宮サロンにおける薫物配りと「梅枝」巻における薫物競べとの関係（註5、参照）、さらには、寛弘三年三月に催された花宴と「花宴」巻頭の花宴との関係（本章第二節31頁、参照）も、そうした例に加えられよう。
ちなみに、「藤裏葉」巻の場合、「花宴」巻同様、季節的符合も見られる。すなわち、一条天皇の土御門邸行幸が十月十五日であったのに対して、冷泉帝の六条院行幸は「神無月の二十日余りの程」であり、同じく十月となっている。

（12）『紫式部日記』消息文体の跋文に続く某月十一日の断簡は、この寛弘五年五月の法華三十講結願の記事と考えられる。また、この記事に続く、彰子中宮の御前にあった『源氏物語』を契機として道長が紫式部に詠んだ歌は、梅の実に敷かれた紙に書かれたとある。ここからも、梅の実の採れる頃、すなわち法華三十講が終わった五月末から六月初旬頃、紫式部がこの長い里下がりに随行していたことが知られる。さらに『紫式部集』には、法華三十講の五巻が講ぜられた、同年五月五日をめでて詠んだ紫式部の次の歌が収められている。

妙なりや今日は五月の五日とて五つの巻にあへる御法を

（13）二条東院は「澪標」巻において、明石の姫君の受け入れ先とリンクして、次のように語られている。
二条院の東なる宮、院の御処分なりしを、二なく改め造らせ給ふ。「花散里などやうの心苦しき人々、住ませむ」なむど思し当てて、造ろはせ給ふ。……「かしこき筋にもなるべき人（＝明石の姫君）の、怪しき世界にて生まれたらむは、いとほしう、かたじけなくもあるべきかな。この程すぐして、迎へてむ」と（光源氏は）思して、東の院、急ぎ造らすべきよし、もよほし仰せ給ふ。（「澪標」巻）
しかし「松風」巻頭では、次のように明石の君は二条東院の入居者が花散里といった光源氏の寵愛薄い女君たちであるのを憂慮し、二条東院入りを拒否するという変化が見られる。
明石には……上りぬべき事をば宣へど、女（＝明石の君）は、なほ我が身の程を思ひ知るに、「こよなく、やむごとなき際の人々だに、なかなか、さて、かけ離れぬ御有様のつれなきを見つつ、物思ひ勝りぬべく聞くを、

まして、何ばかりのおぼえなりとてか、差し出で交じらはむ。……（「松風」巻）

（14）二条東院構想から六条院構想への転換については、拙著『源氏物語　成立研究』（笠間書院、平13）第一章第三節「筑紫の五節から玉鬘へ」三等、参照。

（15）「（道長様が）大輔命婦に忍びて召し問はせ給へば、『（寛弘四年）十二月と霜月との中になむ、例の事は見えさせ給ひし。この月（＝正月）は、まだ二十日にさぶらへば、今しばし試みてこそは、御前（＝道長）にも聞こえさせめと思うて給ひてなむ。……」（『栄花物語』「初花」巻）

（16）「心安き殿造りしては、かやうの（筑紫の五節のような）人、集へて、もし思ふさまに、かしづき給ふべき人も、出でものし給はば、さる人の後見にも」と（光源氏は）思す。かの院（＝二条東院）の造りざま、なかなか見所多く、今めいたり。よしある受領などを選りて、あてあてに催し給ふ。（「澪標」巻）
光源氏は、造営中の二条東院の一郭に、筑紫の五節のような、かつて縁を結び、かつ将来を共にすることを期待する女性たちを集め、もし紫の上との間などに子供でも生まれたならば、彼女たちにその後見をさせる心積もりもしていたとある。傍線部「思ふさまに、かしづき給ふべき人」は、同巻で語られる光源氏の御子を三人とする宿曜の予言からして、紫の上の御子誕生はあり得ず、この時点で結婚適齢期を迎えていた夕顔の遺児玉鬘がふさわしい。註14の拙論「筑紫の五節から玉鬘へ」参照。

（17）梅雨どきは、長い屋内での生活を強いられる無聊の季節である。加えて、四月には葵祭という一大イベントがある。六月（水無月）は、その名の通り、暑い盛りとなるから、葵祭の興奮が収まって一息つく、寒からず暑からずの五月は、物語に専念するに格好な時節と言える。「螢」巻には「長雨、例の年よりも、いたくして、晴るる方なく、つれづれなれば、御方々、絵物語などのすさびにて、明かし暮らし給ふ」とある。物語に対する情熱が高まる五月に、自ずと新作も多く発表され、この月での発表を目標に自信作をぶつけてきた者もいたであろう。三谷栄一「物語の享受とその季節――『大斎院前の御集』の物語司を軸として――」（「日本文学」昭41・1）、本章第二節三「五月五日の薬玉の一件と「若紫」巻」参照。

（18）特に触れなかった「花散里」「須磨」巻、そして「薄雲」「朝顔」巻について、その執筆時期が分量的に可能か否かについて付言しておく。「花散里」巻は五十四帖中、「篝火」巻に次ぐ小巻、「須磨」巻は「賢木」巻より若干、短い中編である。寛弘四年九月以降、年内執筆に問題はない。また、「薄雲」巻は「須磨」巻の八割、「朝顔」巻は「薄雲」巻の約三分の二の分量であり、両巻は「花散里」「須磨」巻の一・二倍で、かつその執筆想定期間は、やや短い。しかし、充分に可能な範囲内である。

第四節　第三期（「蓬生」「関屋」と玉鬘十帖）

はじめに

『源氏物語』第三期の巻々、すなわち「蓬生」「関屋」と玉鬘十帖の計十二帖は、寛弘五年（一〇〇八）十一月の御冊子作り以後、翌々年二月、彰子中宮の妹妍子の春宮参入までに執筆された。それでは、この各巻々は、それぞれ、いつ執筆・発表されたか。その際、糸口を探る有力な手掛かりを与えてくれるのが、『紫式部日記』に記されている御冊子作り以降、翌年正月までの紫式部の詳細な動向等、彼女を中心とした彰子中宮サロン周辺の出来事、そして巻中の主要な季節である。

一　「蓬生」「関屋」巻の執筆時期

御冊子作りの巻々に続く、第三期十二帖の執筆時期は次のように推定される。

《御冊子作りは寛弘五年十一月初旬〜中旬》

《彰子中宮の内裏還啓は同年十一月十七日》

「蓬生」「関屋」巻…………………………未確定

玉鬘十帖…………………………？〜寛弘七年二月二十日

《妍子の東宮参入は同年二月二十日》

右のうち、玉鬘十帖の執筆上限について参考となるのは、彰子中宮が土御門邸より内裏に還啓した寛弘五年十一月十七日（紫式部も随行）という時節と、玉鬘十帖初巻「玉鬘」巻末との関係である。「玉鬘」巻は、玉鬘が光源氏のもとに引き取られた後の、六条院における「年の暮」のひとこまが描かれて閉じられる。(1)この両者の時節の近接は、寛弘五年十二月下旬における「玉鬘」巻完成の可能性を示唆する。しかし、その場合、十一月の彰子中宮の内裏還啓以降、「蓬生」「関屋」「玉鬘」の三巻は、わずか一ヵ月足らずで執筆されたことになるが、これは物理的に可能か。幸い『紫式部日記』には、これを検証する御冊子作り以降、翌年の正月までの紫式部の詳細な動向が残されている。(2)すなわち、彰子中宮の内裏還啓に続いて、同月二十日の五節の舞姫の参入から二十八日の賀茂臨時祭の奉幣使まで、紫式部は宮中で仕えていたことが知られる。そして一旦、里下がりした後、「師走の二十九日に参る。はじめて参りしも今宵の事ぞかし」（『紫式部日記』）とあるように、一ヵ月後の十二月二十九日に帰参している。一方、「玉鬘」巻は「葵」「賢木」巻と同等な分量の中編ながら、「蓬生」巻がその半分弱、「関屋」巻は五十四帖中、「篝火」「花散里」に次ぐ小巻（「蓬生」巻の約二割）である。したがって、里下がりでの丸一ヵ月間は短期間ながら、物語執筆に専念した場合、三巻の執筆は充分、可能な分量と言えよう。「師走の二十九日に参る。……」と特記した背景には、「玉鬘」巻を書き終えて晴れて帰参した日が三年前の初出仕の日と偶然、重なった感慨が込められていたと思われる。

この一ヵ月間の里下がりの当初、「蓬生」巻が書かれたであろうことは、この巻の着想の観点から窺われる。

すなわち「蓬生」巻の着想には、御冊子作りと内裏還啓の間になされた里下がりとの関連が指摘しうる。この巻は、須磨流謫後の荒廃した末摘花邸を舞台に繰り広げられる。その邸の荒廃ぶりは、御冊子作り直後、里下がりした折の紫式部の心象風景と重ね合わされる。御冊子作りという大仕事を成し遂げた疲労感・緊張の余韻によるものであろう、里邸の木々に目をやるにつけても、所在無い日々の中で、物語を介して友たちと交流した寡居時代が彷彿とされ、出仕以前の自己とのあまりの境遇の違いに愕然とする。そして宮仕え以前の交友関係がほとんど絶えた今、里邸でさえ別世界に来たような思いが募り、物悲しく感じたとある（『紫式部日記』(3)）。しかし、彼女の孤独を癒してくれたのは、意外にも宮中生活を共にする同僚たちであった。月日の移ろいにつれて、憂いの対象でしかなかったはずの宮仕えが、いつの間にか切っても切れない自らの生活の一部となっていたことに気づかされるのである(4)。この里下がりの折に体験した寂寥感・孤独感は、救いなき状況に追い込まれた末摘花に通ずるものがある。また、光源氏によって九死に一生を得る末摘花も、心情的には、まさに同僚たちによって活路を見いだした紫式部自身にほかなるまい。この巻における末摘花の人物造型が「末摘花」巻と全く異なり、家門意識が前面的に押し出された強い意志をもっているのも、末摘花に自己を投影している証左である。

この御冊子作り直後の里下がりの体験は、その一カ月後、新たな物語執筆のために再び里下がりした折、改めて強い主題として紫式部の脳裏に浮上したことであろう。本来、大団円を迎える「藤裏葉」巻まで書かれたところで、紫式部としては完結したという意識が強かったはずである。それが新たな物語を模索するに及んで、末摘花が選ばれたのは、「末摘花」巻のその後が語られておらず、新たな長編構想を必要としなかったからにほかならない(5)。この自然な選択と紫式部本人から沸き上がったテーマとの一致――ここに「蓬生」巻が誕生した。そこには、紫式部からの同僚たちへのメッセージも込められている。それは宮仕えを継続する新たな決意であり、自らを救い出してくれた彰子中宮、そして同僚たちへの感謝の思いである。

ちなみに、続く「関屋」巻は、自己を直視した御冊子作り直後の里下がりの体験があっただけに、自画像とも言うべき空蝉の後日譚は、「蓬生」巻同様、書きやすいテーマであったと思われる。また次巻「玉鬘」で夕顔の遺児に着目したのは、末摘花・空蝉と、御冊子作りまでの巻々の中で語られなかった女性のその後を扱ったのと同じ路線であり、救済がテーマである点も、前両巻と類似する。新たに芽生えた宮仕えに対する積極的な態度は、九州育ちのヒロインという新構想(6)のもと、「玉鬘」巻執筆に、そのまま反映したことであろう。

このように「蓬生」「関屋」「玉鬘」の三巻は、寛弘五年十一月下旬〜翌十二月二十九日における里下がりの間に執筆されたと推定される。それでは、玉鬘十帖の第二巻以降の巻々の執筆・発表時期はいつか。

二　玉鬘十帖の発表時期

玉鬘十帖各巻の発表時期の手掛かりを与えてくれるのが、玉鬘十帖、最大の特徴とも言うべき、物語の時間的流れと四季の歩みとの照応性である。すなわち、次のように「玉鬘」巻末から第七巻「野分」までは、物語の時間的流れと四季の歩みとが、ほぼ一致して進行する。

- 年の暮に御しつらひあるべき事、（「玉鬘」巻末）
- 年立ち返る朝の空の景色、（「初音」巻頭）
- 三月の二十日余りの頃ほひ、（「胡蝶」巻頭）
- 五月雨になりぬる憂へをし給ひて、（「螢」巻）
- いと暑き日、東の釣殿に出で給ひて、涼み給ふ。……月もなき頃なれば、（「常夏」巻頭）
- 秋になりぬ、初風、涼しく吹き出でて、……。五・六日の夕月夜は、（「篝火」巻）
- 八月は……野分、例の年よりも、おどろおどろしく、（「野分」巻）

年末（「玉鬘」巻）・元日（「初音」巻）・春の船楽（「胡蝶」巻）・五月雨（「螢」巻）・盛夏（「常夏」巻）・初秋（「篝火」巻）・野分（「野分」巻）――この季節的連続性は、季節外れでの披露では、むしろ興ざめとなりかねない、言わば諸刃の剣である。この連続性が最も効果的となるのは、発表の季節とのタイアップを前提とした場合である。巻の発表が進む度に、この前代未聞の挑戦は感嘆の声を呼び起こしたことであろう。

この斬新な手法を可能としたのは、彰子中宮の実妹妍子の東宮参入における献上本という長期的な目標があったからにほかならない。それでは、その長期的な目標の具体的な執筆締め切りの下限は、いずれの巻の時点で明らかとなったのか。妍子参入は当初、寛弘六年内に予定されている。しかし、彰子中宮の第二子懐妊により寛弘六年の秋を過ぎ、その出産予定が十一月と判明した時点で冬に延期され（『栄花物語』）、最終的には翌年二月二十日となった。彰子中宮の第二子懐妊は、出産日から逆算して寛弘六年一月〜二月で、遅くとも三月には確定している。したがって三月の懐妊確定の時点で、秋以降に延期されたと見てよい。この時点での執筆が考えられるのは、「三月の二十日余りの頃ほひ」で始まる「胡蝶」巻である。この巻において鬚黒大将の初登場等、玉鬘の結婚候補が勢揃いする。前巻「初音」の段階で点描されるに過ぎなかった玉鬘が、「胡蝶」巻では、いよいよ長編構想の中核的ヒロインに据えられたと言ってよい。「玉鬘」巻の時点で仄めかされた、六条院の華として彼女の求婚者を募る構想が、妍子参入の時期が明確化された時点で、この巻より本格的に展開されるのである。

この推定を裏づけるのが、「胡蝶」前巻の「初音」巻末において語られる女楽の予告である。「初音」巻は、六条院で繰り広げられた男踏歌の後、光源氏が後宴として女楽を催す計画を語るところで終わる。しかし、この女楽それ自体の記述は後になく、ただそれが行われた事実のみが匂宮三帖の最終巻「竹河」において、次のような回想形式で語られるに止どまる。

「故六条院の踏歌の朝に、女方にて遊びせられける、いと、おもしろかりき」と、右の大臣（＝夕霧）の語ら

れし。（「竹河」巻）

『源氏物語』中、巻末において予告された出来事がそのまま捨て置かれるのは、この「初音」巻以外に見いだせない。[12] 女楽が描かれなかった背景には、玉鬘求婚譚構想を最優先とする事情、すなわち、妍子参入時期の延期による物語の方向性の変化が窺われるのである。ともあれ、「初音」巻末に予告された女楽が次巻で語られなかったことで、巻々の時間の流れと四季の歩みとが一致するという前代未聞の手法が、結果的に可能となったと言ってよい。

それでは、「野分」巻以降の残り三帖（「行幸」「藤袴」「真木柱」）の執筆時期は、いつか。玉鬘十帖の最下限は、寛弘七年二月二十日（妍子の東宮参入）であるが、『紫式部日記』の最後を飾る同年正月一日から三日、そして十五日敦良親王御五十日の儀の記録的部分からすると、寛弘六年年末の時点には、執筆を終えていた可能性も強い。

これを示唆するのは、「真木柱」巻末近くに告げられている、次の玉鬘の男児誕生の条である。

その年の十一月に、いと、をかしき稚児をさへ、（玉鬘は）抱き出で給へれば、大将（＝鬚黒）も、「思ふやうに、めでたし」と、もてかしづき給ふこと、限りなし。……（「真木柱」巻）

右の傍線部にあるように、玉鬘の出産は「十一月」とある。「真木柱」巻は、この条の後、「まことや」と話題を転じて、相も変わらぬ近江の君の滑稽な姿を語って閉じられるが、[13] 実質的展開は、この玉鬘の出産の話題でもって終わると言ってよい。一方、彰子中宮の第二御子、敦良親王（後朱雀天皇）誕生は、寛弘七年「十一月」二十五日である。「真木柱」巻末の月との照応は、この慶事を踏まえたゆえにほかなるまい。「真木柱」巻の披露は、寛弘七年内の十一月末から十二月と推測されよう。[14]

結語

以上の考察から推定される第三期（「蓬生」「関屋」巻と玉鬘十帖）の執筆・発表状況は、左記の通りとなる。

《御冊子作りは寛弘五年十一月初旬〜中旬》
《彰子中宮の内裏還啓は同年十一月十七日、以後、同月二十八日まで宮仕え》
「蓬生」「関屋」「玉鬘」巻…寛弘五年十一月下旬〜十二月下旬
《紫式部の帰参は同年十二月二十九日》
「初音」巻……………………翌六年正月
《彰子中宮第二御子懐妊確定は二〜三月》
「胡蝶」巻……………………同年春（三月下旬？）
「螢」巻………………………同年五月
「常夏」巻……………………同年六月
「篝火」巻……………………同年七月
「野分」巻……………………同年八月
「行幸」「藤袴」巻　…………同年後半
《彰子中宮第二御子誕生は同年十一月二十五日》
「真木柱」巻…………………同年十一月末〜十二月
《『紫式部日記』最後の記述は寛弘七年正月一日から始まる》
《妍子の東宮参入は同七年二月二十日》

本節で明らかにしたように、御冊子作り以後、丸一ヵ月に及ぶ二度目の里下がりは、紫式部に新たな物語執筆への意欲をかき立てた。すなわち、末摘花に自己投影させた「蓬生」巻、自画像とも言うべき空蟬の後日談である「関屋」巻、そして夕顔の遺児を九州育ちのヒロインとして登場させた「玉鬘」巻と、精力的に執筆し、大晦日の前日、宮中に帰参している。新年を迎えた後の活躍もめざましい。特に玉鬘十帖第二巻「初音」発表以降は、彰子中宮の第二御子懐妊による、妍子東宮参入の遅延という事情も幸いし、巻々の時間の流れと四季の歩が一致するという前代未聞の物語手法を駆使するまでに至っている。前節までの考察からも知られた通り、『源氏物語』に及ぼす彰子中宮サロンという発表の場の影響は、従来、考えられていた以上に大きなものなのである。

【注】

（1）「年の暮に御しつらひあるべき事、人々の装束など、やむごとなき御つらに、思しおきてたり。……」（「玉鬘」巻末）

（2）寛弘五年十一月から翌年正月まで、『紫式部日記』に記されている紫式部の動向は左記の通りである。

寛弘五年十一月一日…………五十日の祝宴（藤原公任、「若紫やさぶらふ」と紫式部に呼びかける）

《御冊子作り》

《紫式部、里下がり》

十一月十七日…………彰子中宮、内裏還啓

二十日…………五節の舞姫、参入（帳台の試み）

二十一日…………御前の試み

二十二日…………童女御覧

二十四日…………調楽（但し二十六日の説、あり）

二十八日…………賀茂臨時祭の奉幣使

《紫式部、里下がり》

十二月二十九日…………帰参

三十日（大晦日）…夜に宮中での引剥事件

寛弘六年正月一日〜三日…………御戴餅等の新年の宮中

（3）「見所もなき古里の木立を見るにも、ものむつかしう思ひ乱れて、年頃、つれづれにながめ明かし暮らしつつ、……はかなき物語などにつけて、うち語らふ人、同じ心なるは、あはれに書き交はし、少しけ遠きたよりどもを尋ねても言ひけるを、ただこれを、様々にあへしらひ、そぞろ事に、つれづれをば慰めつつ、……さしあたりて、『恥づかし、いみじ』と思ひ知る方ばかり逃れたりしを、さも残る事なく思ひ知る身の憂さかな。試みに、物語を取りて見れど、見しやうにも覚えず、あさましく、あはれなりし人の語らひしあたりも、『我をいかに面なく心浅き者と思ひ落とすらむ』と推し量るに、それさへ、いと恥づかしくて、え訪れやらず。……中絶ゆとなけれど、おのづから、かき絶ゆるも、あまた。……すべて、はかなき事に触れても、あらぬ世に来たる心地ぞ、ここにてしも、うち勝り、物あはれなりける」（『紫式部日記』寛弘五年十一月中旬の条）

（4）註3の本文に続いて次のようにある。

ただ、えさらずうち語らひ、少しも心とめて思ふ、細やかに物を言ひかよふ、さしあたりて自づから睦び語らふ人ばかりを、少しもなつかしく思ふぞ、ものはかなきや。大納言の君の、夜々は御前に、いと近う伏し給ひつつ、物語し給ひし気配の恋しきも、なほ世に従ひぬる心か。

浮き寝せし水の上のみ恋しくて鴨の上毛に冴えぞ劣らぬ

返し、

うち払ふ友なき頃の寝覚めにはつがひし鴛鴦ぞ夜半に恋しき

この後、紫式部の早々の帰参を促す倫子からの手紙が届けられ、彰子中宮のもとに戻ることとなる。こうした事情の詳細については、拙著『紫式部伝』（笠間書院、平17）「御冊子作り」参照。

（5）末摘花同様、その後が語られていない空蟬ではなかったのは、優先順位の違いに求められる。すなわち、空蟬をヒロインとする帚木三帖が寡居期に具平親王家周辺で発表されたのに対して、「末摘花」巻は彰子中宮のもとに出仕後、そのサロンで発表された物語であったことが大きい。

（6）夕顔の遺児撫子が「玉鬘」巻のヒロインとして登場するのは、二条東院構想から六条院構想への転換によって頓挫したままであったのを、筑紫の五節の退場と絡めて、九州育ちという新たな設定に置き換えたからである。拙著『源氏物語　成立研究』（笠間書院、平13）第一章第三節「筑紫の五節から玉鬘へ」参照。

（7）註4の拙著『紫式部伝』「玉鬘十帖の誕生」参照。

（8）「督の殿（＝妍子）、東宮に参らせ給はむ事も、いと近うなりて、急ぎ立たせ給ひにたり。……かくて、中宮（＝彰子中宮）の御事の、かくおはしませば、……はかなく秋にもなりぬ。……「十一月には」と思し召したれば、いと物騒がしうて、督の殿の御参り、冬になりぬべう思し召しけり」（『栄花物語』「初花」巻）

（9）寛弘五年九月十一日に誕生した、彰子中宮第一御子、敦成親王の懐妊は、前年十二月初めで、寛弘五年一月二十日には、次に記されているように道長の知るところとなっている。

（道長様が）大輔命婦に忍びて召し問はせ給へば、「（寛弘四年）十二月と霜月との中になむ、例の事は見えさせ給ひし。この月（＝正月）は、まだ二十日にさぶらへば、今しばし試みてこそは、御前（＝道長）にも聞こえさせめと思うて給ひてなむ。……　（『栄花物語』「初花」巻）

この第一御子の場合に準ずるならば、寛弘六年十一月二十日に誕生した第二御子、敦良親王の最終的懐妊確定は、三月下旬となる。

（10）ちなみに「胡蝶」巻の船楽の准拠として、『紫式部日記』中に記されている、次の土御門邸で催された船遊びが指摘される。

・十一日の暁、御堂へ渡らせ給ふ。……事果てて、殿上人、船に乗りて、みな漕ぎ続きて遊ぶ。……（寛弘五年五月二十二日の条と思われる断簡）

・（十五日の五日の産養の）またの夜、月、いと、おもしろく、頃さへ、をかしきに、若き人は船に乗りて遊ぶ。……

（寛弘五年九月十六日の条）

寛弘六年三月頃の「胡蝶」巻発表という推定は、結果的に、この准拠説を肯定するものともなっている。

（11）「今年は男踏歌あり。内裏より朱雀院に参りて、次に、この院（＝六条院）に参る……夜、明け果てぬれば、御方々に帰り渡り給ひぬ。……「人々、こなたに集ひ給へるついでに、いかで物の音、試みてしがな。私の後宴あるべし」と（光源氏は）宣ひて、御琴どもの、うるはしき袋どもして秘め置かせ給へる、みな引き出でて、おしのごひて、緩べる緒、整へさせ給ひなどす。御方々、心遣ひ、いたくしつつ、心化粧を尽くし給ふらむかし」（「初音」巻末）

（12）例えば、玉鬘十帖第五巻「常夏」巻頭における近江の君初出の滑稽な風評は、前巻「螢」巻末の内容を踏まえている。また「花宴」巻末における朧月夜の君との逢瀬の結末も、次巻「葵」中に記されている。註6の拙著『源氏物語　成立研究』第二章第二節「大団円までの巻々」参照。また五十四帖全体の巻末・巻頭の照応性の詳細については、同書第二章「五十四帖の執筆順序」参照。

（13）「真木柱」巻は、噂に聞く困り者の近江の君に夕霧が呆れる場面で閉じられる。父内大臣も手を焼く近江の君が、周囲の女房たちの制止も聞かずに詠みかけた懸想の歌に対して、夕霧は滑稽がりながら、そっけない返歌で切り返したとある。

（14）「行幸」「藤袴」「真木柱」三巻について付言するならば、この三巻全体は「玉鬘」巻の二倍弱の分量（「真木柱」は「玉鬘」より若干、短く、「行幸」は「真木柱」の約四分の三、「藤袴」は「行幸」の半分）である。したがって八月発表の「野分」巻以降、年内の三巻執筆は、分量的にも妥当なペースである。

第五節　第四期（「若菜上」〜「幻」）

はじめに

本論は、前節までの考察に引き続き、「若菜上」巻から「幻」巻までの八帖（第四期。通称、第二部）の執筆・発表状況を探るものである。その際、手掛かりとなるのは、これまで同様、紫式部を含む彰子中宮周辺の出来事、及び巻中に示されている時節である。

一　「若菜上」「若菜下」巻の発表時期

『源氏物語』第四期の巻々以降における発表状況は管見では、ほとんど明らかにされていない。寛弘六年（一〇〇九）内と推定される玉鬘十帖最終巻「真木柱」以降、確定しうるのは、紫式部が宮中を去った長和三年（一〇一四）正月までに執筆された、『源氏物語』五十四帖の最終推定巻「竹河」のみである。しかし、この困難な状況を打破する糸口は、『紫式部日記』から窺われる玉鬘十帖発表後における紫式部の動向にある。

紫式部が古い手紙を処分したのは、玉鬘十帖完成直後と目される寛弘七年春である。

いかに、今は言忌みし侍らじ。人、と言ふとも、かく言ふとも、ただ阿弥陀仏に、たゆみなく経を習ひ侍らむ。……年も、はた、(出家には)よき程になりもてまかる。……御文に、え書き続け侍らぬ事を、よきもあしきも、世にある事、身の上の憂へにても、残らず聞こえさせおかまほしう侍るぞかし。……この頃、反古も皆、破り焼き失ひ、雛などの屋作りに、この春、し侍りにし後、人の文も侍らず。紙には、わざと書かじと思ひ侍るぞ、いと、やつれたる。事わろき方には侍らず。ことさらによ。御覧じては、とう賜はらむ。……

(『紫式部日記』消息的部分の跋文)

玉鬘十帖の完成、それはこの時点においての物語完結を意味する。本来、大団円を迎える「藤裏葉」巻まで書かれたところで、作者紫式部としては完結したという意識が強かったと思われる。それが十帖に及ぶ外伝を付け加えたのであるから、なおさらそうした感慨は強まったはずである。傍線部「この春に雛遊びなどの家造りに用いた後、人からの手紙もない」から読み取られる過去と決別するような心境は、光源氏の栄華の物語を書き終えたという、この達成感から来るものが大きかったであろう。

それは同時に、これを区切りとして宮仕えに終止符を打ちたいとする思いに駆りたてるものでもあった。「今となっては言葉の慎みも致しますまい。他人がどう言おうと、ひたすら阿弥陀仏に、お経を習いましょう。出家するにもふさわしい年齢になってきました」——この跋文の条を含む『紫式部日記』消息的部分の執筆は、雛の家造りとして手紙を処分した春の同年夏頃とされている。(1) 彼女の出家願望には、あるいは体力的な不安も付きまとっていたかもしれない。いずれにせよ、こうした状況下で物語執筆がなされたとは到底、思われない。少なくとも寛弘七年正月から夏頃まで、「若菜上」巻執筆に着手した形跡はないと見なすべきである。

それでは「若菜上」巻の完成はいつか。ここで着目されるのが、〝若菜〟という巻名である。「若菜上」巻は「朱雀院の帝、ありし御幸の後、その頃より……」と、「藤裏葉」巻末で語られた「神無月の二十日余りの程」になされた朱雀院行幸後から語り出される。すなわち、女三の宮の身の振り方に苦悩する朱雀院が長い熟考の末、光源氏への臣籍降嫁という決断を下すまでが縷々として語られた上で、年末（「年も暮れぬ」）に、女三の宮の裳着と朱雀院の出家とが告げられる。しかし、ここまでは、いわゆる序章で、巻の本格的な展開は、これに続く「年も返りぬ」で始まる女三の宮の降嫁、そして「正月二十三日、子の日」に催された光源氏の四十賀からとなる。(2)〝若菜〟という巻名は、この折、鬚黒の北の方となった玉鬘がこの四十賀を祝して、若菜を奉ったことに由来する。その執筆着手が寛弘七年夏以降ということを踏まえるならば、「若菜上」巻は翌八年正月という発表時期を意識して命名された可能性が浮上する。

寛弘八年（一〇一一）正月の「若菜上」巻発表――これに基づくならば、次巻「若菜下」巻の完成はいつか。ここで問題となるのが、「若菜上」「若菜下」巻は一巻か否かである。周知のように五十四帖という巻数は、「若菜上」「若菜下」巻を一巻、すなわち「若菜」巻とした場合、巻名のみの「雲隠」巻を数え、「若菜上」「若菜下」を二巻とした場合、「雲隠」巻を加えない。「若菜上」「若菜下」巻を一巻とするには、余りに大部となる。しかし、この両巻は、その巻末・巻頭の連続性からして、本来、一巻と見なすべき程、直結しているのも厳然たる事実である。(3)

「若菜上」「若菜下」巻が「若菜」巻として発表された可能性は、上下巻としてまで同じ巻名にこだわったことから窺われる。「若菜下」の巻名は、朱雀院のため、その五十賀にことよせて、光源氏が彼女の琴の演奏を聴かせようと女楽を計画する際の次の言葉に由来する。

この度、（朱雀院の五十に）足り給はむ年、若菜など調じてや。

女楽は、この巻の大きな見所のひとつである。女楽が催されたのが「正月二十日」で、前巻「若菜上」の光源氏の四十賀の際に若菜が奉られた「正月二十三日」と、時節的にも照応する。朱雀院の五十賀（若菜）→賀宴→女楽という間接的な連想から、あえて巻名を〝若菜〟としたのは、前巻名に対するこだわりにほかなるまい。しかし、同時期発表でない場合、上巻とは異なり、下巻に時節との照応性を求めることはできない。その場合、上巻から丸一年の空白を経た長和元年（一〇一二）正月としなければならず、また、後に述べる一条天皇崩御以後という点からも認められないからである。

紫式部の意識下において、この両巻の区別が希薄であったことは、前執筆巻「真木柱」（玉鬘十帖最終巻）との関連からも指摘しうる。「若菜上」巻では、「真木柱」巻頭で告げられた玉鬘十帖最大のヒロイン玉鬘と鬚黒大将の結婚の行方が語られている。そして「真木柱」巻のヒロイン真木柱のその後について語られるのは、「若菜下」巻中である（ちなみに、この「若菜下」巻以後における真木柱の登場は、光源氏没後の「紅梅」「竹河」巻となる）。「真木柱」巻との直結は、「若菜下」巻においても見られるのである。

これらを考慮するならば、「若菜上」「若菜下」巻は、本来、一巻として構想・執筆された可能性が強い。しかし、それを一巻として発表するには余りに大部なものとなるため、二巻に分け、時期をずらせることなく発表した、もしくは発表時、「若菜」巻として公表され、後に上下巻としたと考えられる。そもそも玉鬘十帖発表後、一時は宮中を辞すまでの覚悟を抱きながら、新たな決意でもって満を持して臨んだ物語創作である。玉鬘十帖には、巻々の時間的な流れと四季の歩みとを一致させるという画期的な創作方法が採られていた。この前代未聞の変奏曲的長編物語に対して、「若菜上」「若菜下」巻では、玉鬘十帖にも迫る突出する大部な分量（五十四帖中、「若菜上」は第一番目の長巻であり、「若菜下」はそれに次ぎ、その量も、ほとんど変わらない。また、「若菜上」以前、最大の分量をもつ「若紫」や「乙女」に対しても、「若菜上」で約二倍、したがって「若菜上」「若菜下」両巻で四倍弱となる）、すなわち長編物語中の長編という意表を突く方法で、玉鬘十帖と遜色のない物語を創作したと言ってよかろう。また、内容的にも、女三の宮降嫁による紫の上の苦悩に象徴されるように、従来の『源氏物語』とは一線を画する（特に玉鬘十帖とは次元を異にする）深刻さをもち、紫式部自身の暗部をも覗かせるものとなっている。

ちなみに、この両巻の執筆期間が長くて半年（寛弘七年夏〜翌年正月）というのは、丸一年はかけて書かれた玉鬘十帖[4]（「若菜上」「若菜下」巻に対して玉鬘十帖の分量は、おおよそ一・一倍）と比較するならば、倍以上のかなり早いペースとなっている。しかし、一ヵ月足らずで書かれた「蓬生」「関屋」「玉鬘」三巻[5]（「若菜上」「若菜下」両巻の四割弱）を念頭に置くならば、決して不可能なペースではない。先に述べた紫式部の意気込みからすれば、充分に可能な期間である。

このように「若菜上」「若菜上」巻は一年間の沈黙を破って、寛弘八年正月より発表されたと推定される。それでは、次巻「柏木」以降についてはどうか。

二　「柏木」「横笛」「鈴虫」三巻の発表時期

「柏木」巻以降の執筆時期を探る際、参考となるのは一条天皇崩御の時期である。一条天皇は寛弘八年（一〇一一）五月二十二日に発病し、翌六月二十二日、崩御した。「若菜上」巻発表の約五ヵ月後のことである。この彰子中宮サロンの根幹を揺るがすような重大事が『源氏物語』執筆に影響を与えないはずはあるまい。

こうした観点から着目されるのは、「柏木」の次巻「横笛」巻末と次々巻「鈴虫」巻頭との不連続である。すなわち「横笛」巻は、夕霧が柏木の遺言を光源氏に告げるものの、その詳しい返答もないので光源氏の心中を計り兼ねているところで終わる。これに対して次巻「鈴虫」は、女三の宮の持仏開眼供養が営まれるところから始まり、「横笛」巻末との連続性は見いだせない[6]。この両巻の不連続は、巻全体の流れからも指摘される。女三の宮の後日談的性格の強い「鈴虫」巻には、それまで「柏木」巻から「横笛」巻と、次第に深められていった夕霧と落葉の宮との交渉の経緯について全く言及されていない。夕霧が無二の親友である柏木から落葉の宮の事を遺託されたのは「柏木」巻であり、巻の後半には、未亡人となった落葉の宮のもとを懇ろに度々見舞う夕霧の姿が描かれている。そして次巻「横笛」では、柏木の一周忌を迎え、落葉の宮と想夫恋を合奏するまでに至る。この落葉の宮邸訪問の直後、子供の世話にかまけて女らしさの見えない雲居雁の姿を目の当たりにするにつけ、夕霧の心は一層、落葉の宮へと傾いていく。生真面目な夕霧が本腰を入れ始めた恋。この顛末は、どうなっていくのか。しかし、それが語られるのは「鈴虫」巻ではなく、「鈴虫」巻を飛び越した「夕霧」巻である。

このように「鈴虫」巻が挿入されることによって物語の流れが一時、中断されている。「鈴虫」巻は、鈴虫の宴という風流な遊びを中心に据えながら、仏教色・鎮魂色で包み込んだ挿話的小巻である。一条天皇崩御という不測の事態により、本来、最優先されるべき夕霧と落葉の宮との恋の行方は差し置かれ、悲しみに暮れる彰子中宮サロンと一体化しうる題材に急遽、変更を余儀なくされたことが推測される。一条天皇の四十九日法要が八月十一日に営まれている(『御堂関白記』)のに対して、「鈴虫」巻が「夏頃……」で始まり、鈴虫の宴が中秋の名月の「八月十五日」に催されている。この季節的照応は、それを示唆する。また、四十九日(「七七日《なななぬか》」)は死者の魂が俗界を離れ、あの世に旅立つ日である。「鈴虫」巻冒頭を飾る「夏頃、蓮の花の盛りに」(7)には、一条天皇の四十九日法要を踏まえた、蓮の花が咲き誇る極楽浄土への転生を祈願する紫式部からのメッセージが読み取られよう。

この巻に託されたメッセージは、巻頭に止どまらない。巻末近くでは鈴虫の宴を終えた光源氏が、秋好中宮のもとを訪ね、彼女の出家願望を諫める場面が描かれている。一条天皇崩御により紫式部を含め同僚の女房たちが抱く最大の危惧は、彰子中宮がその悲嘆に耐えきれず、出家を望むことである。故母六条御息所の妄執を悲しみ、出家をほのめかす秋好中宮に対して、同情しつつ諫める光源氏の姿は、そのまま彰子中宮に対する女房たちの思いに通ずる。この巻が、出家願望を抑えつつ、母六条御息所の追善供養を営む秋好中宮の姿が映し出されて終わるのも、[8]秋好中宮に彰子中宮を重ね合わせているからにほかなるまい。この「鈴虫」巻には、一条天皇追悼の念とともに彰子中宮に対する強いメッセージが込められているのである。[9]

こうした「鈴虫」巻の性格を考慮するならば、その発表時期は一条天皇の四十九日法要を終え、かつその余韻、未だ覚めやらぬ寛弘八年八月下旬〜九月頃がふさわしい。それでは、前二巻「柏木」「横笛」の発表時期はいつか。その上限は「若菜上」「若菜下」発表翌月の二月（両巻の大部な量に費やされた発表期間と次巻の執筆期間を考慮するならば、「柏木」発表までに最低一ヵ月は要したであろう）、下限は一条天皇崩御の六月である。一方、この二月〜六月の範囲内で両巻中、明記されている時節は、次の通りである。

・三月になれば、空の気色も、物うららかにて、この君（＝薫）、五十日の程になり給ひて、……（「柏木」巻）
・かの一条の宮（＝落葉の宮の母邸）にも、常にとぶらひ聞こえ給ふ。四月ばかりの空は、そこはかとなく心地よげに、一つ色なる四方の梢、をかしう見えわたるを、……（同巻末近く）
・故権大納言（＝柏木）の、はかなく失せ給ひにし悲しさを、あかず口惜しきものに、恋ひ偲び給ふ人、多かり。（朱雀院の住む）御寺の傍ら近き林に、抜き出でたる筍、……（女三の宮に）奉り給ふとて、……「春の山、霞も、たどたどしけれど、……（「横笛」巻頭）

右のうち、着目されるのは「柏木」巻の三月と「横笛」巻頭の春であろう。梅雨時の五月（特に五月五日の端午の節句）は物語にとって特別な季節であること、[10]そして初出仕以降、執筆を丸一年、休止した前年（寛弘七年）を除けば、次表に示されるように春も毎年、発表されていること[11]――この二点を踏まえるならば、「柏木」「横笛」両巻も春と五月に、それぞれ発表されたことが予想される。[12]

	春	五月
寛弘三年	「桐壺」	「若紫」
四年	「花宴」	「葵」
五年	「澪標」	(「絵合」※)
六年	「胡蝶」	「螢」

※この年の五月は土御門邸での法華三十講中に当たり、「絵合」は前月の四月に発表されたと推定される。(13)

以上、「柏木」「横笛」「鈴虫」三巻の発表推定時期は左記の通りである。

(「若菜上」「若菜下」巻……寛弘八年正月)

「柏木」巻……………………同年春(三月?)

「横笛」巻……………………同年五月初め

《一条天皇発病は、同年五月二十二日》

《一条天皇崩御は、同年六月二十二日》

《一条天皇の四十九日法要は、同年八月十一日》

「鈴虫」巻……………………同年八月下旬〜九月下旬

それでは第四期残りの「夕霧」「御法」「幻」三巻についてはどうか。

三　「夕霧」「御法」「幻」の巻序と発表時期

「鈴虫」の次巻「夕霧」は、次のように堅物で評判の夕霧が故柏木の未亡人落葉の宮に心をとどめ、懇ろに彼女を見舞う様子から語られる。

まめ人の名をとりて、賢しがり給ふ大将（＝夕霧）、この一条の宮（＝落葉の宮）の御有様を、「なほ、あらまほし」と、心にとどめて、大方の人目には、昔を忘れぬ用意に見せつつ、いと懇ろに、とぶらひ聞こえ給ふ。

（「夕霧」巻頭）

これは前項で述べたように、柏木の一周忌を迎え、落葉の宮と想夫恋を合奏するまでに至った前々巻「横笛」巻末に直結する内容である。そして以下、落葉の宮との恋の顛末が語られていく。「鈴虫」巻の挿入で一旦、中断された物語の流れが、「夕霧」巻によって引き戻されたと言えよう。しかし、一条天皇の四十九日法要を踏まえた鎮魂歌「鈴虫」巻に続く物語として、無骨な「まめ人」の恋を描く「夕霧」巻は果たして妥当であろうか。一条天皇に先立たれた彰子中宮の悲嘆は深く、一周忌を過ぎた翌年六月の時点においても、その御心が休まることはなかった（『御堂関白記』）[14]。また、紫式部個人にしても、同年秋頃、最愛の弟惟規を失うという不幸にあっている[15]。一方、残り十六帖（「鈴虫」巻以後の巻数）に対して、残された執筆期間が二年半（五十四帖を書き終えた長和二年内）ということを考慮するならば、「若菜上」「若菜下」巻の執筆に至る前のような長期の執筆休止期間は想定しにくく、ほぼコンスタントに執筆されたことが予想される。そうした状況下、「鈴虫」巻後とは言え、何事もなかったかのように、ある意味、お気楽な恋の顛末を語るには、彰子中宮サロンの雰囲気のみならず、作者の心理的にも「夕霧」巻のテーマは、余りに不適切と言わねばなるまい。

こうした観点から現行の巻序を見直してみると、改めて着目されるのは「夕霧」巻と、それに続く「御法」

「幻」巻との不連続である。すなわち「夕霧」巻は、雲居雁と惟光の娘藤典侍との間に生まれた夕霧の十二人の子供たちの紹介がなされ、夕霧と雲居雁の夫婦仲が落葉の宮の一件でこじれて元に戻りにくい状況であることを添えて終わる。(16)これに対して、次巻「御法」巻頭では、思わしくない紫の上の健康状態が、次のように告げられている。

紫の上、いたう患ひ給ひし御心地の後、いと、あつしくなり給ひて、そこはかとなく、悩みわたり給ふ事、久しくなりぬ。……（「御法」巻頭）

傍線部「いたう患ひ給ひし御心地」とは、「若菜下」巻における四年前の大病を指すが、この病は同巻において小康を得ている。以来、紫の上の病状について不安材料となるようなニュアンスを含ませた言及・予兆はない。この「御法」巻頭で唐突に告げられる病状悪化の事実は、紫の上の死というこの巻のテーマのプロローグにほかならない。紫の上の死を語る「御法」巻と、光源氏の終焉となる次巻「幻」――この両巻における『源氏物語』二大主人公の突然の幕切れを後押ししたものこそ、一条天皇崩御ではなかったか。紫式部の執筆環境から、「鈴虫」→「御法」「幻」という巻の流れが浮上するのである。(17)

「鈴虫」巻に次いで「御法」「幻」巻が語られなければならなかった背景として、彰子中宮の傷心を慰めるという最優先課題があったことが考えられよう。「御法」巻において死去するのが光源氏ではなく、紫の上であったのは、光源氏の物語である以上、当然と言えるが、その逆のパターンにはできない積極的な理由も隠されている。もし光源氏の死を先に描いたとしたならば、その死を彰子中宮は一条天皇に重ね合わせ、結果的に中宮の悲嘆が一層、激しいものとならざるを得ない。これに対して紫の上の場合は、彰子中宮自らを彼女に重ね合わせることにより、中宮が一条天皇に追悼される側として感情移入することとなる。それは一条天皇を失った現実の悲しみを、幾分なりとも昇華する作用をもたらす有効な方法と言ってよい。「御法」巻に続く「幻」巻では、さらに紫の上を哀悼する光源氏の一年間、春夏秋冬を描き切った上で、光源氏本人の退場も予感させて終わる。こうした展開も「御法」巻と同様な、もしくはそれ以上の効果が期待される。彰子中宮と一条天皇の二人が如何に一心同体的存在であったかを強調しつつ、光源氏の退場に一条天皇の崩御を暗示させて物語は閉じられるのである。ちなみに、こうした視点からするならば「若菜上」「若菜下」巻のテーマも、女三の宮降嫁によって正妻の座を奪われた紫の上の悲劇は、いかに女性というものが弱い立場かを強調して止まないものであり、それは一条天皇に対するアピール上、彰子中宮サロンから発する物語としても、大局的にふさわしいテーマと言わねばならない。

「鈴虫」巻に「御法」「幻」巻が続くとしたならば、「夕霧」巻は自ずと「幻」巻の後巻となる。この巻序を示唆するのが、「夕霧」巻末と「匂宮」巻（第五期初巻）との繋がりである。「夕霧」巻末を締めくくるコメント「この（夕霧と雲居雁の）御仲らひの事、言ひやる方なく（＝言いようもなく困難な状況で）とぞ」の結末が語られるのは、「御法」「幻」巻ではなく、次のように「匂宮」巻である。

（夕霧は）丑寅の町に、かの一条の宮（＝落葉の宮）を、わたし奉り給ひて、三条殿（＝雲居雁）と、夜ごとに十五日づつ、うるはしう通ひ住み給ひける。……（「匂宮」巻頭近く）

また、「御法」「幻」巻には、前巻「夕霧」のヒロイン落葉の宮への言及や、その巻末における夕霧の子供たちの紹介を踏まえた箇所が皆無といった不審点も見いだされる。(18)

このように、現行巻序の不自然な繋がり方や「御法」「幻」巻執筆の必然性を踏まえるならば、次のような新たな巻序が浮かび上がる。

《推定巻序》「鈴虫」「御法」「幻」「夕霧」「匂宮」

（《現行巻序》「鈴虫」「夕霧」「御法」「幻」「匂宮」）〈　　は巻序を変えた巻〉

「夕霧」巻後記挿入の傍証は、この巻それ自体が挿話的性格の強い巻であることからも窺われる。「夕霧」巻はその巻頭と巻末に象徴されているように、前後の巻々とは異なり、夕霧の外伝的性格の色濃い巻となっている。すなわち「夕霧」巻頭「まめ人の名をとりて、賢しがり給ふ大将……」は、色好みの男主人公登場を華々しく宣言する、かの「帚木」巻頭「光源氏、名のみ事々しう……」を連想させるインパクトをもっているし、その巻末に語られていた夕霧の子供たちの詳細な紹介は、夕霧物語と言うにふさわしい終わり方となっている。

「夕霧」巻後記挿入の意義は、「鈴虫」巻以降、捨て置かれていた夕霧と落葉の宮の恋の顛末を語るのみに止まらない。「夕霧」巻中の光源氏と紫の上の点描は、それを象徴している。巻の後半、光源氏が落葉の宮の一件を耳にし、女性の側に立って同情する光源氏に対して、紫の上の胸中が語られる次の有名な言葉は、胸を打つ。

女ばかり、身をもてなすさまも、所せう、あはれなるべきものはなし。（「夕霧」巻）

女ほど、窮屈で可愛そうなものはない――この思いは、紫の上の口を借りて、まさに彰子中宮の苦境を代弁しているが、二人の再登場の意味はそれだけではない。「御法」「幻」巻が如何に彰子中宮の御心を慰める効果があるとしても、それは、あくまで一条天皇崩御という厳しい現実を見つめた上で、高度な感傷的世界において沈潜する次元でのことである。虚構の世界の中で紫の上に仮託して、彰子中宮が一条天皇に殉死したとしても、それは悲しみの余韻の世界に浸るだけで、そこに限界があるのは致し方あるまい。しかし、もしそこに死去した紫の上と、人生の終焉を暗示させた光源氏が再び登場したとするならば、どのように映るであろうか。先の場面の直前、光源氏が自ら亡き後の紫の上のことを憂える言葉に、顔を赤らめて「それ程、死に後れることがあろうか」と思ったとある。(19)これは過去という制限の中ではあるが、美しい思い出の中に永遠に生き続ける二人を印象づけて止まない。夕霧と落葉の宮の恋という日常的世界の中であるゆえに、なおさらである。それは、彰子中宮にとっても何よりのプレゼントであったろう。

それでは「御法」「幻」「夕霧」三巻の発表時期は、いつか。このうち、特に前二巻「御法」「幻」は、彰子中宮の御心休心を急務とする切迫した状況からして、寛弘八年八月～九月発表の「鈴虫」巻から程経ていない時期、少なくとも年内が予想される。しかし「御法」巻の時節は、春（三月十日、紫の上の法華経千部供養）から秋（八月十三日～十五日、紫の上の臨終・葬送）であり、その発表想定時期と全く重ならない。また「幻」巻は、巻頭「春の光を見給ふにつけても」から、光源氏出家を予感させる巻末の十二月晦日までの春夏秋冬を描いた一年間である。この巻も、その執筆時期を特に意識させる点は見いだせない。残りの「夕霧」巻についてはどうか。その巻頭近く、最初に月日が記されるのは八月二十日頃（「八月中の十日ばかり」）である。しかし、これは「鈴虫」巻末の八月十六日（八月十五夜に催された鈴虫の宴の翌朝における秋好中宮の場面）を意識した時節と見なすべきである。以下、九月十三日（夕霧の落葉の宮訪問）を経て十月（一条御息所の四十九日）頃までが描かれるが、「御法」「幻」の後巻ということを考慮するならば、この期間を、その発表時期と重ね合わせることはできない。ちなみに「夕霧」巻に描かれている時節が、現行巻序の前後巻、すなわち「鈴虫」「御法」巻の時節の中に包摂されるのは、後記挿入における配慮の結果にほかなるまい[20]。

このように「御法」「幻」「夕霧」三巻には、発表の時節との照応関係が見られない。それは「御法」「幻」巻においては物語の内容が優先されたため、「夕霧」巻では後記挿入という縛りがあったためと考えられる。しかし、この三巻の発表時期の手掛かりは、次巻「匂宮」巻頭に残されている。

光、隠れ給ひにし後、かの御影に立ち継ぎ給ふべき人、そこらの御末々に、ありがたかりけり。……

（「匂宮」巻頭）

光源氏の死を告げる傍線部「光、隠れ給ひにし後」には、前三巻成立の経緯を踏まえるならば、一条天皇崩御も刻印されている。光源氏を継ぐ方々はいないと断言しながら、次代の幕開けを告げている右の冒頭は、同時に偉大なる一条天皇時代の終焉、すなわち一条天皇後の次代の幕開けの宣言でもある。こうした宣言が可能となるのは、早くとも三条天皇が即位する十月十六日以後であるが、彰子中宮サロンの一員として心情的に年内はあるまい。三条天皇の即位当日、彰子中宮は一条院から枇杷殿に退出したが、『栄花物語』には、その折、彰子中宮の心情を思いやって詠まれた紫式部の歌が残されている。

　御忌み果てて、宮（＝彰子中宮）には、枇杷殿へ渡らせ給ふ折、藤式部、

　　ありし世は夢に見なして涙さへとまらぬ宿ぞ悲しかりける　（「岩蔭」巻）

ご在世の御代は夢であったと思うにつけても、涙が止まらないばかりか、お住まいまでお移りになり、名残を止どめないのは、何とも悲しいことでございます――この歌からは紫式部も、女房として運命共同体的にその悲しみを受け止めていたことが知れよう。彰子中宮がこのような心境の折、「匂宮」巻冒頭に象徴される次世代の物語を、紫式部が執筆・発表したとは考えがたい。また執筆期間的にも、「匂宮」巻の年内発表は、「御法」「幻」「夕霧」の後巻ゆえに困難である（「鈴虫」巻の発表推定時期は八月下旬〜九月下旬。続く「御法」「幻」二巻は小巻であるが、「夕霧」巻は第四期までの巻々の中で「若菜上」「若菜下」巻に次ぐ分量をもつ）。

忌み明けする長和元年、その正月における「匂宮」巻の発表――この想定を裏づけるのが、同巻が「正月」十八日の賭弓の還饗で閉じられていることである。[21] 次世代の物語、それは未だ幼い二人の皇子たち（敦成親王・敦良親王）を見守っていかなければならない母彰子中宮への強いメッセージにほかならない。一条天皇崩御の悲しみを受け止めつつ、次代を見据えた新たな時代の幕開けとして、正月を迎えてもらいたい――こうした彰子中宮サロン全体の願いが、この新たな物語に込められているのである。

ちなみに、この長和元年正月、紫式部は傷心の彰子中宮を励ます次の歌を詠んでいる。

　はかなくて司召の程にもなりぬれば、世には司召と、ののしるにも、中宮、世の中を思し出づる御気色なれば、藤式部、

雲の上を雲のよそにて思ひやる月は変はらず天の下にて

（『栄花物語』「日蔭のかづら」巻）

司召の除目の頃、三条天皇の新治世下、人事で慌ただしい世間をよそに、彰子中宮が一条帝の御代を思い出している様子であった。それを察した紫式部は「宮中（「雲の上」）に外から思いを馳せてはいても、月は変わることなく、世の中を照らし続けております」と、月を彰子中宮に譬え、変わらぬ中宮の存在の大きさを強調している。これは「匂宮」巻に込められた彰子中宮への思いに通ずるものである。

以上のような背景を考慮するならば、「御法」「幻」「夕霧」三巻の発表推定時期は、次の通りとなる。

（「鈴虫」巻……寛弘八年八月下旬〜九月下旬）

「御法」巻……………………同年後半

「幻」巻………………………同年後半

「夕霧」巻……………………同年後半

（「匂宮」巻…翌長和元年正月）

《彰子中宮への紫式部の司召の詠歌も、同元年正月》

結　語

以上、第四期（「若菜上」〜「幻」）八巻の発表時期は、次のように推定される。

（玉鬘十帖最終巻「真木柱」…………寛弘六年十一月〜十二月）

《紫式部が雛の家造りに手紙を処分したのは、翌七年春》

《『紫式部日記』消息的部分の跋文執筆は、同七年夏頃》

「若菜上」「若菜下」巻　……………寛弘八年正月

「柏木」巻……………………同年春（三月？）
「横笛」巻……………………同年五月初め
《一条天皇崩御、同年六月二十二日》
《一条天皇の四十九日法要、同年八月十一日》
「鈴虫」巻……………………同年八月下旬〜九月下旬
「御法」「幻」「夕霧」巻……同年後半
（「匂宮」巻………………翌長和元年正月）

右のうち、付言しなければならないのは、「夕霧」巻後記挿入についてである。従来の私見五期構成説では、その執筆順序の疑義は認めながらも、現行巻序と矛盾する具体的な問題が指摘されない限り、現行巻序を是とする立場を採ってきた。(22) しかし、紫式部の執筆時の背景が明らかにされるに及んで、その修正が余儀なくされることとなったのは、前項で明らかにした通りである。この修正により現行巻序に伴う矛盾は、さらに明確化され、結果的に『源氏物語』五十四帖の執筆姿勢は、より鮮明となると言えよう。

【注】

（1）『紫式部日記』消息的部分の執筆時期は、その文中で赤染衛門を、次のように「丹波の守の北の方」と称しているところから、夫大江匡衡が丹波守に任ぜられた寛弘七年三月三十日以降である。

丹波の守の北の方をば、宮・殿などのわたりには、匡衡衛門とぞ言ひ侍る。（『紫式部日記』消息的部分）

また、一条帝を「うちの上」と呼んでいるが、一条帝は寛弘八年五月二十二日に発病し、翌月十三日、譲位、同月二十二日、崩御している。この二点、及び「この春」手紙を処分したという言い方等を考慮するならば、寛弘七年の夏頃とするのが妥当であろう。岡一男著『源氏物語の基礎的研究』（東京堂出版、昭41）、本書第三章第三節三『紫式部日記』の時間的構成（二）」参照。

（2）「年も返りぬ。朱雀院には、姫君（＝女三の宮）、六条院に移ろひ給はむ御急ぎをし給ふ。……さるは今年ぞ四十になり給ひければ、御賀の事、おほやけにも聞こし召し過ぐさず、……。正月二十三日、子の日なるに、左大将の北の方（＝玉鬘）、若菜、参り給ふ」（「若菜上」巻）

（3）・（柏木は女三の宮を垣間見た、かの夕べ以来）胸痛く、いぶせければ、小侍従がり、例の、文やり給ふ。……（女三の宮は）常よりも御さし答へなければ、……例の、書く。……

いまさらに色にな出でそ山桜およばぬ枝に心懸けきと

「かひなき事を」とあり。（「若菜上」巻末）

・「ことわり」とは（小侍従よりの返歌を柏木は）思へども、「うれたくも言へるかな。いでや、なぞ、かく殊なる事なきあへしらひばかりを、慰めにては、いかが過ぐさむ。かかる人づてならで、一言をも宣ひ聞こゆる世、ありなむや」と思ふにつけて、大方にては「惜しく、めでたし」と思ひ聞こゆる院の御ため、なま歪む心や、添ひにたらむ。（「若菜下」巻頭）

「若菜上」巻は、女三の宮を垣間見て以来、胸の高まりを押さえ切れぬ柏木が、彼女に仕える小侍従を介して手紙を送り、小侍従がそのはやる心をいさめる返歌をしたためるところで終わる。これに対して「若菜下」巻は、この小侍従の返歌の内容を当然としながらも一層、女三の宮への恋心を募らせる柏木の一途な思いから語られている。この両巻はその巻名通り、本来、ひとつの巻として見なすのが自然なほど、直結している。

（4）本章第三節「第四期（「蓬生」「関屋」と玉鬘十帖）」参照。

（5）註4、参照。

（6）・（柏木の遺言を告げた夕霧に対して光源氏は）をさをさ、御答へもなければ、うち出で聞こえてけるを、「いかに思すにか」と、（夕霧は）つつましく思しけりとぞ。（「横笛」巻末）

・夏頃、蓮の花の盛りに、入道の姫宮（＝女三の宮）の御持仏ども、現し給へる、供養ぜさせ給ふ。この度は、大臣の君（＝光源氏）の、御心ざしにて、御念誦堂の具ども、細かに整へさせ給へるを、やがて、しつらはせ給ふ。（「鈴虫」巻頭）

（7）註6、参照。

（8）「何事も御心やれる（秋好中宮の）有様ながら、ただ、かの御息所（＝六条御息所）の御事を思しやりつつ、行ひの御心すすみにたるを、（出家は）人の許し聞こえ給ふまじき事なれば、功徳の事をたてて思し営み、いと心深う、世の中を思しとれるさまに、なりまさり給ふ」（「鈴虫」巻末）

（9）こうしたメッセージ性が前面に打ち出された例の筆頭として、「蓬生」巻が挙げられる。この「蓬生」巻には、宮仕えを継続する新たな決意、そして彰子中宮や同僚の女房たちへの感謝の思いが込められている。本章第四節、参照。

（10）梅雨どきは、長い屋内での生活を強いられる無聊の季節である。加えて、四月には葵祭という一大イベントがある。六月（水無月）は、その名の通り、暑い盛りとなるから、葵祭の興奮が収まって一息つく、寒からず暑からずの五月は、物語に専念するに格好な時節と言える。「螢」巻には「長雨、例の年よりも、いたくして、晴るる方なく、つれづれなれば、御方々、絵物語などのすさびにて、明かし暮らし給ふ」とある。三谷栄一「物語の享受とその季節――『大斎院前の御集』の物語司を軸として――」（『日本文学』昭41・1）、本章第一節「第一期（「桐壺」～「葵」六帖）」三、参照。

（11）本章第二～四節、参照。

（12）ちなみに、「若紫」「葵」「絵合」巻で描かれているメインの季節は、それぞれ三月（北山における若紫との出会い）・四月（葵祭）・三月（絵合）である。五月発表の場合、五月そのままの「螢」巻のような例もあるが、近接して違和感の少なく描きやすい春を巻のメインとするのが多かったことが知られる。

（13）本章第三節「第二期後半（「賢木」～「藤裏葉」十二帖）」参照。

（14）追善御八講の翌月の長和元年（一〇一二）六月九日、道長は未だ傷心癒されぬ彰子皇太后を気遣い、藤原実資に、涙を流して次のように語ったとある。

去年、故院（＝一条帝）ニ後レ給ヒ、哀傷ノ御心今ニ休マズ。（『小右記』）

（15）惟規は父為時の越前国下向の後を追って、寛弘八年秋頃、かの地に赴いたが、程なく没した。紫式部にとって彼の存在が如何に大きなものであったかについては、拙著『紫式部伝』（笠間書院、平17）「晩期」参照。

（16）「この昔、（夕霧と雲居雁の）御中絶えの程には、この内侍（＝藤典侍）のみこそ、人知れぬものに思ひとめ給へりしか、事改めて後は、いと、たまさかに、つれなくなりまさり給うつつ、さすがに、君達は、あまたになりにけり。……すべて十二人が中に、かたほなるなく、いと、をかしげに、とりどりに生ひ出で給ひける。……この（夕霧と雲居雁の）御仲らひの事、言ひやる方なくとぞ。」（「夕霧」巻末）

（17）ちなみに「御法」巻末と「幻」巻頭は、直結している。すなわち、「御法」巻末では、紫の上亡き後、仏道に専念しながら茫然と日々を過ごす光源氏の姿が映し出され、明石の中宮も、光源氏同様、故紫の上を偲んだとある。これに対して次巻「幻」は、翌年の新春になっても依然として悲しみが癒えない光源氏の様子から語られている。

（18）前巻で活躍した主要登場人物が次巻で言及されないという不審点は、現行巻序では玉鬘十帖の後巻となる「梅枝」「藤裏葉」巻の場合と同様である。拙著『源氏物語　成立研究』（笠間書院、平13）第二章第二節三「玉鬘十帖の位置」参照。

（19）「（光源氏は）『女のためのみにこそ、（雲居雁・落葉の宮の）いづかたにも、いとほしけれ』と、あいなく、聞こし召し嘆く。紫の上にも、来し方・行く先の事、思し出でつつ、かうやうの（落葉の宮の）例を聞くにつけても、亡からむ後、うしろめたう思ひ聞こゆるさまを、宣へば、（紫の上は）御顔、うち赤めて、『心憂く、さまで後らかし給ふべきにや』と思したり。『女ばかり、身をもてなすさまも、所せう、あはれなるべきものはなし。……あしき事、よき事を、思ひ知りながら、埋もれなむも、言ふかひなし。我が心ながらも、よき程には、いかで保つべきぞ』と思しめぐらすも、今はただ、女一の宮の御ためなり」（「夕霧」巻）

（20）こうした例としては、過去において玉鬘十帖が挙げられる。玉鬘十帖は、「乙女」巻と「梅枝」巻の空白、すなわち、幼い明石の姫君が東宮への入内可能な最低限の年齢に達するのに必要とされた三年間の空白を利用して、玉鬘十帖は新たに執筆された。註18の拙論「玉鬘十帖の位置」参照。

（21）賭弓の還饗のまうけ、六条院にて、いと心殊にし給ひて、親王をもおはしまさせむの心遣ひ、し給へり。……
（「匂宮」巻）
年中行事のひとつである「賭弓（のりゆみ）」は例年、正月十八日に催された。
（22）註18の拙著『源氏物語　成立研究』第二章第三節「「幻」巻までの巻々」結語、参照。

第六節　第五期（「匂宮」〜「竹河」）

はじめに

本節は、前節までの結果を踏まえて、最後に残された「匂宮」巻から「竹河」巻（第五期。通称、第三部・続篇）十三帖の執筆状況を探るものである。その際、手掛かりとなるのは、これまで同様、紫式部を含む彰子中宮周辺の出来事、及び巻中に示されている時節である。

一　「蜻蛉」以降の巻々の発表時期――長和二年六月の一条天皇三回忌法華八講を手掛かりとして

現時点において『源氏物語』第五期の巻々における発表状況は、ほとんど明らかではない。長和元年（一〇一二）正月発表と推定される「匂宮」巻以降、確定しうるのは、最終推定巻「竹河」が、紫式部が宮中を去った長和三年正月以前に執筆されたということのみである。そうした厳しい状況下、新たに執筆時期を推定しうる巻として期待されるのは、宇治十帖第八巻「蜻蛉」である。この巻には、明石中宮が故光源氏・紫の上、両人のために法華八講を催す条が、次のように描かれている。

蓮の花の盛りに、（明石中宮は）御八講せらる。六条院の御ため、紫の上など、皆、思し分けつつ、御経・仏など、供養ぜさせ給ひて、厳めしく、尊くなむありける。五巻の日などは、いみじき見物なりければ、こなた・かなた女房につきて参りて、物見る人、多かりけり。

（「蜻蛉」巻）

冒頭の傍線部「蓮の花の盛りに」は、一条天皇の極楽往生の祈りが込められた「鈴虫」（第四期第五帖）巻頭「夏頃、蓮の花の盛りに……」を想起させる。[1] 一方、一条天皇の追善供養として、その崩御の翌年（長和元年五月十五日〜十九日）、翌々年（長和二年六月二十二日〜二十六日）に法華八講が催されている。このうち長和二年の法華八講は、三回忌であり、国忌として崩御日（六月二十二日）に合わせて催された（ちなみに長和元年五月の折は、彰子皇太后主催）。「蜻蛉」巻は、長和三年正月以前に執筆された「竹河」の三巻前に位置する。この折の法華八講に「蜻蛉」巻を重ね合わせることは、時期的に妥当な範囲内である。「蜻蛉」巻は、この三回忌の法華八講を念頭に入れて構想された可能性が高い。

この推定を後押しするのが、「蜻蛉」巻で目を引く法要関係の記述の多さである。浮舟失踪後の混乱の中で行われた火葬、蜻蛉式部卿宮（没落ぶりが哀れを誘う宮の君の父宮）の服喪、[2] 巻前半を締めくくる浮舟の四十九日法要、そして巻後半の語り出しとなる明石中宮主催の法華八講——これらは浮舟を失った薫・匂宮の悲嘆の深さとともに、「蜻蛉」巻における追悼色の強さを物語っている。巻末における薫の独詠歌由来の〝蜻蛉〟という巻名も、世の無常・はかなさを象徴して止まない。[3] また、「蜻蛉」巻の前後巻「浮舟」「手習」の内容は本来、「蜻蛉」巻を挿入する余地のない程、直結している。すなわち、「浮舟」巻末が浮舟の入水直前、「手習」巻頭がその直後と、連続しており、[4] 失踪後の後日談的物語である「蜻蛉」巻が、あえて挿入される必然性は構想上、認められない。これも、初めに一条天皇三回忌の法華八講ありきの証左と言えよう。「蜻蛉」巻の発表時期は、この法華八講が催された六月二十二日以降で、その余韻、覚めやらぬ翌月頃がふさわしい。

長和二年七月頃の「蜻蛉」巻発表――これに基づくならば、次巻「手習」、次々巻「夢浮橋」の執筆は、最終推定巻「竹河」が長和三年正月以前の成立ゆえに、おのずと長和二年後半となる。この「手習」「夢浮橋」「竹河」三巻中、季節との照応性が見られるのが、「手習」「竹河」巻である。「手習」巻では、妹尼君の娘婿であった中将が夏の終り頃、女郎花の咲き始めた小野を訪れ、「八月十余日の程」に再訪、浮舟を垣間見る。そして九月、妹尼君の初瀬参詣中、中将が浮舟に迫った翌々日、彼女は出家するに至る。[5]この八月前後の季節は、前巻「蜻蛉」が七月頃発表されたことからして、そのまま発表時期と重ね合わせられよう。

また、「竹河」巻の巻名は、梅の花満開の正月「二十余日の頃」と、その翌年正月「十四日」男踏歌で、それぞれ謡われた催馬楽〝竹河〟に由来する。[6]この二度における正月の強調は、発表の時節を意識したものにほかなるまい。紫式部は長和三年正月二十日の時点には彰子皇太后のもとを辞していた。彼女は藤原実資の取り次ぎ役の女房であった(『小右記』長和二年五月二十五日の条)にもかかわらず、長和三年正月二十日における彰子皇太后への取り次ぎは、道長の二男頼宗であり、同年十月九日においても、道長の三男能信が簾下にいた女房を呼んで伝言するという変則的な取り次ぎ方であった(『小右記』[7])。同年六月における父為時の突然の越後守辞任等と考え合わせるならば、紫式部は遅くとも長和三年正月二十日までに彰子皇太后のもとを辞し、従来の通説通り、同年春に死去したと思われる。[8]そもそも「竹河」巻は、巻頭「これは、源氏の御族にも離れ給へりし……」に象徴されているように、『源氏物語』最終巻として、別伝的に執筆した巻である。[9]体力的な限界、もしくは余命幾ばくもない自らの命を予感していた紫式部が、長和三年の正月を迎える前に宮仕えの区切りをという思いを抱いていたことは、充分に考えられる。その場合、正月発表を前提として年内に「竹河」巻を書き終え、宮中を辞した可能性が高い。

以上の考察から推定される「蜻蛉」巻から「竹河」巻までの発表状況は、左記の通りである。

《一条天皇三回忌法華八講は長和二年六月二十二日》
「蜻蛉」巻……………長和二年七月頃
「手習」巻……………同年八月？
「夢浮橋」巻…………同年後半
「竹河」巻……………長和三年正月
《藤原実資に対する変則的な取り次ぎは長和三年正月二十日》
《紫式部は同年春、没》
それでは「蜻蛉」巻以前の巻々については、どうか。

二 「蜻蛉」以前の巻々の発表時期

前節の結果を踏まえ、「匂宮」巻の次巻「橋姫」から「蜻蛉」前巻「浮舟」までの全八帖を改めて見るとき、執筆時期の指標として期待されるのが、宇治十帖第四巻「早蕨」である。

寛弘七年正月……「初音」巻
八年正月……「若菜上」「若菜下」巻(10)
長和元年正月……「匂宮」巻
二年正月……？
三年正月……「竹河」巻

右のように、長和二年前後の二年は、いずれも正月に物語の発表がなされている。これに類して、巻名の由来ともなった次の「早蕨」巻頭も、新年を強く印象づけて止まない。

藪し分かねば、春の光を見給ふにつけても、……（父八の宮の死は、中の君にとって）夢のやうにのみ、思え給ふ。……阿闍梨のもとより、『年、改まりては、何事か、おはしますらむ。……』など、聞こえて、蕨・つくづくし、をかしき籠に入れて、……

君にとてあまたの春の摘みしかば常を忘れぬ初蕨なり

（「早蕨」巻頭）

この「早蕨」巻の長和二年正月発表推定を後押しするのが、「早蕨」の前後巻「総角」「紅梅」に見いだされる季節的連続性である。すなわち、「早蕨」の前巻「総角」巻末は「年の暮れ方」[11]、「早蕨」の次巻「紅梅」は、巻名に象徴されるように春（巻中、唯一、描かれている季節）となっている。[12] この両巻は、そのまま発表時期と重ね合わせることができよう。

ちなみに「紅梅」巻の春は、梅の花盛りの頃から、ほぼ一・二月に限定されるが、[13] このいずれの月かを探る手掛かりは、巻中で語られる藤原氏の氏神、春日明神信仰に残されている。巻頭近く、紅梅大納言は娘の大君を春宮に入内させる際、皇后は藤原氏より立つべき由の春日明神の御神託（「春日の神の御ことわり」）を頼みとして祈願したとある。[14] これまで皇族出身者が引き続いて立后することに対して世間の批判があったことは、「乙女」「若菜下」巻に記されている。[15] しかし、この御神託に言及したのは、初めてであり、五十四帖中、春日明神について語られるのも、「紅梅」巻のみである。こうした突然、語られる春日明神信仰の必然性の一端は、春日祭との関係から知られる。春日祭とは、二月・十一月の上申の日に行われた奈良の春日大社の例祭で、長和二年においても二月十日に行われている。『御堂関白記』には、この年二回の例祭に出立させる春日祭使についての記述が頻繁に見られ、[16] 路頭の儀も盛大であったという。毎年、行われる二月の春日祭――この時節における発表を目指して、「紅梅」巻が執筆された可能性がある。巻頭には紅梅大納言が神仏に祈って真木柱腹の男君を望み、授かったとある。[17] これは、神仏祈願が「紅梅」巻の着想に深くかかわっている証左と言えよう。

「年の暮れ方」（「総角」）正月（「早蕨」）二月（「紅梅」巻）と続く季節の連続性は、次巻「宿木」にも見いだされる。すなわち「宿木」巻は、葵祭後の「（四月）二十日余りの程」[18]で閉じられる。物語と五月の密接な関係、[19]及び例年の例からして、[20]四月下旬～五月初めの発表が想定されよう。また、「総角」巻の前巻「椎本」では、八の宮の訃報が伝えられる明け方の場面の「八月二十日の程」、[21]そしてその前後の「七月ばかりになりにけり」「九月にもなりぬ」[22]と、巻の中心的時節は七～九月に限定される。次巻「総角」が大部であること（五十四帖中、「若菜上」「若菜下」巻に次ぐ分量を誇る「宿木」巻とほぼ同等な長さ）を考慮するならば、この時節は妥当であろう。それでは残りの「橋姫」巻の発表時期については、どうか。「橋姫」巻と次巻「椎本」には、構想的な繋がりが見られること、[23]「椎本」巻の分量が中編ながら大部ではない（「総角」巻の半分以下）ことからして、「椎本」巻は、「橋姫」巻発表より、さほど時期が隔たっていないことが予想される。したがって「橋姫」巻の発表時期は、同年半ばとするのが自然と思われる。

以上の事実から導き出された発表時期は、次の通りである。

（「匂宮」巻……………長和元年正月）

《一条天皇の追善御八講は同年五月十五日》

「橋姫」巻……………同年半ば

「椎本」巻……………同年八月前後

「総角」巻……………同年十二月

「早蕨」巻……………長和二年正月

《春日祭の例祭は同年二月十日》

「紅梅」巻……………………同年二月
「宿木」巻……………………同年四月下旬〜五月初め
「東屋」「浮舟」巻…………………同年内
（「蜻蛉」巻……………………同年七月頃）

右のうち、期間的余裕が見られないのは「宿木」巻に続く「東屋」「浮舟」「蜻蛉」三巻である。前二巻「早蕨」「紅梅」は共に小巻であるのに対して、「東屋」「浮舟」「蜻蛉」三巻は、いずれも中長篇の巻で、「若菜上」「若菜下」巻の合計をわずかながら上回る。また、一ヵ月足らずで書かれた「蓬生」「関屋」「玉鬘」三巻[24]の約三倍の長さで、三〜四ヵ月の執筆期間からすると、この三巻と同等のハイペースで執筆されたことになる。このペースは「蜻蛉」巻に続く「手習」巻においても落とされることはなかった（「手習」巻も「東屋」「浮舟」「蜻蛉」巻を上回る中長篇の巻で、執筆期間も一ヵ月あったか否かである。前項、参照）。それを可能としたのは、何より「宿木」巻より始まる浮舟物語の構想がまとまっていたからであり、一条天皇三回忌法華八講に向けての精力的な執筆態度が一層、それを後押ししたと思われる。しかし紫式部を取り巻く環境は、執筆のみに専念しうるものではなかった。紫式部が実資の連絡係といった女房としての重責も果たしていたのは、既に述べた通りである。そうした彰子皇太后の女房としての仕事をこなす一方においての過酷な執筆活動は、結果的に彼女の命を縮めたと言えよう。

また、このタイトな執筆期間とは対照的に、長い空白期間が認められるのが、「匂宮」巻から「橋姫」巻に到る間である。これは宇治十帖前半の橋姫物語構想に時間を要した結果であろうが、この新たな長編物語執筆に際して、発表時期の下限の目安となったのが、長和元年五月十五日の一条天皇追善御八講であったと思われる。「橋姫」巻の発表時期がこの御八講の直後あたりに想定されるのは、その証左であろう。「橋姫」の次巻「椎本」、次々巻「総角」で八の宮・大君が、それぞれ死去するという内容も、この追善御八講の趣旨に沿った結果と見なしうる。

結語

以上、第五期（「匂宮」〜「竹河」）十三帖の発表時期を可能な限り推定した。これを通観した際、改めて確認されるのは、彰子皇太后サロンにおける一条天皇崩御の大きさである。その追善御八講は、「橋姫」「蜻蛉」巻に窺われたように、発表時期の目安として巻々の執筆を促す大きな要因となっている。一条天皇に先立たれた彰子の悲嘆は深く、長和元年五月に催された追善御八講の翌月九日の時点においても、その御心が休まることはなかった（『小右記』）(25)。こうした御心を慰める一つの手段として、「御法」「幻」巻に代表されるように、これまで同様、出仕を続ける以上、紫式部は物語を執筆し続けることが義務づけられていたと推察される。宇治十帖の出家願望と暗い色調に覆われた世界は、基本的に、こうした状況を反映した結果と言えよう(26)。

【注】

（1）夏頃、蓮の花の盛りに、入道の姫宮（＝女三の宮）の御持仏ども、現し給へる、供養ぜさせ給ふ。この度は、大臣の君（＝光源氏）の、御心ざしにて、御念誦堂の具ども、細かに整へさせ給へるを、やがて、しつらはせ給ふ。（「鈴虫」巻頭）

右の「鈴虫」巻頭に込められた意味については、本章第五節二「「柏木」「横笛」「鈴虫」三巻の発表時期」参照。

（2）「その頃、式部卿の宮と聞こゆるも、失せ給ひにければ、（薫は）御叔父の服にて、薄鈍なるも、心の内に、あはれに（浮舟の喪に）思ひよそへられて、つきづきしく見ゆ」（「蜻蛉」巻）

（3）「怪しう、つらかりける契りどもを、つくづくと思ひ続け、ながめ給ふ夕暮、蜻蛉の、物はかなげに飛びちがふを、

『ありと見て手には取られず見ればまた行方も知らず消えし蜻蛉
あるか無きかの』と例の、独りごち給ふとかや」（「蜻蛉」巻末）

（4）「浮舟」巻は、入水を決意し、悲しみに衣に顔を押し当てて伏せる浮舟の姿をクローズアップさせて終わる。これに対して「手習」巻頭では、浮舟が発見されるまでの経緯が詳細に語られている。

（5）「尼君の、昔の婿の君、今は中将にて、物し給ひける……。……（小野は）垣ほに植ゑたる撫子も、おもしろく、女郎花・桔梗など、咲き始めたるに、……。……八月十余日の程に（中将は）小鷹狩のついでに、（小野に）おはしたり。……九月になりて、この尼君、初瀬に詣づ。……」（「手習」巻）

（6）・侍従の君（＝薫）、まめ人の名を「うれたし」と思ひければ、二十余日の頃、梅の花盛りなるに、……藤侍従の御もとに、おはしたる。……（藤侍従は薫と）竹河を、同じ声に出だして、まだ若けれど、をかしう謡ふ。……（薫は）

竹河のはしうち出でし一ふしに深き心の底は知りきや　……（藤侍従は）

竹河に夜を更かさじと急ぎしも如何なるふしを思ひおかまし。（「竹河」巻）

・その年、返りて、男踏歌せられけり。……十四日の月の、華やかに、曇りなきに（薫は）御前より出でて、冷泉院に参る。……竹河、謡ひて、御階のもとに踏み寄る程、……（大君の女房は）

竹河のその夜のことは思ひ出づや忍ぶばかりの節はなけれど　……（薫は）

流れての頼めむなしき竹河に世は憂き物と思ひ知りにき（同巻）

（7）拙著『紫式部伝』（笠間書院、平17）「晩期」参照。

（8）紫式部の没年についての詳細は、拙著『源氏物語　成立研究』（笠間書院、平13）第三章第四節「『源氏物語』の擱筆時期」、註7の拙論、参照。

（9）光源氏一族とは別の物語であることを宣言する巻頭以外にも、「竹河」巻が最終巻である傍証として、夕霧右大臣が左大臣に、薫が中納言に昇進するなど、意図的と思われる呼称の矛盾等が挙げられる。註8の拙論、参照。

（10）本章第五節、参照。

(11)「年の暮れ方には、かからぬ所だに、空の景色、例には似ぬを、荒れぬ日なく、降り積む雪に、うち眺めつつ、明かし暮らし給ふ（薫の）心地、尽きせず、夢のやうなり。……」（「総角」巻末）

(12)「（紅梅大納言の自邸の）この東の端に、軒近き紅梅の、いと、おもしろく匂ひたるを、……」（「紅梅」巻）等。

(13)『源氏物語』に見いだされる主要な梅花期については、左記の通りである。

・（正月八日）階隠のもとの紅梅、いと疾く咲く花にて、色づきにけり。（「末摘花」巻）

・（正月二日）御前の梅、やうやう、ひもときて、（「初音」巻）

・正月二十日ばかりになれば、……御前の梅も盛りになりゆく。（「若菜下」巻）

・（正月）二十余日の頃、梅の花盛りなるに、（「竹河」巻）

・二月の十日、雨少し降りて、御前近き紅梅、盛りに、……（「梅枝」巻）

また『源氏物語』以外においては、例えば次のような記述が見られる。

・（二月）八日の日、……紅梅の、ただ今盛りなる下より、……（『蜻蛉日記』）

・二月、……梅の花の、いみじう咲きたるに付けて、持て来たり。（『枕草子』）

右の結果に基づくならば、梅花の盛りの時期は、一般的に正月下旬から二月初旬と思われる。

(14)「（紅梅大納言は）先づ、春宮の御事（＝大君の参入）を急ぎ給ひて、「春日の神の御ことわりも、我が世にや、もし出で来て、故おとどの、院の女御（＝弘徽殿女御）の御事を、胸、いたく思して止みにし、慰めの事も、あらなむ」と、心のうちに祈りて、参らせ奉り給うつ。いと、時めき給ふよし、人々、聞こゆ」（「紅梅」巻）

(15)・源氏の、うち頻り后に居給はむ事、世の人、許し聞こえず。（「乙女」巻）

・源氏の、うち続き、后に居給ふべき事を、世の人、飽かず思へるにつけても、……。（「若菜下」巻）

(16)例えば『御堂関白記』には、二月と十一月の春日祭使についての記述が、長和元年から寛仁二年までの六年間（長和三年の欠部を除く）、いずれも見いだされる。

(17)「その頃、按察の大納言と聞こゆるは、故致仕のおとどの二郎なり。……御子は、故北の方の御腹に、女、二人のみぞ、おはしければ、『さうざうし』とて、神仏に祈りて、今の御腹（＝真木柱腹）にぞ、男君一人、まうけ給

へる」（「紅梅」巻頭）

（18）「賀茂の祭など、騒がしき程、過ぐして、二十日余りの程に、（薫は）例の、宇治へおはしたり。……」（「宿木」巻末）

（19）本章第二節「第二期前半（「桐壺」～「葵」六帖）」三、参照。

（20）本章第五節二「「柏木」「横笛」「鈴虫」三巻の発表時期」75頁、参照。

（21）「八月二十日の程なりけり。大方の空の気色も、いとどしき頃、君達（＝大君・中君姉妹）は、朝夕霧の晴るる間もなく、思し嘆きつつ、ながめ給ふ。有明の月の、いと、華やかに差し出でて、水の面も、さやかに澄みたるを、そなたの蔀、上げさせて、見出し給へるに、鐘の声、かすかに響きて、『明けぬなり』と聞こゆる程に、人々、来て、『この夜中ばかりになむ、亡せ給ひぬる』と、泣く泣く申す」（「椎本」巻）

（22）・（薫は）宇治にまうでで、久しうなりにけるを、思ひ出でて、参り給へり。七月ばかりになりにけり。都には、まだ入り立たぬ秋の気色を、音羽の山近く、風の音も、いと冷ややかに、槙の山辺も、わづかに色づきて、……。（「椎本」巻）

・（大君・中君姉妹は）明けぬ心地ながら、九月にもなりぬ。野山の気色、まして、袖の時雨をもよほしがちに、ともすれば、争ひ落つる木の葉の音も、水の響きも、涙の滝も、一つ物のやうに、くれ惑ひて、……。（同巻）

（23）「椎本」巻は、宇治の姫君との交流を密かに願う匂宮が、初瀬詣での帰途、中宿りに光源氏伝領の夕霧の別邸に立ち寄るところから始まる。この匂宮の行動を呼び起こした、匂宮が宇治の姫君に興味を抱く契機となる場面は、前巻「橋姫」において、次のように語られている。

（薫は宇治に）「まうでむ」と思して、三の宮（＝匂宮）の、「かやうに奥まりたらむ辺りの、見勝りせむこそ、をかしかるべけれ」と、あらまし事にだに、宣ふものを、「聞こえ励まして、御心騒がし奉らむ」と思して、のどやかなる夕暮に、（匂宮の邸に）参り給へり。……（匂宮は薫の話に）果て果ては、まめだちて、いと妬く、……（姫君たちを）ゆかしう思す事、限りなくなり給ひぬ。（「橋姫」巻）

すなわち、薫は宇治を訪れる際に、奥まった山里あたりに住む女性に出会いたい旨を漏らしていた匂宮に、宇治の姫君たちの話をしにその邸に立ち寄り、思惑どおり、匂宮に一方ならぬ関心を抱かせたとある。「椎本」巻頭における匂宮の宇治停泊が、構想的に「橋姫」巻の終わりに近い、右の箇所から、そのまま導き出されているのは明らかである。

（24）本章第四節「第三期（「蓬生」「関屋」と玉鬘十帖）」一、参照。

（25）追善御八講の翌月の長和元年（一〇一二）六月九日、道長は未だ傷心癒されぬ彰子皇太后を気遣い、藤原実資に、涙を流して次のように語ったとある。

　去年、故院（＝一条帝）ニ後レ給ヒ、哀傷ノ御心今ニ休マズ。（『小右記』）

（26）一条天皇崩御以外にも、その背景には当時の末法思想や紫式部自身の出家願望、そして弟惟規の死去による自家の没落意識等があったことは言を俟たない。

第二章

『源氏物語』のモデルと准拠

はじめに

『源氏物語』は、五十四帖にも及ぶ大部な物語ということもあり、様々なモデル・准拠が混在している。しかもその位相は幾重にも折り重なって、極めて複雑な様相を呈していると言えよう。古註以来、現在に至るまでモデル論・准拠論が『源氏物語』研究の中心的一角を占めているゆえんである。そうした中においても、第一義的に位置づけされなければならないのは、首巻「桐壺」と次巻「帚木」の冒頭であることに異論はあるまい。

・いづれの御時にか、女御・更衣、あまたさぶらひ給ひけるなかに、いと、やむごとなき際にはあらぬが、すぐれて、ときめき給ふありけり。（「桐壺」巻頭）

・光源氏、名のみ事々しう、言ひ消たれ給ふ咎、多かなるに、いとど、かかる好き事どもを、末の世にも聞き伝へて、軽びたる名をや流さむと、忍び給ひける隠ろへ事をさへ、語り伝へけむ人の、もの言ひさがなさよ。（「帚木」巻頭）

『源氏物語』の書き出しにふさわしい右の二つの巻頭は、准拠（「いづれの御時にか……」）とモデル（「光源氏、名のみ事々しう……」）を、それぞれ前提としている。この二つの冒頭に象徴される「桐壺」「帚木」巻の准拠とモデルの解明こそ、『源氏物語』研究の中核的課題のひとつであり、その結論があって初めてモデル論・准拠論の体系的考察への展望が可能になると思われる。

本章では、こうした重要、かつ中心的な問題である「桐壺」「帚木」巻のモデルと准拠に加えて、五十四帖の中でも様々なモデル・准拠が混在し、謎多き代表的女君である六条御息所・朝顔斎院の二人について、これまで筆者が発表した成立論や作家論、そして何より発表の場の視点から考察を加えたい。そこに従来、看過されてきた新たな位相と、モデル論・准拠論の体系的考察への展望の糸口が隠されていると信じるからである。また、最終節では、脇役ながら「時方」「仲信」という「浮舟」巻で活躍する人物を通して、紫式部が如何に彰子サロンという披露の場を意識していたかの具体例を示したい。『源氏物語』中、官名等でなく実名で語られることは稀であり、モデル・准拠も発表の場に影響を及ぼしている確実な証明になると思われるからである。

第一節　帚木三帖——具平親王と光源氏

はじめに

帚木三帖の冒頭「光源氏、名のみ事々しう……」のモデルは誰か。〝光〟と冠される皇子や一世源氏は、『源氏物語』成立以前において、今日、伝えられているだけでも幾人か実在している。嵯峨天皇の一世源氏、左大臣源融（八二二～八九五）は、「光源氏」と呼ばれていた可能性があり、仁明天皇の一世源氏、源光（八四五～九一三）は、その名の通りである。また、光孝天皇の皇子、是忠親王（八五七～九二二）は、「光源中納言」と称された時期があり、宇多天皇の皇子、敦慶親王（八八七～九三〇）は、容姿はなはだ美しく、世に「玉光宮」と称された(1)。これらの人物のほかに、〝光〟と冠された記録は残されていないものの、『源氏物語』の光源氏のモデルに擬せられている皇子や一世源氏、もしくは二世源氏も、複数存在する。まさに「光源氏、名のみ事々しう……」は、こうした源融以降の長い伝統に拠っていると言えよう。

しかし、紫式部にとって、より身近に光源氏のモデルに擬せられる人物がいたのを忘れてはならない。前章第一節「第一期（帚木三帖）」二・三で言及した具平親王、その人である。なお本節は、これまで筆者が繰り返し検証した内容を帚木三帖のモデルと准拠の観点から整理し、改めて論じたものである。

一　具平親王と紫式部

具平親王（九六四～一〇〇九）は、村上天皇第七皇子で「後中書王」と尊称された。その博学多才ぶりは、陰陽道・医学の方面から漢詩・和歌にまで至っていると絶賛されている（『栄花物語』[2]）。また能書家として知られ、管弦の道にも通じており[3]、一回り近く年下の紫式部にとっても仰ぎ見るべき存在であったろう。

為時一家と具平親王家の繫がりは、紫式部と具平親王の祖母の代に始まる。紫式部の祖母の姉である代明親王室没後、その御子たちは母の里邸で養育された（『大和物語』[4]）。具平親王の母荘子女王（九三〇～一〇〇八）も、姉の恵子女王と同じく、為時の母たちに見守られながら、故右大臣定方邸で育ったと思われる。この定方の流れによる結び付きに支えられ、為頼・為時兄弟は、具平親王を取り巻く風流人士グループの一員であった。為頼と親王の贈答歌が『為頼集』に何首か残されており、為頼の死を悼んだ具平親王の歌には、親王の深い嘆きが詠み込まれている（『後拾遺和歌集』[5]）。二人の関係が特に親密な間柄であったのは、具平親王の御落胤頼成が為頼の長男伊祐の養子となっていることからも窺われる（『権記』[6]）。一方、為時も寛和二年（九八六）、具平親王邸の宴遊に列して、自らを「藩邸之旧僕」、すなわち親王邸に出入りする古くからの家来と称している（『本朝麗藻』[7]）。

このような勧修寺流との強い絆のもと、紫式部自身も、少女期頃より具平親王家に出入りしていた形跡が窺われる。

早うより童友達なりし人に、年頃、経て、行き会ひたるが、ほのかにて、七月十日の程、月に競ひて帰りにければ

めぐり逢ひて見しやそれとも分かぬ間に雲隠れにし夜半の月影　（『紫式部集』）

百人一首でも有名なこの『紫式部集』冒頭歌は、ずっと以前から幼友達であった人と、何年かぶりに出会ったのに、わずかな時間で帰ってしまったのを惜しんで詠まれた。詞書に記されている傍線部「早うより童友達なりし人」の存在は、少女時代における紫式部の交遊関係の一端を覗かせる。そうした交遊関係が生まれた背景には、紫式部が女房見習い的に女童として、ある貴顕の邸に出入りしていた可能性が考えられる。(8) 波線部「行き合ひたる」は、紫式部の邸でも幼友達の邸でもなく、第三者的場所での出会いを意味し、この推測を後押しする。

また、『紫式部集』には、紫式部が彰子中宮の後宮へ出仕することを了承したと見なされる具平親王の歌も残されている。

　　八重山吹を折りて、ある所に奉れたるに、一重の花の散り残れるを、おこせ給へり

　折からを一重にめづる花の色は薄きを見つつ薄きとも見ず

（『紫式部集』52番）

紫式部が八重山吹を贈った「ある所」とは、紫式部側に「奉れたるに」という謙譲表現、詠者側に「おこせ給へり」という尊敬表現が用いられていることから、高貴な方であることが知られる。この高貴な方は、紫式部の八重山吹の花に対して、散り残った一重山吹を贈り、その薄い花の色を「薄きとも見ず」とした。濃くて美しい八重山吹のお返しとして、薄く見栄えのしない、しかも散り残った一重山吹を贈った点、そしてその色の薄さに特殊なこだわりを示している点に、紫式部との間にあった何らかの事情が窺われる。このいわくありげな歌は、詞書の「散り残れる」からも知れるように、次の歌を踏まえている。

　我が宿の八重山吹は一重だに散り残らなむ春の形見に

（『拾遺和歌集』春、詠み人知らず）

我が宿に咲く八重山吹の花びらが季節の移ろいにより、一枚一枚と散っていく中、せめてその一枚だけでも春の形見として残ってほしい――この歌からは、凋落する自家を去り行く者たちへの思いが連想される。その場合、「我が宿」（自家）、「八重山吹」（自家に仕える女房たち）、「一重」（その中の一人の女房）といった主従関係が前提とな

り、高貴な「ある所」と紫式部がそうした関係であったことを示唆する。こうした主従関係を前提とするような歌を紫式部に贈りえた貴人は誰か。彰子中宮や倫子に対して、あえて「ある所」というぼやかした物言いは不自然である。むしろ、紫式部が彰子中宮方に出仕する以前の人間関係と推測され、「そなたの心寄せある人」とある『紫式部日記』の記述から具平親王が浮かび上がる。この謎めいた歌は、具平親王家との深い繫がりを断って、紫式部が彰子中宮の後宮へ出仕することに対する親王の了解の歌とするのが自然であろう。(9)

彰子中宮のもとに出仕することによって、出仕以前の人間関係が自然消滅したことも、彼女自身が語っている。寛弘五年（一〇〇八）十一月、土御門邸で行われた御冊子作り終了後、紫式部は一時、里下がりした。その折、出仕以前の自身の過去を振り返り、物語を通して交流を深めた者たちとは、絶交するということはないが、自然と交流が途絶える人も多くあった（『紫式部日記』）とある。(10)

以上、主家筋の具平親王家と為時一家の関係に加えて、少女時代における、ある貴顕の邸に出入りしていた形跡（『紫式部集』冒頭歌）、道長摂関家への出仕を了承と思しき具平親王の歌（『紫式部集』52番）の存在、宮中出仕後、出仕以前の人間関係が自然消滅した事実（『紫式部日記』寛弘五年十一月中旬の条）――これらを総合判断するならば、道長本人より「そなたの心寄せある人（＝具平親王家側から贔屓のある者）」（『紫式部日記』寛弘五年十月中旬の条）として、具平親王女隆姫と道長の嫡子頼通との縁談の橋渡し役を持ちかけられたのも、(11)極めて自然な成り行きと言わねばなるまい。ちなみに、この栄誉ある相談事に対して、「まことに心のうちは思ひゐたる事、多かり」と、紫式部は心中複雑な思いを抱いている。これも具平親王家との縁故を振り切っての出仕という事情からすれば当然であり、親王家と紫式部本人との深い結び付きを雄弁に物語っている。

それでは、このような具平親王と紫式部の関係を踏まえて、帚木三帖を読み直したとき、どのようなモデルと准拠が浮かび上がるのであろうか。

二　具平親王と帚木三帖

帚木三帖中、具平親王とのダイレクトな関係を印象づけるのが、最終巻「夕顔」である。この巻における光源氏と夕顔との悲恋の物語は、『古今著聞集』「後中書王具平親王雑仕を最愛の事」で紹介されている次の具平親王のエピソードから着想を得ている。

後中書王（＝具平親王）、雑仕を最愛せさせ給ひて、土御門の右大臣をば、まうけ給ひけるなり。朝夕これを中に据ゑて、愛し給ふ事、限りなかりけり。月の明かりける夜、件の雑仕を具し給ひて、遍照寺へおはしましたりけるに、彼の雑仕、物にとられて失せにけり。中書王、嘆き悲しみ給ふ事、ことわりにも過ぎたり。思ひ余りて、日頃ありつるままに違へず、我が御身と失せにし人との中に、この児をおきて見給へる形を、車の物見の裏に、絵に書きて御覧じけり。……いまに、大顔の車とて、かの家に乗り給ひつるは、この故に侍りとぞ申し伝へたる。

（『古今著聞集』巻第一三、四五六段）

月明かりの夜に具平親王が連れ出した雑仕女（雑役に従事する下女）は、物の怪に襲われて急死し、それを嘆き悲しんだ親王は、遺児と共に親子三人の姿を牛車の窓の裏に描いて偲んだという。月明かりの夜、邸外に連れ出し、物の怪に襲われて急死した――洛西の遍照寺と五条近くの廃院、雑仕女と五条界隈で出会った謎の女性という違いはあるものの、この具平親王と雑仕女の逸話は「夕顔」巻のストーリーと酷似している。(12) 夕顔が怪死した廃院にしても、具平親王と無縁ではない。親王の別邸千種殿は六条にあり、(13) 具平親王在世時においても荒廃していたようである。(14) 夕顔も、雑仕女ではないが当初は「下の品」と見なされるべき女性として登場している。(15)

もとより『古今著聞集』は、その逸話の採録に当たって虚説を廃して実録性を重んずるという編集態度が採られており、称徳天皇と道鏡の性的秘事を巻頭に掲げる『古事談』といった説話の類とは一線を画す。(16) 具平親王には、親王の御落胤で為頼の長男伊祐の養子となった、母方が不明な頼成がいた（『権記』）[17]。「夕顔」巻においても夕顔の遺児撫子という三歳の娘の存在が語られている。雑仕女の子は頼成であろうから[18]、親王の実子の男児を物語では連れ子の女児にしているものの、横死した雑仕女を哀れんで、具平親王の御落胤を為頼の長男伊祐の養子としたという美談となる。また、「夕顔」巻における克明なドキュメンタリータッチの手法[19]は、帚木三帖の序跋に宣言されている〈光源氏周辺の人物が事の真相を語る〉という帚木三帖の体裁と照応するものである。『古今著聞集』に取り上げられていることから窺われるように、具平親王の雑仕女怪死事件は、当時、評判となり、様々な風説が飛び交ったことであろう。その有名なスキャンダラスな恋愛事件に想を得て、具平親王家周辺の一人である紫式部が、光源氏の物語に仕立てたのであるから、夕顔怪死事件が事細かに記されているのも当然の結果と言えよう。

それでは帚木三帖の第一・二巻「帚木」「空蟬」においてはどうか。この両巻には『源氏物語』五十四帖中、紫式部の実生活が最も色濃く反映されている。老受領の後妻という設定に象徴されるように、空蟬は紫式部の自画像に最も近い女君である。また〝雨夜の品定め〟以降、物語の主要な舞台となる紀伊守邸のある「中川のわたり」は、紫式部の居宅である堤中納言邸があった所で、紀伊守邸はこの堤中納言邸にも擬せられる。空蟬物語の前提となる光源氏と紀伊守・伊予介との関係の発想的基盤も、紫式部の生活圏内に求められる。光源氏は紀伊守の父伊予介にとって主家筋である（第一章第一節の①、参照）。紀伊守邸訪問直前、紀伊守が陰で漏らした愚痴に光源氏が答えるといった、内輪ならではの遣り取りに象徴されるように、伊予介・紀伊守親子に見られる身内感覚的な上下関係からは、具平親王と為頼・為時兄弟との関係が連想される。

帚木三帖における具平親王の影響は、親王家に対する配慮からも読み取れる。左大臣家の姫君は〝雨夜の品定め〟の女性論に適う理想的な女性であり、光源氏の気に沿わないのは、そのあまりの上品さに親しみにくく思われるからである。[20] 光源氏は「帚木」巻頭で紹介されているように、浮ついた好色事は好まぬ「御本性」でありながら、まれに不可解な執着を見せる「癖」ゆえに、[21] そうした理想的正妻を差し置いて、「中の品」の女性との身分違いの恋に我を忘れることになる。しかしその恋の行方は、空蟬の再度の逢瀬拒否と夕顔横死という、言わば自業自得の結末であり、最終的には正妻のもとに戻ることが予想される。具平親王の正妻は、源高明女所生で為平親王（村上天皇第四皇子）女と推定される高貴な血筋である。紫式部との直接的な関係は不明であるが、正妻に非がないという姿勢で貫かれていることは、具平親王家側に立った在り方である。

こういった左大臣家の姫君の描かれ方にせよ、夕顔の遺児の存在にせよ、いずれも具平親王家ゆかりの者としての常識的な配慮、積極的に言うならば親王家への忠誠心の現れであり、消極的に言うならば親王家の心証を害する危険に対する予防策である。「夕顔」巻末に添えられている帚木三帖の跋文には、「作り事めきて、とりなす人」への反発から真実を語ったものの、結果的に言い過ぎたのではないかという反省（「あまり物言ひ、さがなき罪、さり所なく」）が語られている。[22] この弁明は、虚構の物語とは言え、具平親王をモデルにすることで、具平親王家の不名誉ともなりかねないことに対する紫式部自身の弁明ともなっている。光源氏と語り手の距離がそのまま具平親王と紫式部に重ね合わされるという図式は、帚木三帖全体のモデルが具平親王である証左にほかなるまい。

「光源氏」という名称についても、具平親王周辺の人物との関連性が窺われる。具平親王の母荘子女王の同母兄には、源重光（九二三〜九九八）・保光（九二四〜九九五）・延光（九二七〜九七六）三兄弟がおり、それぞれ正三位・従二位・従三位という高位についている。荘子女王とは幼少時、母定方女亡き後、父代明親王とともに、故定方邸に移り住み、代明親王が去った後も、そのままそこで養育された（『大和物語』[23]）という経緯もある。〝延喜時之三光〟とも称された具平親王の伯父たち（『二中歴』）は、親王の誕生時（九六四）より、その成長を見守り続けたことであろう。特に二男の叔父保光とは、関わりは深く、荘子女王は六歳年上のこの兄の邸宅で具平親王を出産している（『日本紀略』(24))。紫式部が賢子を出産する頃には既に、この三人は逝去しているが、「光源氏、名のみ事々しう……」と、具平親王ゆかりの物語を執筆するに際して、この伯父たちの名が脳裏をよぎったであろうことは想像に難くない。また「夕顔」巻より登場し、光源氏の乳母子にして無二の腹心である惟光の命名においても、この三兄弟の存在は看過できまい。

結語

以上のように、「夕顔」巻は具平親王のエピソードに基づき、「帚木」「空蟬」巻においても、親王のみならず、紫式部自身の実生活・生活空間の投影が著しい。博学多才で知られた具平親王は、もとより光源氏のモデルにふさわしい。発表の場が、具平親王家との縁で結ばれた物語を愛好する人たちであったのであるから、帚木三帖は、まさに具平親王家サロン周辺の人達という第一読者を前提として、具平親王を中心とした、紫式部自らも含めたその周辺の世界を発想の基盤として成立した物語なのである。

【注】

(1) 石村貞吉著『源氏物語有職の研究』(風間書房、昭39)等、参照。
(2) 「中務の宮の御心用ゐなど、世の常になべてに、おはしまさず、いみじう御才賢うおはする余りに、陰陽道も医師の方も、よろづに、あさましきまで足らはせ給へり。作文・和歌などの方、世に優れ、めでたうおはします。心憎く、はづかしき事、限りなくおはします」(『栄花物語』「初花」巻)
(3) 『大曾根章介　日本漢文学論集』第二巻(汲古書院、平10)「具平親王考」参照。
(4) 「故中務の宮(=代明親王)の北の方、亡せ給ひて後、小さき君たちを引き具して、三条右大臣殿(=故藤原定方邸）に住み給ひけり。御忌みなど過ぐしては、つひに一人は過ぐし給ふまじかりければ、かの北の方の御おとうと九の君を、やがてえ給はむと（代明親王は）思しけるを、『なにかは、さも』と、親はらからも思したりけるに、いかがありけむ、左兵衛の督の君（＝藤原師尹）、侍従にものし給ひける頃、その御文もて来となむ聞き給ひける。さて心づきなしとや思しけむ、もとの宮になむ渡り給ひにける。その時に、御息所（＝亡妻の姉能子）の御もとより、

亡き人の巣守にだにもなるべきを今はとかへる今日の悲しさ

宮の御返し、

巣守にと思ふ心はとどむれどかひあるべくもなしとこそ聞け

となむありける」（『大和物語』第九四段）

（5）「　春頃、為頼、長能など相ともに歌詠み侍りけるに、今日の事をば忘るなと言ひわたりて後、為頼朝臣、身まかりて、又の年の春、長能が許に遣はしける　中務卿具平親王

いかなれば花の匂ひも変らぬを過ぎにし春の恋しかるらむ」（『後拾遺和歌集』巻第一五雑一）

（6）「藤原頼成為蔵人所雑色。阿波守伊祐朝臣男、実故中書王御落胤」（『権記』寛弘八年正月の条）

（7）「去年ノ春、中書大王、花閣ヲ排シテ詩酒ヲ命ズ。……蓋シ以テ翰墨ノ庸奴、藩邸ノ旧僕タルノミ。……」（『本朝麗藻』巻下）

（8）与謝野晶子「紫式部新考（上）」（『太陽』昭3・1）、今井卓爾著『物語文學史の研究　源氏物語』（早稲田大学出版部、昭51）「紫式部とその周辺」参照。

（9）伊藤博著『源氏物語の原点』（明治書院、昭55）「紫式部の父」、後藤祥子「紫式部集評釈」（『国文学』学燈社、昭57・10）参照。

（10）年頃、つれづれにながめ明かし暮らしつつ、……はかなき物語などにつけて、うち語らふ人、同じ心なるは、あはれに書き交はし、少しけ遠きたよりどもを尋ねても言ひけるを、……。……中絶ゆとなけれど、おのづから、かき絶ゆるも、あまた。（『紫式部日記』寛弘五年十一月中旬の条）

(11) 前章第一節二の9～10頁、参照。
(12) 前章第一節二の11頁、参照。
(13) 角田文衞「夕顔の死」(『角田文衞著作集7 紫式部の世界』法蔵館、昭59)参照。
(14) 『拾芥抄』に拠れば、「千種殿」と呼ばれ、六条坊門南、西洞院東にあった。

六条の家の今は野のやうになりにたるに桜のいと面白く咲きたりけるを源為善朝臣折りてもて来たりければ詠める　中務卿具平親王

いたづらに咲きて散りぬる桜花昔の春のしるしなりけり(『新拾遺和歌集』巻第二・春歌下)

(15) 夕顔に関する惟光の報告に対して、光源氏は当初、次のような感想を抱いている。

これこそ、かの、人(＝頭中将)の定めあなづりし下の品ならめ。(「夕顔」巻)

(16) 『日本古典文学大辞典』(岩波書店、昭60)「古今著聞集」(執筆担当、永積安明)には、次のようにある。

自序にはさらに、「頗雖為狂簡、聊又兼実録」と記し、跋文にも、「ひろく勘へあまねく記す」と述べているように、採録説話の選択にあたっては、虚説でないことが意識されており、この実録的態度が集の構想をささえる第二の柱になっている。……採録説話の、歴とした典拠ある実録に拠るものであることが、古き佳き時代追慕の正当性をささえるのである。

(17) 註6、参照。
(18) 『古今著聞集』「後中書王具平親王雑仕を最愛の事」でも、「後中書王、雑仕を最愛せさせ給ひて、土御門の右大臣をば、まうけ給ひけるなり」と、最初に語られながらも、次のように、雑仕女の子を「土御門の右大臣」、すなわち源師房(一〇〇八～一〇七七)とするには疑問の余地があると付言されている。

土御門の大臣の母は式部卿為平の御子の御女のよし、系図に註せる、おぼつかなき事なり。尋ね侍るべし。

師房は『公卿補任』(「母式部卿為平親王女」)『尊卑分脈』(「母為平親王女」)等にあるように、明らかに具平親王の正妻腹の御子である。
(19) 夕顔を廃院に連れ出す前日の「八月十五夜」以降、夕顔が謎の死を遂げ、その葬送を見届ける十八日の朝方まで、次のように逐一、その時間が記されている。

「明け方も近うなりにけり」「明けゆく空」「日たくる程に起き給ひて」「夕べの空を眺め給ひて」「宵過ぐる程」「名対面（＝午後九時）は過ぎぬらむ」「夜中も過ぎにけむかし」「夜の明くる程の久しさは」「からうじて鶏の声、はるかに聞こゆるに」「明け離るる程」「日高くなれど」「日暮れて」「十七日の月さし出でて」「初夜も皆、行ひ果てて」「夜は明け方になり侍りぬらむ」「いとどしき朝霧」

(20)「大かたの気色、人の気配も、けざやかに気高く、乱れたる所、交じらず、なほ『これこそは、かの、人々の捨て難く取り出でし、まめ人には頼まれぬべけれ』と、（光源氏は）思すものから、あまり、うるはしき御有様の、とけがたく恥づかしげにのみ思ひ静まり給へるを、さうざうしくて……」（「帚木」巻）

(21)「まだ、中将などにものし給ひし時は、内裏にのみ、さぶらひようし給ひて、大殿には絶え絶えまかで給ふ。『忍ぶの乱れや』と疑ひ聞こゆる事もありしかど、さしもあだめき、目馴れたる、うちつけのすきずきしさなどは、好ましからぬ御本性にて、稀には、あながちに引き違へ、心尽くしなる事を、御心に思しとどむる癖なむ、あやにくにて、さるまじき御振る舞ひも、うち交じりける」（同巻）

(22)「かやうの、くだくだしき事は、あながちに隠ろへ忍び給ひしも、いとほしくて、みな漏らしとどめたるを、『など か、帝の御子ならむからに、見む人さへ、かたほならず、もの誉めがちなる』と、作り事めきて、とりなす人、ものし給ひければなむ。あまり物言ひ、さがなき罪、さり所なく」（帚木三帖の跋文）

(23) 註4、参照。

(24) 女御庄子（＝荘子女王）於民部大輔保光坊城宅有産男子事、具平親王也（『日本紀略』康保元年（九六四）六月十九日の条）

ちなみに、保光は「桃園中納言」と号し、朝顔が斎院退下後、移り住んだ「桃園の宮」等との関連から窺われるように、朝顔斎院の着想に深く関わる人物でもある。本章第四節「朝顔斎院」参照。

第二節　「桐壺」巻——敦康親王と光る君

はじめに

「桐壺」巻のモデルは、桐壺帝一人を取り上げても、本論で言及するように、醍醐天皇を始め、宇多天皇・玄宗皇帝等と、複雑な様相を呈している。冒頭「いづれの御時にか」の准拠のみならず、主要登場人物のモデルの特定は、大いなる困難を伴うと言えよう。そうした中、新たな解明の糸口として期待されるのは、五期構成説等を踏まえた紫式部側からの視点である。すなわち、彼女の人生を支配していたと言っても過言ではない勧修寺流との繋がり[1]、「桐壺」巻執筆時の紫式部、及びその周辺の環境を考慮することによって、新たな地平が切り開かれる可能性がある。本論では、そうした視点から「桐壺」巻の御代の准拠を見定めた上で、従来、軽視されてきた彰子中宮サロンとのダイレクトな関係に着目して、考察したい。[2]

一　「桐壺」巻の誕生

「桐壺」巻、この新たな物語の誕生は、いかにして可能であったか。紫式部はその糸口を自家の栄光ある過去に求めた。「桐壺」巻頭等から窺われる物語の時代設定は、「いづれの御時にか」とぼやかされているものの、〝延喜の治〟と称賛された醍醐天皇の御代（八九七〜九三〇在位）と言われている。『河海抄』には「いづれの御時にか」について「延喜の御時と言はむとて、おぼめきたる也」とある。醍醐天皇の後宮では、二十人近くの妃が寵愛を競い合い、「女御・更衣、あまたさぶらひ給ひける」状況にあった。父方の曾祖父、堤中納言兼輔が活躍したのは、まさにこの醍醐天皇の御代である。親交の厚かった三条右大臣定方は、醍醐天皇の母方の叔父であり、この定方の庇護の下、兼輔は女桑子を醍醐天皇の後宮に入内させ、第十三皇子である章明親王をもうけている。桑子は更衣であり、桐壺更衣のモデルにも擬せられる。一方、定方女と醍醐天皇第三皇子である代明親王との間に生まれた荘子女王は村上天皇の女御となり、具平親王をもうけている。帚木三帖が、〝天暦の治〟と称された村上天皇の御代（九四六〜九六七在位）を視野に入れているのに対して、「桐壺」巻は、村上天皇の父帝である醍醐天皇の御代を前提として語られているのである。彰子中宮出仕により、これまでの具平親王家周辺の発想から物語を作る方法が困難となった中、さらなる過去の聖代に溯ることで、摂関家との接点を見いだしたと言えよう。

この「桐壺」巻の骨子に基づいて、紫式部は自身の過去と現在をも取り込んでいる。野分の段——桐壺帝の命を受けて故更衣の母北の方邸を靫負命婦が弔問する、この巻の名場面には、幼い賢子を残したまま、夫宣孝に先立たれた未亡人の悲哀が織り込まれている。また、彰子中宮サロンにおける新参者としての孤独・憂愁（紫式部は当初、同僚の女房たちとの関係は最悪であり、出仕は滞りがちであった）[3]は、後宮の冷たい視線と嫉妬により、やがて死に追い込まれていく悲劇のヒロイン桐壺更衣の姿に投影されている。それは、同僚たちへのメッセージともなったであろう。

「桐壺」巻の展開方法の基盤となっている『長恨歌』を取り込む着想については、どうか。それを知る手掛かりは『江談抄』から窺われる。

楊貴妃帰唐帝思　李夫人去漢皇情　対雨恋月　源順

故老云、数年作設、而待八月十五夜雨、参六条宮所作也云々。

（『江談抄』第四）

〈楊貴妃帰りて唐帝の思ひ　李夫人去りて漢皇の情　雨に対ひて月を恋ふ　源順

故老云はく、「数年、作り設け、而して八月十五夜の雨を待ち、六条宮に参りて作るところなり」と云々。〉

雨で中秋の名月が見えない今宵の気持ちは、楊貴妃亡き後の玄宗皇帝の思いや、李夫人に先立たれた漢の武帝の追慕の情のようなものである。『和漢朗詠集』にも収められているこの源順（九一一〜九八三）の句は、数年前、出来ていたものを、八月十五夜が雨になるのを待って、彼が六条宮、すなわち具平親王の千種殿に参上した際、披露したとある。源順は、二十代にして『倭名類聚抄』を著し、四十代には梨壺の五人の一人として『後撰和歌集』の撰者を務めた当代随一の博学な才人である。『竹取物語』等の物語作者にも擬せられている。この句が披露された年は不明ながら、九六四年生の具平親王の年齢からして、おそらく彼の晩年近くであったろう。この老学者源順と、才気溢れる若い具平親王との、世代を越えた二人の麗しい名句誕生のエピソードは、敬意の念とともに、紫式部に強く印象づけられていたはずである。新たな物語の題材を模索するに当たって、この名句が彼女の脳裏に鮮明に浮かび上がったとしても不思議ではない。また、この句に対する紫式部の母親に関わる思い出は、それを一層、後押ししている。亡母への愛を込めた父為時の歌「亡き人の結び置きたる玉櫛笥あかぬ形見と見るぞ悲しき」（『玄々集』）は、『長恨歌』の終盤、仙界より持ち帰らせた楊貴妃の形見の品である鈿合金釵を、玄宗皇帝が手にして悲嘆する場面を想起させる。里邸の片隅に置かれていたに違いない、この母の忘れ形見である櫛箱――それは、李夫人の姿を漢の武帝の眼前に浮かび上がらせた反魂香（亡者の魂を呼び起こすために、道士が焚いたとされる不思議な香）のように、紫式部にとって、物心付かぬ間にこの世を去った母の幻影を垣間見させてくれたことであろう。

かくして「桐壺」巻は誕生した。初出仕以降の長い里下がりは、この執筆にも費やされていたと想像される。桐壺更衣に瓜二つの容姿をもつ巻後半のヒロイン名を「藤壺」としたのは、この巻が彰子中宮サロンにおける新たな光源氏の物語である宣言にほかならない。本内裏（大内裏の中の内裏）での彰子中宮の殿舎が常に藤壺であったことは、『権記』『小右記』によって、ほぼ確認される。彰子の入内時は里内裏の一条院を使用していたが、翌年の長保二年（一〇〇〇）十月、本内裏へ遷御しており、その一年弱の期間、及び長保五年（一〇〇三）十月から、寛弘二年（一〇〇五）十一月までの二年弱の期間は、本内裏が使われている。(4)

以上の成立事情からも窺われるように、「桐壺」巻の准拠・モデルは、帚木三帖の場合と比べて複雑な様相を呈している。帚木三帖の場合、光源氏伝説に基づきながらも、具平親王を主軸として、ほぼ紫式部の実生活・生活空間の投影の範囲内にある。発表の場も具平親王家周辺と、それに重なる。これに対して「桐壺」巻は、同じく紫式部自身や具平親王絡みの影響下にあるとは言え、醍醐天皇の御代に溯るのみならず、披露の場も彰子中宮サロンと、異なる。加えて巻の展開方法の基盤ともなっている『長恨歌』がある。

その複雑な様相の一端は、桐壺帝のモデル・准拠からも窺われる。桐壺帝のモデルは醍醐天皇・玄宗皇帝のみに限定されるわけではない。醍醐天皇の父宇多天皇もその候補の一人である。靫負命婦の帰参時、桐壺帝が『長恨歌』の絵を見ながら悲嘆する場面では、「長恨歌の御絵、亭子院（＝宇多院）の描かせ給ひて、伊勢・貫之の詠ませ給へる……」とあり、また光る君を高麗人が観相する場面では「宇多の帝の御戒めあれば……」と、二度もその名が挙げられている。宇多天皇は、父光孝天皇崩御と同時に立太子して、同年、即位した経緯をもつ帝で、即位直後には阿衡事件（八八七年）を起こす等、その御代には波乱があった。桐壺更衣を寵愛するあまり孤立の危機を招く桐壺帝のイメージには、この宇多天皇が重ね合わされていると思われる。宇多天皇女御・醍醐天皇母である胤子は、三条右大臣定方の姉で、紫式部の主家筋にあたる勧修寺流（醍醐天皇の母方の実家の一門）繁栄の礎を築いた女性である。紫式部の家門意識からするならば、宇多天皇は醍醐天皇に準じて重きがおかれる帝と言ってよかろう。『長恨歌』の絵を描かせた宇多天皇の意図が、胤子追悼にあったとするならば、なおさらである。(5)ちなみに、宇多帝と共にその名が挙げられている紀貫之・伊勢も、紫式部の先祖ゆかりの人物である。すなわち、貫之は曾祖父堤中納言兼輔をパトロン筋と仰ぎ、その邸に出入りしていたし、(6)伊勢は隣人として交友関係が偲ばれる祖父雅正との贈答歌を残している。(7)このうち伊勢は、『伊勢集』冒頭「いづれの御時にか」がそのまま「桐壺」巻頭に用いられている等、「桐壺」巻においても重要な役割を担っている。(8)

以上のように「桐壺」巻の場合、そのモデルと准拠は、宇多・醍醐天皇の御代・『長恨歌』といった位相を基本にしながら、相互に関連しつつ、物語執筆中の紫式部の現状までもが内包されるという複雑な様相を呈している。そうした中でも、改めて着目されるのが藤壺と彰子中宮の関係である。従来、看過されてきたこの関係は、果たして単に藤壺の命名の由来に止どまるのであろうか。帚木三帖において見られた発表の場（具平親王サロン周辺）と光源氏のモデル（具平親王）の一致といったダイレクトな関係は、「桐壺」巻においてはどのような位相を呈しているのか、次項ではその詳細を検討していきたい。

二　敦康親王と光る君

彰子入内の経緯を鑑みるとき、誰もがその脳裏に思い浮かべるのは、定子皇后の存在である。一帝二后の並立という前代未聞の状況に象徴される彰子中宮方と中関白家との対立関係は、「桐壺」巻の世界と一見、無縁に思われる。しかし、一条天皇の第一皇子、定子所生の敦康親王（九九九〜一〇一八）を考慮に入れた場合、事情は一変する。すなわち、敦康親王・彰子中宮・一条天皇という三者の関係が、「桐壺」巻における光る君・藤壺・桐壺帝と重なるという事実である。

敦康親王誕生の翌年、定子皇后は薨去、親王は定子生前より後見していた御匣殿（藤原道隆四女、定子の同母妹）のもとで、そのまま養育された（『栄花物語』）[9]。しかし二年後、彰子中宮のもとに引き取られ、ほどなく彼女も死去している。七歳に成長した親王の読書始の儀は、彰子中宮の御在所である藤壺で執り行われた（『小右記』寛弘二年十一月の条）[10]。紫式部の彰子中宮への出仕はその一カ月後である。その前年から寛弘三年にかけて親王が常に彰子中宮と共にあったことは、『御堂関白記』等から裏づけられている[11]。

定子皇后の遺児にもかかわらず、彰子中宮がいかに敦康親王を可愛がったかは、親王の立太子を強く希望していたことからも知られる。それは驚くべきことに自身の御子、敦成親王・敦良親王を儲けた後においても、変わることはなかった（『栄花物語』『御堂関白記』）[12]。結局、敦康親王の立太子は、道長の度々の反対により実現するに至らなかったが、この美談は過去の両家の因縁を越えた二人の麗しい関係を象徴している。

当然ながら、敦康親王に対する一条天皇の寵愛も深かった。親王とする宣旨は直々に右大臣顕光に命じて下している（『権記』）。また敦康親王の着袴の儀は、一条天皇臨行のもとで行われた。そして先の親王の読書始の折には、密かに渡御するという熱の入れようであった（『小右記』）[13]。こうした一条天皇の姿は、故桐壺更衣への愛をそのまま光る君に注ぐ桐壺帝とおのずと重ね合わされる。敦康親王に対する彰子中宮の愛情も、この一条天皇の親王に対する思いを充分に汲んだものでもあったろう。

桐壺更衣の名称についても、中関白家との関連性が指摘しうる。道隆の次女原子（定子の同母妹）は長徳元年（九九五）、東宮居貞親王に参入し「淑景舎（＝桐壺）」「淑景舎女御」と呼ばれた。しかも「更衣藤原子」（『本朝世紀』長保四年（一〇〇二）八月十四日の条）とも呼ばれている。桐壺を女御や更衣と呼ばれる地位の人が局とした例は、この原子が初見である[14]。原子は東宮の深い寵愛を得ていたが、長保四年に「御鼻口より血あえさせ給ひて、ただ、にはかに失せ給へるなりけり」（『栄花物語』）という非業の死を遂げた女御である。[15] 先に参入して寵を得ていた宣耀殿女御（藤原娍子）による毒殺かと噂されたという（『栄花物語』）。[16] 一方、先に述べた敦康親王を定子生前より後見した御匣殿は、定子亡き後、一条天皇の寵愛を受けたが、御子を懐妊したまま、急死している（『栄花物語』『権記』）。原子怪死の約二カ月前、敦康親王が数え年四歳、三度目の誕生日を迎える前のことである。桐壺更衣は定子皇后以外に、その妹二人にも代替されていると言えよう。桐壺更衣の准拠として、悲劇的結末を迎えた、この定子皇后の妹二人が挙げられるのである。

定子皇后崩御後の一条天皇の後宮世界が「桐壺」巻とオーバーラップする――このような見方をさらに推し進めるのは、弘徽殿女御、藤原義子（九七四〜一〇五三）の存在である。[17] 義子は内大臣公季（右大臣師輔の十一男）の一女で、長徳二年（九九六）七月、一条天皇に入内し、翌月、女御となった。前年に道隆逝去、同年三月、伊周・隆家兄弟の配流という中関白家失墜を見届けての入内である。一条天皇の後宮は、この義子以降、藤原元子（右大臣顕光の女）が二カ月後に、藤原尊子（故藤原道兼女）が翌々年二月に入内し、それぞれ承香殿女御、暗部屋女御と呼ばれた。そして最後に長保元年（九九九）十一月、彰子が入内している。かくして「女御・更衣あまたさぶらひ給ひける」程の状況ではないにせよ、定子による後宮独占の時代は終わりを告げた。その先鞭をつけたのが義子なのである。

義子は一条天皇の寵愛薄き女御で、[18] 御子誕生もなかった。しかし一条天皇の后である限り、彼女が彰子中宮サロンにとってライバルの一人であり、敵視の対象であったことに変わりはない。それは『紫式部日記』中に記されている、後年に起こった左京の君の一件からも知られる。御冊子作り直後の寛弘五年（一〇〇八）十一月下旬、童女御覧の儀の当日、かつて弘徽殿女御のもと、宮中で幅を利かせていた左京の君という女房が、大勢の奉仕人の中、五節の舞姫の介添えの一人として加わっていた。それを目ざとく見つけた彰子中宮方の女房たちは、すかさず一計を案ずる。すなわち、宮中に見立てたのであろう、蓬萊山の絵が描かれた扇を選んで、それを箱の蓋に日蔭の鬘と共に乗せ、念入りに仕立てて、左京の君に贈るという手の込んだいたずらをした。その際、紫式部は左京の君の零落ぶりを揶揄した次の歌を詠み、伊勢大輔に書かせて、このからかいに積極的に加担し、同僚たちと一体となって興じている。

多かりし豊の宮人さしわきてしるき日蔭をあはれとぞ見し　（『紫式部日記』）

〈大勢いた豊明の節会に奉仕する宮人の中でも、際立っていた日蔭の鬘をつけたあなたを、しみじみと拝見致しました。〉

「我はと思ひあがり給へる御方々、めざましき者に、おとしめ、そねみ給ふ」（「桐壺」巻頭）――このような帝の寵愛をめぐる後宮の陰湿な争いは、一条天皇の後宮においても見られた。それを象徴するような有名な出来事が、弘徽殿女御（義子）絡みで起こっている。長徳三年（九九七）の暮、懐妊した承香殿女御（元子）一行が、宮中を退出するに当たり、弘徽殿の細殿の前を通過したときのことである。弘徽殿女御側は、その様子を見ようと、御簾を押し出して、女房たちがはみ出んばかりであった。それを見て承香殿女御のお供の童女が「簾の身も孕みたるかな（＝簾の身も孕んでいるわね）」と強烈な皮肉を浴びせかけ、弘徽殿女御の女房たちを悔しがらせたとある。しかしこれには後日談が伴う。翌年九月、臨月を過ぎた承香殿女御は破水という異常出産となり、あまりの世間体の悪さに、かの童女も女御のもとを辞し、弘徽殿女御側の人たちは、ここぞとばかり囃し立てたという（『栄花物語』「浦々の別」巻）。この有名なエピソード[19]は、桐壺更衣が桐壺から桐壺帝のもとへの参上する際、その途上、糞尿の類が撒き散らされるとする出来事を連想させる。実際に承香殿女御の臨月には、一条天皇の御座に糞が置かれるという事件も発生している（『日本紀略』）から、なおさらである。ちなみに、この義子と元子の後宮争いは、叙位にも及んでいる。寛弘二年（一〇〇五）正月、義子に正三位、尊子に従三位が、それぞれ贈られることを事前に知った元子の父右大臣顕光が、元子にも義子同様の正三位をと一条天皇に奏上し、結果的に元子・義子、共に従二位を賜っている（『御堂関白記』）。

それでは、このような現実世界の後宮を物語に重ね合わせていくことは、彰子中宮、そして道長側とは抵触しないであろうか。ここで確認しておかなければならないのは、「桐壺」巻執筆段階では、彰子中宮の第一皇子敦成親王は誕生していないという点である。敦成親王の誕生は寛弘五年（一〇〇八）九月であり、その二カ月後の五十日の祝宴のおりに、かの藤原公任が紫式部に「若紫やさぶらふ」と戯れかけたとある（『紫式部日記』）。また、同月の十一月中旬には、御冊子作り（『源氏物語』豪華清書本制作）がなされている。したがって「桐壺」巻がとうに発表されていたことは自明である。誕生以後であったならば、東宮問題に伴う政治的生々しさは避けられまい。しかし、それ以前において光る君を敦康親王のイメージと重ねることには、何ら不都合は生じない。むしろ先に述べた彰子中宮側の美点が引き立つのみである。またこの時期、道長も親王への濃やかな気配りを絶やすことなく、妻の倫子を伴い石山寺参詣に同行したり、土御門邸に度々滞在させたりしている（『御堂関白記』）。敦康親王を次期東宮に据えることは、当初、道長の意向に背くものではなかった。

それでは一条天皇に対してはどうか。この点においても「桐壺」巻には充分な配慮がなされている。桐壺更衣の敵役を弘徽殿女御としたことも、その一つである。義子が寵愛薄き女御であったことは、先に述べた通りである。一方、彰子中宮側にとって定子皇后亡き後の脅威は、弘徽殿女御（義子）ではなく、承香殿女御（元子）であった。一条天皇はこの薄幸の女御をこよなく愛した。その寵愛ぶりは、周囲の予想に反して入内早々より「承香殿ぞ思はずに（寵愛は深く）おはすめる」（『栄花物語』「見果てぬ夢」巻）状態であり、「女御の御おぼえ、承香殿は（弘徽殿女御に）勝り給ふやう」（同巻）[20]であった。懐妊中にも一条天皇のもとに参内する（『権記』）という寵愛ぶりである。かの水産の件の二年後の長保二年（一〇〇〇）には、一条天皇は元子を正五位下から一挙に従三位に引き上げている。『権記』に「非常又非常ノ事ナリ」と強く非難されているこの異例の叙位は、父顕光右大臣の懇請によるとは言え、元子への愛ゆえにほかなるまい。先に述べた寛弘二年正月に起こった義子と元子の叙位争いにおいて、道長を出し抜いた形で、両女御が正三位の予定が結果的に従二位を賜ることになった（『御堂関白記』）のも、その背景に彼女への愛情があったからこそである。このように「桐壺」巻においては、寵愛深い元子に関して一切触れることなく（その都合の悪さは彰子中宮側においても同様である）、一条天皇の怒りを買う恐れのない義子に敵役を振っている。もとより、主役側・同情される側の桐壺帝に一条天皇を、桐壺更衣に中関白家の定子皇后・御匣殿の姉妹のイメージを重ね合わせることに、何ら不都合があるはずもない。むしろ中関白家凋落に伴う一条天皇の心労は、桐壺帝の政治的孤立と心情的に重ね合うところがあったであろう。

以上のような観点から改めて「桐壺」巻を見たとき、どのように当時の読者の目に映っただろうか。それは道長家による中関白家失墜という、自明とも言える後代の歴史的認識とは全く異なる。寵愛深き定子皇后、御匣殿の姉妹亡き後、一条天皇の御心を慰めたのは、後に入内した外ならぬ彰子中宮であり、彰子中宮は定子皇后の遺児、敦康親王を可愛がり、敦康親王も彰子中宮を慕う――これは、まさしく摂関家側に立った在り方である。彰子中宮サロンという発表の場を考慮するならば、そうした配慮は当然であり、かつ発表の前提条件でもあろう。しかし、それだけではない。ともすれば摂関家の恥部をえぐることともなりかねない危険な題材を選んだ上で、紫式部はさらに一歩踏み込んで、摂関家を正当化している。中関白家と道長家の対立、そして中関白家の敗北とそれに伴う一連の悲劇は、見事に隠蔽、正当化されるのである。しかもそれは追従・虚偽といった低次元のレベルでなされるのではない。敦康親王に対する彰子中宮の愛情、一条天皇の心労、中関白家姉妹の悲劇、義子・元子に代表される後宮の争い等、いずれも真実を衝いている。彰子中宮側にとって、少なくとも主観的には正しい代弁となりえている。彰子中宮サロンにおいて「桐壺」巻が受け入れられた背景の一因に、この点が挙げられよう。そして出仕当初、紫式部の孤立した状況も、この巻の発表を契機に、徐々に解消に向かったと思われる。初出仕から半年後には、紫式部に密かに好意を寄せる歌を贈る同僚の女房も現れている。[21] 結果的に「桐壺」巻は、同僚より彰子中宮の女房の一員として認められるのに大いに貢献したのである。

結語

以上、考察してきたように、「桐壺」巻の准拠は宇多・醍醐天皇の時代に拠るものの、紫式部執筆時期当時の後宮の情勢を鑑みれば、左記の人物が同時代におけるモデルとして鮮明に浮かび上がる。

・桐壺帝………一条天皇

・桐壺更衣………定子・原子・御匣殿の中関白家三姉妹の融合体

（原子は「淑景舎（=桐壺）女御」「更衣藤原子」とも呼ばれ、非業の死を遂げた東宮女御で、御匣殿は一条帝の御子を懐妊しながら逝去）

・藤壺………彰子中宮

（藤壺は本内裏における彰子中宮の常用殿舎）

・光る君………敦康親王

（定子の遺児。彰子所生の敦成親王出生前までの皇太子第一候補で、彰子は長く後見的役割を果たしていた）

・弘徽殿女御……藤原義子

（一条天皇の寵愛薄き弘徽殿女御。定子の後宮独占を終わらせる先鞭をつけた）

しかし「若紫」巻以降、『源氏物語』の世界は、さらなる飛翔を遂げる。かの「若紫やさぶらふ」という藤原公任の言葉の呼びかけに対して、紫式部は心中、「光源氏に似た人も、紫の上も（現実には）いない」（『紫式部日記』）[22]

と誇らかに宣言する。このエピソードは、『源氏物語』が准拠・モデルへの依存を超え、新たな長編物語として立ち上がっていくさまを象徴的に示している。

【注】

(1) 拙著『紫式部伝』(笠間書院、平17)、参照。
(2) 註1の拙著、及び本書第一章第二節、参照。
(3) 左記に代表される『紫式部集』所収の出仕当初の一連の歌(前章第二節の註17、41〜42頁、参照)、及び『紫式部日記』にある「物語好み……」(前章第一節二、9頁、参照)には、いかに出仕当初、紫式部が彰子中宮サロンにおいて反感を持たれた存在であったかが生々しく記されている。

かばかり、思ひ屈じぬべき身を、「いといたう、上衆めくかな」と、人の言ひけるを聞きて
わりなしや人こそ人と言はざらめ自ら身をや思ひ捨つべき

(4) 阿部秋生著『源氏物語研究序説』(東京大学出版会、昭34)第一篇第一章二「作者のゐた内裏」参照。
(5) 村瀬敏夫著『平安朝歌人の研究』(新典社、平6)「伊勢の御と紫式部」参照。
(6) 延喜二十一年(九二一)正月、兼輔は待望の参議となった際、貫之はそのお祝いに馳せ参じて、兼輔一門の繁栄の吉兆を期した歌「春ごとに咲きまさるべき花なれば今年をもまだあかずとぞ見る」(『貫之集』)を詠んでいる。
(7) 『後撰和歌集』には「隣に住み侍りける時、九月八日、伊勢が家の菊に、(雅正が)綿を着せ遣はしたりければ、またの朝、折りて返すとて」という詞書がある二人の贈答歌が収められている。
(8) 註5、参照。
(9) ・四の御方は、今宮(=敦康親王)の御後見に、とりわき聞こえさせ給へれば、扱ひ聞こえさせ給ふ。(『栄花物語』「浦々の別」巻)
・故関白殿の四の御方は、御匣殿とこそは聞こゆるを、この一の宮(=敦康親王)の御事を故宮(=定子皇后)

よろづに聞こえつけさせ給ひしかば、ただこの御母代に、よろづ後見聞こえさせ給ふとて、……（『栄花物語』「初花」巻）

(10)「昨御読書始、於飛香舎（＝藤壺）被行、密々主上（＝一条天皇）渡御件舎、是后宮（＝彰子中宮）御在所也」（『小右記』寛弘二年十一月十四日の条）

(11) 山中裕著『平安人物志』（東京大学出版会、昭49）第五章「敦康親王」参照。

(12) 例えば、一条天皇譲位に伴い、敦成親王が敦康親王を差し置いて立坊した際、彰子中宮について次のように記されている。

（敦康親王の）御心のうち、推し量られ、心苦しうて、中宮も、あいなう御面、赤む心地せさせ給ふ。（『栄花物語』「岩蔭」巻）

(13) 註10、参照。

(14) 増田繁夫「源氏物語の後宮――桐壺・藤壺・弘徽殿――」『国文学解釈と鑑賞　別冊　源氏物語の研究と基礎知識』No.1桐壺（至文堂、平10・10）所収、参照。

(15) この淑景舎女御の非業の死について、吉海直人著『源氏物語の視角』（翰林書房、平7）「桐壺更衣の再検討」には、次のようにある。

原子頓死をめぐる三面記事が、桐壺更衣像に大きな影を落としていることは間違いあるまい。

(16)「八月二十余日に、聞けば淑景舎女御（＝原子）、失せ給ひぬと、ののしる。『あな、いみじ。……日頃、悩み給ふとも聞こえざりつるものを』など、おぼつかながる人々、多かるに、『まことなりけり。御鼻口より、血あえさせ給ひて、ただ、にはかに失せ給へるなり』と言ふ。……『宣耀殿、ただにもあらず、し奉らせ給へりければ、かくならせ給ひぬる』とのみ、聞きにくきまで申せど、……」（『栄花物語』「鳥辺野」巻）

(17) 河内山清彦氏は、その著『紫式部集・紫式部日記の研究』（桜楓社、昭55）「藤壺女御と弘徽殿女御――紫式部の出仕志向に及ぶ――」において、藤壺＝彰子と弘徽殿義子の関係を指摘されている。

(18) 入内した義子の寵愛の薄さについて、『栄花物語』には次のように記されている。

「女御（＝義子）のおぼえぞ、のどやかに見え給へる。承香殿ぞ思はずにおはすめる」と世人、申したまめる。……女御のおぼえ、承香殿は勝り給ふやうにて、はかなう月日も過ぎもてゆく。（『栄花物語』「見果てぬ夢」巻）

(19) 「（桐壺更衣が桐壺帝のもとに）まう上り給ふにも、あまりうちしきる折々は、打橋・渡殿のここかしこの道に、あやしきわざをしつつ、御送り迎への人の衣の裾、堪へ難う、まさなき事どももあり」（「桐壺」巻）

(20) 註18、参照。

(21) 『紫式部集』には、紫式部の出仕当初の苦境を伝える一連の歌に続いて、次の五月五日の節句の折、同僚の一人から贈られた次のような歌が載せられている。

薬玉おこすとて

64　忍びつるねぞあらはるるあやめ草言はぬに朽ちて止みぬべければ

(22) 『紫式部日記』には、寛弘五（一〇〇八）年十一月一日、敦成親王の五十日の祝宴におけるエピソードが、次のように記されている。

左衛門の督（＝公任）、「あな、かしこ。このわたりに、若紫やさぶらふ」と、うかがひ給ふ。「源氏に似るべき人も見え給はぬに、かの上は、まいて、いかでものし給はむ」と、聞き居たり。

第三節　六条御息所——京極御息所・中将御息所・斎宮女御を手掛かりとして

はじめに

『源氏物語』は様々なモデル・准拠が混在し、極めて複雑な様相を呈している。その一因として、一人の登場人物に複数のモデルが織り込まれている場合が挙げられよう[1]。光源氏の高貴な愛人として、また秋好中宮の母として重要な役割を担う六条御息所にも、次の三人のモデルが存在する。

①　京極御息所と称された藤原褒子（生没年未詳）[2]
②　中将御息所と称された藤原貴子（九〇四～九六二）
③　斎宮女御と称された徽子女王（九二九～九八五）

その准拠が語られている各巻（①は「夕顔」巻、②は「葵」巻、③は「葵」「賢木」巻）において、六条御息所の役割が微妙に変化するのと連動するかのように、①～③の女君の『源氏物語』へのかかわり方も異なった位相を呈する。以下、『源氏物語』の展開に即しつつ、三人について各々、検証することで、六条御息所がどのようにしてモデル・准拠から立ち上がっていったかを探っていきたい。そこからは『源氏物語』における人物造型の方法論の一端が照らし出され、モデル論・准拠論の体系的考察にも通ずると信じるからである。

一　京極御息所――「夕顔」巻

「六条わたりの御忍びあり歩《あり》きの頃」（「夕顔」巻頭）――六条御息所は、このように若き光源氏が忍んで通う高貴な愛人として登場する。彼女の邸宅のあった「六条わたり」については、後に「六条京極わたり」[3]（「若紫」巻）とある。この初期の段階においてモデルとして挙げられるのが、京極御息所、藤原褒子である。彼女は、かの菅原道真のライバルにして藤原氏の長者であった藤原時平（八七一～九〇九）女で、宇多法皇（八六七～九三一）の御息所として、三人の親王、雅明（九二〇～九二九）・載明（生没年未詳）・行明（九二五～九四八）を儲けている。

この女性が宇多法皇に寵愛された際の次の有名なエピソードは、「夕顔」巻における夕顔怪死事件の准拠のひとつとして見なされている。

寛平法皇（＝宇多法皇）、京極御息所ト同車シ、河原院ニ渡御ス。……夜ニ入リテ月明シ。……御息所ト房内ノ事ヲ行ハル。殿中ノ塗籠ニ人有リテ戸開キ出デ来。法皇問ハシメ給フニ、対ヘテ云ハク「融ニ候フ。御息所ヲ賜ラント欲ス」ト。法皇答ヘテ云ハク「汝、在生ノ時、臣下為リ。我、天子為リ。何ゾ猥リニ此ノ言ヲ出ダスヤ。退キ帰ルベシ」ト。霊物恐レナガラ法皇ノ御腰ヲ抱ク。御息所、半バ死シ、顔色ヲ失フ。……人々召シテ御車ヲ輦セ、扶ケ乗ラシメ、……還御ス。浄蔵大法師ヲ召シテ加持セシメ、纔カニ以テ蘇生スト云々。

（『江談抄』第三「融大臣ノ霊、寛平法皇ノ御腰ヲ抱ク事」）

宇多法皇が京極御息所を伴い、牛車で河原院を訪れたときのことである。月明かりの夜になって、この邸のかつての主人であった源融の霊が現れ、御息所を所望した。法皇は天子であった自らに対する臣下の無礼を説き、立ち去るよう言い渡すが、融の霊は法皇の腰を抱き[4]、御息所は失心してしまう。そこで法皇は人を呼んで牛車に乗せて戻り、浄蔵大法師を召して加持祈祷をさせた結果、かろうじて蘇生したという。夕顔が物の怪に取り憑かれて死去する某廃院は、『紫明抄』以降、この源融の河原院に比定されている。(5) 某廃院が夕顔と出会った五条界隈の家から近い距離にあるのに対して、(6) 河原院は六条京極あたりの四町を占めて営まれていた。京極御息所の名前の由来も、この河原院のエピソードにもあるように、宇多法皇が彼女をこの邸に移らせたことによる（次段落引用の『大和物語』第六一段、参照）。また、某廃院の有様は、紫式部の時代に伝えられている河原院の荒廃ぶりとも重ね合わせられる。(7) 京極御息所が失心した河原院のエピソードに限定するならば、宇多法皇＝光源氏、京極御息所＝夕顔、河原院＝某廃院という図式が浮かび上がろう。

ここで改めて着目されるのは、この准拠に即して言えば、京極御息所は呼称としては六条御息所を連想させるものの、むしろ夕顔のモデルに擬せられるという点である。それでは、この准拠における六条御息所のモデルに相当する人物は誰か。それを窺わせるのは次の『大和物語』の章段である。

亭子院（＝宇多法皇の邸）に、御息所たち、あまた御曹司して住み給ふに、年頃ありて、河原院のいと、おもしろく造られたりけるに、京極の御息所、ひと所の御曹司をのみして、渡らせ給ひにけり。春の事なりけり。止まり給へる御曹司ども、いと思ひのほかに、さうざうしき事を思ほしけり。……

世の中の浅き瀬にのみなりゆけば昨日のふぢの花とこそ見れ

（『大和物語』第六一段）

宇多法皇は亭子院に多くの御息所たちと住んでいたが、風流な河原院を営んだ折、御息所たちを残して、京極御息所一人を伴い、かの院に移ってしまった。亭子院に留まった御息所たちは、この予想外の出来事を空しく思ったとある。その中の一人の詠んだ歌「世の中の……」には、「藤」と「淵」とを掛けて、昨日まであった淵が一日にして早瀬に変わるように、世の常とは言え、寵愛の移ろいを嘆く思いが見事に詠み込まれている。この河原院に関する准拠に基づいて六条御息所のモデルを強いて求めるとしたならば、京極御息所によって寵愛を奪われた他の御息所たちにほかならない。ちなみに、夕顔を取り殺した物の怪の正体として、六条御息所生霊説が唱えられているが、それが誤りであるのは、ここからも窺われる。[8] もし六条御息所であるならば、京極御息所が京極御息所本人を襲うという矛盾に陥るからである。

しかし夕顔怪死事件の准拠は、河原院のエピソードに限定されない。光源氏と夕顔との悲恋の物語は、『古今著聞集』「後中書王具平親王雑仕を最愛の事」で紹介されている、次の具平親王（村上天皇第七皇子、九六四〜一〇〇九）のエピソードからも着想を得ている。

後中書王（＝具平親王）、雑仕を最愛せさせ給ひて、土御門の右大臣をば、まうけ給ひけるなり。朝夕これを中に据ゑて、愛し給ふ事、限りなかりけり。月の明かりける夜、件の雑仕を具し給ひて、遍照寺へおはしましたりけるに、彼の雑仕、物にとられて失せにけり。中書王、嘆き悲しみ給ふ事、ことわりにも過ぎたり。思ひ余りて、日頃ありつるままに違へず、我が御身と失せにし人との中に、この児をおきて見給へる形を、車の物見の裏に、絵に書きて御覧じけり。……今に大顔の車とて、かの家に乗り給ひつるは、この故に侍りとぞ申し伝へたる。

（『古今著聞集』巻第一三、四五六段）

月明かりの夜に具平親王が連れ出した雑仕女（雑役に従事する下女）は、物の怪に襲われて急死し、それを嘆き悲しんだ親王は、遺児と共に親子三人の姿を、牛車の窓にある物見の裏側に描いて偲んだという。月明かりの夜、邸外に連れ出し、物の怪に襲われての急死――洛西の遍照寺と五条近くの某廃院、雑仕女と五条界隈で出会った謎の女性という違いはあるものの、この具平親王と雑仕女のエピソードは「夕顔」巻のストーリーと酷似している。夕顔が怪死した某廃院にしても、具平親王と無縁ではない。親王の別邸千種殿は六条にあり、[9] 具平親王在世時においても荒廃していたようである。[10] 夕顔も、雑仕女ではないが「下の品」と見なされるべき女性として登場している。[11]

具平親王には、親王の御落胤で藤原為頼（紫式部の伯父）の長男伊祐の養子となった、母方が不明な頼成がいた（『権記』寛弘八年正月の条）。「夕顔」巻においても夕顔の遺児撫子という三歳の娘（後の玉鬘）の存在が語られている。雑仕女の子は頼成であろうから、親王の実子の男児を物語では連れ子の女児にしているものの、横死した雑仕女を哀れんで、具平親王の御落胤を為頼の長男伊祐の養子としたという美談となる。また「夕顔」巻における克明なドキュメンタリータッチの手法は、帚木三帖の序跋に宣言されている〈光源氏周辺の人物が事の真相を語る〉という帚木三帖の体裁と照応するものである。『古今著聞集』に取り上げられていることから窺われるように、具平親王の雑仕女怪死事件は、当時、評判となり、様々な風説が飛び交ったことであろう。その有名なスキャンダラスな恋愛事件に想を得て、具平親王家周辺の一人である紫式部が、光源氏の物語に仕立てたのであるから、夕顔怪死事件が事細かに記されているのも当然の結果と言えよう。[12][13]

このように具平親王の雑仕女怪死事件は、河原院のエピソード以上に夕顔怪死事件との照応関係が強く、准拠として第一義的に位置づけなければならない。夕顔のモデルも第一モデルとして挙げられるべきは、京極御息所でなく、具平親王の雑仕女である。しかし、この雑仕女怪死事件において、六条御息所に相当するモデルは存在しない。一方、河原院のエピソードからは、京極御息所に対する御息所たちという緊張関係が見いだされた。

そもそも六条御息所の基本的特徴として、六条という地縁に住む邸の高貴な年長の女主人という設定のほかに、左記の傍線部に示されているように、物の怪までも呼び起こす嫉妬深い執着心、息苦しいまでの情愛深さが挙げられる。

・女は、いと、ものを余りなるまで、思ししめたる御心ざまにて、齢の程も似げなく、人の漏り聞かむに、……。（「夕顔」巻）

・何心もなき（夕顔との）差し向かひを、「あはれ」と思すままに、「あまり心深く、見る人も、苦しき（六条御

息所の）御有様を、少し取り捨てばや」と、思ひ比べられ給ひける。（同巻）

宇多法皇の御息所たちからは、右の片鱗が窺われたが、六条御息所という一人の強烈な個性にまで収斂されていない。初期の段階における六条御息所の内面的造型に、少なくとも史実から窺われる特定のモデルを求めることはできないのである。もっとも、六条という地縁以外に、京極御息所に全く六条御息所の影が見当たらないわけではない。

事出て来て後に、京極御息所に遣はしける　　元良親王

わびぬれば今はた同じ難波なる身を尽くしても逢はむとぞ思ふ

右の有名な歌によって知られる京極御息所と元良親王のスキャンダルからは、六条御息所と光源氏の関係が垣間見られる。元良親王（陽成天皇皇子、八九〇～九四三）は光源氏のモデルの一人にも擬せられる高名な好色人である[14]。但し、それさえも二人に「齢《よはひ》の程も似げなく」（「夕顔」巻）という年齢差があったとは思われないし[15]、六条御息所の性格についても当てはまらない。

以上、「夕顔」巻における六条御息所のモデルは、強いて言えば、「六条わたり」の河原院のエピソードを背景とした、京極御息所と宇多法皇の御息所たちとの複合体である。「若紫」巻において「六条京極わたり」と改めて紹介されているのは、作者紫式部がそのように意識していた証左にほかならない。しかしその内面的造型は、特定の人物というより、宇多法皇の御息所たちに象徴される不特定一般の人物、すなわち女性であるならば誰もが有し得る特質（それは紫式部にも潜む内面を投影したものとも言えるかもしれない）を想定し、それを拡大・深化させたものと見なしてよかろう。それでは②の「葵」巻においてはどうか。

二　中将御息所――「葵」巻

謎めいた高貴な愛人六条の御方の素性が語られるのは、「葵」巻頭である。「世の中、変はりて後、……」と桐壺帝譲位の事実が告げられ、光源氏の気の晴れない多忙な日々と、譲位後の桐壺院と藤壺とののどかな生活について簡略に触れた後、次のようにある。

まことや、かの六条の御息所の御腹の前坊の姫宮、斎宮に居給ひにしかば、大将（＝光源氏）の御心ばへも、いと頼もしげなきを、「幼き御有様の後ろめたさに、ことづけて、（伊勢に）下りやしなまし」と、かねてより思しけり。

ここにおいて、六条御息所は先の東宮妃であり、東宮との間には姫宮を儲けていたことが告げられている。この人物設定におけるモデルとして一般的に挙げられているのが、藤原貴子（九〇四～九六二）である。彼女は、朱雀・村上朝において摂政・関白となった貞信公藤原忠平（八八〇～九四九）女で、十五歳で東宮保明親王に入内し、「東宮御息所」「中将御息所」と称された。二十歳の折、東宮が逝去。その後は御匣殿別当、尚侍となり、五十九歳の生涯を閉じている。保明親王（九〇三～九二三）は、醍醐天皇と穏子中宮（基経女）の皇子で、出生の翌年、藤原時平の強引な後押しにより皇太子となるが、醍醐天皇在世中、二十一歳の若さで逝去、文献彦太子と号した。菅原道真の祟りかと喧伝されたという。また保明親王の御子（母時平女？）に慶頼王（九二一～九二五）がおり、父の逝去に伴い、皇太孫（皇位を継承すべき天皇の孫）となるが、五歳で夭折している。

強引な立太子、即位を待たずの早世、皇太孫となった御子慶頼王の夭逝――帝になるべくして生まれた保明親王の非運は、後世に強い印象を残した。物語中、即位することなく終わった故「前坊」として、この保明親王がそのモデルとして筆頭に挙げられるのは当然であったろう。藤原貴子が六条御息所のモデルとされるのも、この保明親王の御息所であったからにほかならない。しかし、そのためか貴子からの六条御息所への投影は、この「前坊」の御息所という設定以外に特に窺われない。すなわち六条御息所の性格のみならず、生霊となる准拠、そして京極御息所との関係も、少なくとも史実に遺されている貴子から求めることは困難である。もっとも、貴子には保明親王没後の御匣殿時代、色好みと評判の藤原敦忠（時平三男、九〇六〜九四三）との関係が伝えられている（『大和物語』）[16]。しかし、それも光源氏をめぐっての葵の上と六条御息所のような三角関係ではない。

六条御息所の父親の設定についても同様である。

大殿（＝葵の上）には、御物の怪、いたう起こりて、いみじう患ひ給ふ。「この御生霊、故父大臣の御霊など言ふ者あり」と（六条御息所が）聞き給ふにつけて、……。（「葵」巻）

葵の上に物の怪が取り憑いた際、右の傍線部のように故父大臣の霊が取り沙汰されている。しかし、貴子の父親忠平には、怨霊となった言い伝えは特にない。兄時平の跡を継いで藤原氏の頂点に立った忠平にとって、貴子が皇太子妃に終わったことは計算外であったにせよ、怨霊となる程の無念さではあるまい。貴子の父親忠平を怨霊と噂された六条御息所の父大臣のモデルに比定することはできない。

このように「葵」巻における六条御息所のモデルとしての貴子は、史実上、知り得る限りにおいては、保明親王の存在に隠れて、「前坊」の御息所という設定以外に新たな六条御息所像形成に寄与している節は見られない。六条御息所の内面的造型は、「葵」巻に至っても依然として具体的なモデルのないまま、受け継がれているのである[17]。しかし「前坊」の御息所という設定によって、六条京極の邸宅に住む謎の高貴な愛人としてのみで、明確に示されていなかった人物像の背景が埋められたと言ってよい。「女の恨み、な負ひそ」（「葵」巻）——六条御息所との関係が公然化し、その噂を耳にした桐壺院は、光源氏をこのように戒めた[18]。この桐壺院の言葉は、六条御息所が生霊と化す要因が、人物像の背景の明確化によって醸成されたことを象徴している。

だが、この六条御息所に添えられた前坊妃という設定は、必然的に新たな問題を伴う。桐壺院と前坊は仲のよかった兄弟であり、前坊亡き後も六条御息所と姫君親子共々、引き続き宮中に住むことを申し入れていたという（「葵」巻）[19]。一方、保明親王は朱雀天皇誕生年に没しながらも、朱雀・村上天皇の同母兄である。醍醐天皇と朱雀天皇の間に保明親王がいた史実を准拠として掘り起こすことは、桐壺帝（醍醐天皇）[20]——朱雀帝（朱雀天皇）という皇位継承における准拠上の整合性を崩すことに繋がる。すなわち、醍醐天皇と保明親王は親子でありながら、物語中の桐壺帝と前坊では、弟と兄に置き換えられている。

また、前坊の存在は物語世界に更なる深刻な歪みをもたらしている。前坊死去の年については、次巻「賢木」において、次のようにある。

　十六にて、故宮に参り給ひて、二十にて遅れ奉り給ふ。三十にてぞ、今日また、九重を見給ひける。……斎宮は、十四にぞなり給ひける。（「賢木」巻）

右によると、六条御息所は十六歳で前坊のもとに参入し、翌年、姫君を出産、二十歳で前坊に先立たれた。三十歳の「賢木」巻の時点、光源氏は新年立によれば二十三歳。したがって十年前の光源氏十三歳の時に、前坊が死去したことになる。しかし源氏四歳の時に、第一皇子（朱雀帝）が立坊しており（「桐壺」巻）、少なくとも光源氏四歳から十三歳まで、二人の皇太子が存在したという矛盾が生ずる[21]。「賢木」巻において顕在化するこの矛盾は、前坊が設定された「葵」巻の時点で既に生じ始めていたと見なしてよかろう。

以上のように、中将御息所（藤原貴子）を六条御息所のモデルに据えることによって、「夕顔」巻における内面的造型を継承しつつ、それまで不明瞭であった人物像に輪郭を与え、生霊と化す必然性の一端を提供した。一方、前坊の設定に伴い、皇位継承における准拠上の整合性の綻びや、皇太子が二人、同時に存在するといった矛盾も引き起こしている。それでは③の場合においては、どうか。

三　斎宮女御――「葵」「賢木」巻

「賢木」巻は、六条御息所が光源氏との関係を清算して、斎宮となった姫宮とともに伊勢に下向することを決意する次の条から語り出される。

斎宮の御下り、近うなり行くままに、御息所、物心細く思ほす。……親、添ひて下り給ふ例も、殊に無けれど……。（「賢木」巻頭）

傍線部にあるように、親子で伊勢斎宮に下った例は史実上、極めて稀である。『日本紀略』貞元二年（九七七）九月の条には「伊勢斎王母女御相従下向。是無先例」とある。(22)この「伊勢斎王母女御」徽子女王こそ、六条御息所のモデルの筆頭に挙げられている女性にほかならない。徽子女王（九二九～九八五）は重明親王（醍醐天皇第四皇子、九〇六～九五四）女で、母は藤原寛子（貞信公藤原忠平女、九〇六～九四五）、八歳で伊勢斎宮となり、退下後、二十歳で村上天皇に入内し、「斎宮女御」「承香殿女御」と称された。御子に第四皇女の規子内親王（九四九～九八六）がいる。三十九歳の折、村上天皇が崩御、斎宮に卜定された規子内親王とともに伊勢に下向したのは、その十年後。以後、約八年間、規子内親王が斎宮の任を解かれるまで伊勢に留まり、帰京後、程なく五十七年の生涯を閉じている。

六条御息所の伊勢下向は、この徽子女王親子を准拠とする。規子内親王の群行は貞元二年九月十六日、「伊勢斎宮規子内親王従野宮禊西河（＝桂川）、参向伊勢斎宮」（『日本紀略』）とあり、物語中の「（九月）十六日、桂川にて御禊し給ふ」（「賢木」巻）と日取りが一致している。また、群行に先立つ規子内親王の初斎院入りは、天延二年（九七五）内に予定されていたが翌年に延期され、野宮入りは同年九月とある（『日本紀略』）(23)が、こうした事情は次のように物語中に、ほぼそのまま反映されている。

斎宮は去年、内裏に入り給ふべかりしを、様々、障ることありて、この秋入り給ふ。九月には、やがて野宮に移ろひ給ふべければ、……

（「葵」巻）

すなわち、去年の予定であった新斎宮の初斎院は様々な事情により翌年に、そして野宮入りは九月とある。

「賢木」巻頭に続く光源氏野宮訪問の名場面も、六条御息所の准拠にかかわる。

遥けき野辺を分け入り給ふより、いと、ものあはれなり。秋の花、みな衰へつつ、浅茅が原も、かれがれなる虫の音に、松風すごく吹き合はせて、その琴とも、聞き分かれぬ程に、物の音ども、絶え絶え聞こえたる、いと艶なり。

（「賢木」巻）

六条御息所の伊勢下向直前、光源氏はその下向を留めようと、秋の気配深まる嵯峨の野宮に赴いた。秋の物悲しさを漂わせる野宮では、絶え絶えに聞こえる虫の音に、荒涼とした松風の音が加わり、どの琴とも聞き分けられぬ程の微かな音が途切れがちに聞こえてくるさまは、うっとりした風情を醸し出していたとある。和歌・琴に長じていた徽子女王は、歌会を幾度か催している。中でも野宮で催した貞元元年（九七六）十月二十七日庚申の夜の歌会は有名で、この野宮訪問の条は、その折に彼女が詠んだ次の名歌に基づく。

野宮に斎宮の庚申し侍りけるに、「松風入夜琴」といふ題を詠み侍りける

斎宮女御

琴の音に峰の松風通ふらしいづれの緒（尾）より調べ初めけむ

（『拾遺和歌集』巻八・雑上）

この徽子女王によって、特定するまでには至らなかった六条御息所像が一人のモデルとして収斂されたと言ってよい。徽子女王の周辺資料からは、そのことが読み取れる。村上天皇の後宮は、安子中宮を始め十人近くの女御たちがひしめいていたが、総じて「女御・御息所たちの御仲も、いと目やすく便なき事、聞こえず、癖々しからず」（『栄花物語』）という状況であったという。それは、どの妃たちに対しても基本的に「なのめに情けありて」〈一通りに情愛をかけて〉「なだらかに掟てさせ給へれば」〈穏やかに（接するように）心に決めておられたので〉

（同右）とある村上天皇の態度によるところが大きかった。[24] そうした中において、寵愛は深かったにもかかわらず徽子女王は、時に深い孤独感を味わっていたようだ。『拾遺和歌集』には次のような歌が残されている。

天暦御時、承香殿の前を（村上天皇が）渡らせ給ひて、異御方に渡らせ給ひければ

斎宮女御

かつ見つつ影離れゆく水の面にかく数ならぬ身をいかにせむ

（巻第一四・恋四）

村上天皇が徽子女王のいる承香殿の前を通り過ぎて、他の妃のもとにお渡りになった折、寵愛の移ろいを「数ならぬ身をいかにせむ」と強い口調で嘆いたとある。

また、安子中宮の逝去を嘆いた村上天皇の強い要請を受けて、安子の同母妹にして、故父重明親王の北の方であった藤原登子が入内した折のこと。徽子女王は、この思わぬ事態に対して次のような歌を詠んでいる。

父宮（＝重明親王）失せ給ひて、里におはする尚侍（＝登子）の御心の思はずなりけるを

いかにして春の霞になりにしか思はぬ山にかかるわざせし

（『斎宮女御集』）

「どうして故父の北の方であったお方が、よりにもよって同じ後宮に入内するなどという事をなさったのでしょうか」――おそらく徽子は登子と同じ邸内に住んでいたであろう、里邸を「山」に譬え、「かかるわざせし」と、義母であった登子を強い口調で非難している。[25] 村上天皇の登子寵愛について『大鏡』には、「異女御・御息所、嫉み給ひしかども、かひなかりけり」と記されているが、[26] 複雑な立場にあった徽子も、その一人として数えられよう。「かつ見つつ影離れゆく……」「いかにして春の霞に……」、この二つの和歌に象徴されるように、内に秘めた徽子の激しい気性・強い個性は、六条御息所の嫉妬深い執着心、息苦しいまでの情愛深さに、そのまま重ね合わされる。深い教養をもちながら、激しい情念に悩まされる徽子女王の姿は、まさしく六条御息所を彷彿させるものがある。六条御息所が、その遺言において娘の前斎宮（＝秋好中宮）を光源氏が愛人として遇する事を禁

じたのも、義理の関係とは言え母娘で、帝寵を受ける事となった徽子女王の抵抗感に通うところがあるかもしれない。

このように、徽子女王は明確な六条御息所のモデルとして「賢木」巻より前面的に打ち出されている。しかし「葵」巻頭でも、斎宮となった娘とともに伊勢に下向するか否か悩む六条御息所の思いが語られていた（前項、最初の本文引用、参照）。伊勢下向の構想が「葵」巻よりあったことは明らかである。また、野宮入りした当初、風情があり現代風な野宮に、朝夕、殿上人たちが好んで足を運んだ（「葵」巻）とある。(27) これは光源氏の野宮訪問の場面同様、野宮で催された先の十月二十七日庚申の夜の歌会等のイメージと重ね合わせている証左である。したがって「葵」巻においては、前項で考察した②の中将御息所と同時に、徽子女王が六条御息所のモデルとして設定されていたこととなる。「葵」巻の段階において、中将御息所によって前坊の御息所という六条御息所像の背景が埋められると同時に、徽子という一人の史実上の女性としての実像が付与されたと言えよう。

一方、中将御息所において見られた皇位継承における准拠上の歪みは、徽子においても見られる。すなわち徽子は村上天皇の女御であり、物語中、桐壺帝（醍醐天皇）――朱雀帝（朱雀天皇）――冷泉帝（冷泉天皇）と続く皇位継承から唯一、外された村上天皇の存在がクローズアップされる形となる（史実は醍醐天皇――朱雀天皇――村上天皇――冷泉天皇である）。もとより中将御息所・徽子女王という二人のモデルを同巻に設定することそれ自体、絶対的矛盾ではあるが、もし二人に強い関連性があるとしたならば、その違和感も多少、緩和されうる。しかし、中将御息所から徽子へと導く連想の糸は特に見いだせない。(28) 徽子女王は六条御息所のモデル中、最も強い存在感を示しながら、皇位継承の准拠から排除・例外化されるという、中将御息所の場合とは異なる不自然さを伴うのである。

この不自然さの根本的原因は、村上天皇のスキップという、物語がもつ帝の系譜の歪み・非照応それ自体に求められる。本来、村上天皇であるべきところを冷泉帝としたことについては、大きく二つの理由が想定される。一つは冷泉帝が光源氏と藤壺の不義密通の御子という物語の展開上の理由である。すなわち〝天暦の治〟と称賛された村上天皇の御代を冷泉帝とすることによって、村上天皇に不義密通の御子という汚名を着せることを回避させる意図があったと思われる。[29] もう一つは、帚木三帖の存在が挙げられる。「夕顔」巻における具平親王と雑仕女のエピソードに象徴されているように、光源氏のモデルは具平親王である。[30] したがって帚木三帖における帝のモデルは、親王の父村上天皇にほかならない。これに対して、「桐壺」巻頭「いづれの御時にか」は醍醐天皇の御代を前提としていた。もし冷泉帝の位置に村上天皇を配したとしたならば、こうした矛盾が表面化し、帚木三帖の孤立化は避けられず、物語における皇位継承の整合性は殆ど成立しなくなる。徽子女王のモデル設定の延長線上には、この『源氏物語』成立上の断層・矛盾が照らし出されるのである。

四　六条御息所の各モデルの着想とその背景

それでは、これら①〜③の六条御息所のモデルは、いかにして着想されたのか。その手掛かりの一端は、作者紫式部との関係に求められる。

①の京極御息所の場合、着目されるのは宇多法皇である。宇多天皇女御の藤原胤子（醍醐天皇母、八七六〜八九六）は、紫式部の主家筋にあたる勧修寺流繁栄の礎を築いた。紫式部の家門意識からすれば、宇多天皇は醍醐天皇に準じて重きがおかれる帝と言ってよい。「桐壺」巻においては二度その名が挙げられ、桐壺帝のモデルの一人ともなっている[31]（但し、河原院のエピソードは宇多天皇譲位後の出来事で、譲位前年に逝去した胤子との接点はない）。

②の中将御息所の場合、保明親王を含め、紫式部との関係から導き出されるものは特にない。③の徽子女王についても、徽子同様に村上天皇女御であった荘子女王（九三〇〜一〇〇八）の存在を指摘しうる。徽子女王とは父方の

従姉妹（荘子女王父の代明親王は重明親王の異腹の兄）に当たる。帚木三帖における光源氏のモデル具平親王の母である彼女は、徽子女王の約一年後、入内している。帝の寵愛薄き女御でありながら、(32)村上天皇崩御とともに出家した。寵愛が深かったにもかかわらず、出家しなかった徽子とはある意味、対照的な生き方である。勧修寺流との繋がりから言えば、隆子女王も無視できない。隆子女王の父章明親王（醍醐天皇第十三皇子、九二四～九九〇）は、堤中納言兼輔（紫式部の曾祖父）の孫で、親王の母桑子（醍醐天皇の更衣）は、桐壺更衣のモデルにも擬せられている。(33)紫式部の里邸である堤中納言邸は、章明親王邸の南隣に位置する。(34)隆子女王は斎宮史上、初めて伊勢の任地で没した。彼女の逝去に伴い、新たに卜定されたのが規子内親王にほかならない。このほか、紫式部が彰子中宮のもとに初出仕した場所と想定される東三条院(35)は、徽子女王の里邸であった。(36)これも徽子女王への連想を容易にしたと思われる。

　このように、保明親王の陰に隠れた形の②の中将御息所を除けば、京極御息所・徽子女王ともに、紫式部との関連が見いだされる。特に徽子女王の場合は、他の二人に比べ紫式部と時代が近いこともあってか、より関連性の強さが見られた。しかしそれだけではない。六条御息所のモデル設定に際して窺われるのは、周到な作者の配慮である。京極御息所を含め父藤原時平の子孫は、時平没後、摂関家を継いだ弟忠平流の台頭によって追いやられている。横死する夕顔に京極御息所を重ねても、非難を受ける危険性はない。徽子女王についても同様である。源氏長者として重きを置かれていた父重明親王は、徽子女王の女御時代、早々の二十代前半で亡くなっている。四十路直前に決断した伊勢下向は、円融天皇の宣旨に背いてまでの強行であった。(37)その滞在は八年の長きにわたり、帰京後、程なく没し、唯一の御子である規子内親王も翌年に逝去している。徽子女王を六条御息所のモデルとしたことで、道長摂関家の心証を害する恐れは皆無であったろう。ちなみに徽子女王同腹の兄弟に源邦正がいたが、その異様な醜貌・青白さから「青経の君」と嘲笑された人物である（『今昔物語集』(38)）。②の中将御息所は忠平女ではあるが、保明親王の非運により、朱雀・村上へと皇位が継承され、結果として道長一家の栄光の時代に結びついている。保明親王を准拠に組み入れることは、物語上の歴史的信憑性を増す効果こそあれ、マイナス的印象までには至らない。

以上、六条御息所の各モデルの着想とその背景を探ったが、そこには紫式部の個人的な思い入れ以外に、物語の披露の場に対する配慮が窺われた。六条御息所はマイナスイメージの強い女君であるだけに、そのモデル設定に際して、慎重さが求められたのは当然だろう。こうした物語の披露の場に対する配慮は、従来、軽視されてきた観点である。(39) 六条御息所のモデル設定の背景からは、物語披露の前提条件とも言うべき、准拠に伴う常識的な配慮が垣間見られるのである。

ちなみに、こうした准拠に伴う作者の配慮は、必ずしも消極的な次元に限定されない。時に積極的な意味合いを潜ませる場合がある。規子内親王はそれに当てはまる。規子内親王は秋好中宮のモデルであるが、内親王自身は母徽子女王が没した翌年、その後を追うようにして、未婚のまま三十八年の生涯を閉じている。この薄幸な前斎宮を物語中、冷泉帝の中宮として描くことは、徽子女王親子への何よりの鎮魂となったろう。冷泉天皇（九五〇〜一〇一一）についても、同様に積極的な意味合いが認められる。冷泉天皇は生後二カ月で立太子、十三歳の折、父村上天皇崩御に伴い即位したが、わずか二年で弟円融天皇（一条天皇の父帝）に譲位している。狂気の天皇であったとは言え、安和の変のわずか五カ月後の退位であった。この冷泉天皇を聖代と称えられた村上天皇の御代にオーバーラップさせることは、冷泉天皇に対する敬意にほかならない。それは不義密通の御子という設定に対するバランス上の配慮ともなる。また朱雀天皇（九二三〜九五二）の場合、史実は弟の村上天皇の流れに皇位は継承されるが、物語上では朱雀帝の皇子が今上帝となり、明石中宮との間に産まれた皇子たちへと継承されるべく描かれている。これも、物語中、敗者的イメージの強い朱雀帝に対する作者のバランス感覚の現れと見なせよう。

結　語

以上、京極御息所・中将御息所・徽子女王という三人のモデル・准拠を通して、六条御息所像がいかに立ち上がっていったかを検証した。「夕顔」巻における六条御息所のモデルは、河原院のエピソードを背景とした、京極御息所と宇多法皇の御息所たちとの複合体である。しかし、その人物像が鮮明化したのは「葵」巻以降となる。すなわち、中将御息所によって「前坊」の御息所という六条御息所像の背景が埋められ、徽子女王的キャラクターとして焦点が結ばれるというプロセスをたどっている。

一方、この六条御息所像の実体化によって、准拠上の矛盾も露呈している。故「前坊」保明親王妃である中将御息所をモデルに据えることで、物語上、保たれていた桐壺帝（醍醐天皇）――朱雀帝（朱雀天皇）という皇位継承における准拠上の整合性の一部は崩され、皇太子が二人、同時に存在するという矛盾も引き起こしている。また、村上天皇の女御である徽子女王を前面に打ち出すことによって、物語中、桐壺帝（醍醐天皇）――朱雀帝（朱雀天皇）――冷泉帝（冷泉天皇）と続く皇位継承から唯一、外された村上天皇の存在がクローズアップされることとなる。その結果、村上天皇スキップという物語自体が抱える皇位継承の歪み・非照応が、照らし出されるのである。

六条御息所の各モデルの着想について、その手掛かりの一端は、中将御息所を除けば、作者紫式部との関係から導き出された。すなわち京極御息所の場合は宇多法皇が、徽子女王においては、勧修寺流との繋がりから荘子女王（村上天皇女御）、及び隆子女王（章明親王女）の存在が浮かび上がる。また、紫式部の初出仕先である東三条院が徽子女王の里邸であったことも女王への連想を容易にしたと思われる。しかし、各モデル設定に際しては、そうした紫式部の個人的思い入れ以外に、物語の披露の場に対する周到な配慮が窺われた。京極御息所の父時平の子孫は、摂関家を継いだ弟忠平流の台頭によって追いやられている。京極御息所を横死する夕顔に重ねても非難を受ける危険性はない。また、徽子女王の一族も父重明親王亡き後、政治的影響力を失い、徽子女王親子も伊勢からの帰京後、程なく没している。徽子女王を六条御息所のモデルとすることで、道長摂関家の心証を害する恐れはない。中将御息所の場合も、そうしたリスクのなさについては同様である。

以上、述べてきたように、六条御息所のモデル設定の背景からは、従来、看過されてきた観が強い、准拠に伴う作者の披露の場に対する配慮が垣間見られるのである。

【注】

（1）例えば「桐壺」巻における桐壺帝もその一人であるが、そのモデルの具体的な諸相については、本章第二節「「桐壺」巻」参照。

（2）③の徽子や②の貴子とは異なり、六条御息所のモデルとして①の京極御息所を挙げることは、必ずしも一般的でない。しかし、「六条わたり」「六条京極わたり」の由来を解く女性として、また「夕顔」巻における主要な出来事である夕顔怪死事件と深くかかわる人物として、彼女の名を連ねることの妥当性は後述する。

（3）「（光源氏の）おはする所は、六条京極わたりにて、内裏よりなれば、少し程遠き心地するに……」（「若紫」巻）

（4）『河海抄』においては「霊物抱御息所御腰、半死」（巻第二夕顔）と、融の霊が腰を抱いたのを「法皇」から「御息所」と修正されている。文脈上、そうすべきであろう。融の霊が腰を抱いたのは法皇でなく、御息所だったため彼女は失心したとするのが自然だからである。

（5）『紫明抄』には、次のようにある。

問、某院何所哉

答、其院若河原院歟　六条坊門万里小路也　昔、寛平法皇、本院のおとゞ時平公の御むすめ京極御息所とひとつ御車にて月のおもしろかりける夜、河原院に御ゆきなりて……。

また、『伊勢物語』第八一段には、河原院が次のように紹介されている。

昔、左のおほいまうちぎみ（＝源融）、いまそがりけり。賀茂河のほとりに、六条わたりに、家を、いとおもしろく造りて、住み給ひけり。……

（6）「六条わたりの御忍び歩きの頃、内裏よりまかで給ふ中宿りに、……（大弐乳母の）五条なる家、訪ねておはしたり」「そのわたり近き某の院におはしまし着きて」（「夕顔」巻）とある。

（7）某廃院の荒廃した様子は次のように描かれている。

荒れたる門の忍ぶ草、繁りて見上げられたる、たとしへなく、木暗し。……いと、いたく荒れて、人目もなく、遥々と見渡されて、木立、いと疎ましう、もの古りたり。（「夕顔」巻）

一方、河原院の荒廃ぶりは、十世紀末に活躍した恵慶法師（生没年未詳）の歌によって知られる。

河原院にて、荒れたる宿に秋来たるといふ心を人々詠み侍りけるに

恵慶法師

八重律しげれる宿の寂しきに人こそ見えね秋は来にけり（『拾遺和歌集』巻第三・秋）

また、後年ながら藤原実資は河原院を見て「荊蕀盈満、水石荒蕪」（『小右記』寛仁元年（一〇一七）九月二十九日の条）と記している。

（8）夕顔を取り殺す物の怪の正体については、「夕顔」巻末近くで、光源氏が「荒れたりし所に住みけむ物の、我に見入れけむ便りに、かくなりぬる事」と述懐する言葉を、そのまま受け入れるべきである。後藤祥子「六条御息所はなぜもののけになり続けるのか」（「国文学」昭55・5）、拙著『源氏物語　展開の方法』（笠間書院、平7）第一章第二節「「夕顔」巻」等、参照。

（9）『拾芥抄』に拠れば、「千種殿」と呼ばれ、六条坊門南、西洞院東にあった。

（10）六条の家の今は野のやうになりにたるに桜のいと面白く咲きたりけるを源為善朝臣折りてもて来たりければ詠める

いたづらに咲きて散りぬる桜花昔の春のしるしなりけり（『新拾遺和歌集』巻第二・春歌下）

中務卿具平親王

（11）夕顔に関する惟光の報告に対して、光源氏は当初、次のような感想を抱いている。

これこそ、かの、人（＝頭中将）の定めあなづりし下の品ならめ。（「夕顔」巻）

（12）・光源氏、名のみ事々しう、言ひ消たれ給ふ咎、多かなるに、「いとど、かかる好き事どもを、末の世にも聞き伝へて、軽びたる名をや流さむ」と、忍び給ひける隠ろへ事をさへ、語り伝へけむ、人の物言ひさがなさよ。さるは、いと、いたく世を憚り、まめだち給ひける程、なよびかに、をかしき事はなくて、交野の少将には、笑はれ給ひけむかし。（「帚木」巻頭）

・かやうの、くだくだしき事は、あながちに隠ろへ忍び給ひしも、いとほしくて、みな漏らしとどめたるを、「などか、帝の御子ならむからに、見む人さへ、かたほならず、もの誉めがちなる」と、作り事めきて、とりなす人、ものし給ひければなむ。あまり物言ひ、さがなき罪、さり所なく。（「夕顔」巻末）

（13）本章第一節「帚木三帖」参照。

（14）『元良親王集』巻頭には次のように記され、「一夜めぐりの君」とも呼ばれた。

いみじき色好みにおはしましければ、世にある女のよしと聞こゆるには、逢ふにも逢はぬにも、文やり歌詠みつつやり給ふ。

（15）京極御息所は生没年未詳ながら、彼女所生の親王たちの生年（雅明親王は九二〇年、行明親王は九二五年）と元良親王の生年（八九〇年）からして、それは窺われよう。

（16）「故権中納言殿（＝藤原敦忠）、左の大殿の君（＝貴子）を、よばひ給うける年の十二月のつごもりに、……かくかく言ひて、つひに逢ひにける朝に、……」（『大和物語』第九二段）

（17）「女も、似げなき御年の程を恥づかしう思して、心解け給はぬ気色なれば」（「葵」巻）等とあることから、それは窺われる。

（18）桐壺院は光源氏に対して次のように述べている。

（19）六条御息所は桐壺院について次のように述懐している。

「故宮（＝前坊）の、いと、やむごとなく思し、時めかし給ひしものを。軽々しく、おしなべたるさまに、もてなすなるが、いとほしき事。……」など、御気色、悪しければ、……。「人のため、恥ぢがましき事なく、いづれをも、なだらかに、もてなして、女の恨み、な負ひそ」と宣ふにも、……。（「葵」巻）

故前坊の、同じき御兄弟といふ中にも、いみじう思ひ交はし聞こえさせ給ひて、この斎宮の御事をも、懇ろに聞こえつけさせ給ひしかば、その御代はりにも、やがて見奉り扱はむなど、常に宣はせて、「やがて内裏住みし給へ」と度々、聞こえさせ給ひしをだに、「いと、あるまじき事」と思ひ離れにしを……。（「葵」巻）

（20）『河海抄』には「いづれの御時にか」について「延喜の御時と言はむとて、おぼめきたる也」とある。醍醐天皇の後宮では、二十人近くの妃が寵愛を競い合い、「女御・更衣、あまたさぶらひ給ひける」状況にあった。父方の曾祖父、堤中納言兼輔が活躍したのは、まさにこの醍醐天皇の御代である。また、「紅葉賀」巻頭「朱雀院の行幸は神無月の十日余りなり」とある「朱雀院の行幸」は、宇多法皇の四十賀、五十賀を祝った醍醐天皇の朱雀院行幸を念頭に置いているとされ、ここにおいても桐壺帝の御代は醍醐天皇を前提としていることが知られる。

（21）増田繁夫「六条御息所の准拠――夕顔巻から葵巻へ――」（『論集中古文学5　源氏物語の人物と構造』笠間書院、昭57）参照。ちなみに、この矛盾を回避するため、前坊廃太子説も出されているが、それでは前坊との結婚（第一皇子立太子の五年後）が廃太子後となり、「父大臣の、限りなき筋に思し心ざして、いつき奉り給ひし」（「賢木」巻）という記述と齟齬する。また、前坊が亡くなるまで、六条御息所親子が宮中に留まっていた状況（註19、参照）は廃太子があった場合、起こり得るはずもなく、この点からも廃太子説は妥当性を欠く。

（22）『日本紀略』貞元二年九月十七日の条には「宣旨。伊勢斎王母女御相従下向。是無先例。早可令留者」とある。

（23）規子内親王の初斎院延期について、『日本紀略』に次のように記されている。

・伊勢斎内親王於東河可有御禊之由、先日被定了、而本宮被申不具之由、以後日可遂行者、仍有此秡也。（天延三年（九七五）十二月二十七日の条）

・伊勢斎王禊、遷坐侍従厨家。（貞元元年（九七六）二月二十六日の条）

また、野宮入りについては、次のようにある。
伊勢斎宮従侍従厨禊東河、入野宮。（同年九月二十一日の条）
(24) 杉谷寿郎「斎宮女御と源氏物語」（「瑞垣」第110号、昭51・12）参照。
(村上天皇は）そこらの女御・御息所、参り集まり給へるを、時あるも時なきも、御心ざしの程こよなけれど、いささか恥ぢがましげに、いとほしげに、もてなしなども、せさせ給はず、なのめに情けありて、めでたう思し召しわたして、なだらかに掟てさせ給へれば、この女御・御息所たちの御仲も、いと目やすく便なき事、聞こえず、癖々しからずなどして……。（『栄花物語』「月の宴」巻）
(25) 加藤敏明「齋宮女御徽子女王の一生」（「国学院大学紀要」平13・3）参照。
(26) 西丸妙子「斎宮女御徽子の、義母登子への心情」（「福岡国際大学紀要」第5号、平13・2）参照。
「さて后の宮（＝安子中宮）失せさせおはしまして後に、召しとりて、いみじう時めかせ給ひて、貞観殿の尚侍（＝登子）とぞ申ししかし。世になく覚えおはして、異女御・御息所、嫉み給ひしかども、かひなかりけり。これにつけても『九条殿（＝安子・登子の父藤原師輔）の御幸ひ』とぞ、人申しける」（『大鏡』）
(27) 「野宮の御移ろひの程にも、をかしう今めきたる事、多くしなして、殿上人どもの好ましきなどは、朝夕の露分け歩くを、その頃の役になむする、……」（「葵」巻）
(28) 徽子にとって中将御息所は母方の叔母（徽子の母寛子と中将御息所は異腹の姉妹か？）に当たるが、両者の接点は特に見いだせない。
(29) 『河海抄』第一には「物語の時代は醍醐朱雀村上三代に准スル歟」とある。
(30) 本章第一節、参照。
(31) 靫負命婦の帰参時、桐壺帝が『長恨歌』の絵を見ながら悲嘆する場面では、「長恨歌の御絵、亭子院（＝宇多院）の描かせ給ひて、伊勢・貫之の詠ませ給へる……」とあり、また光る君を高麗人が観相する場面では「宇多の帝の御戒めあれば……」と、その名が挙げられている。桐壺帝のモデルとしての宇多天皇については、本章第二節119〜120頁、参照。

(32)『本朝世紀』には「先帝（=村上天皇）の鍾愛にあらざるなり」とある。
(33) 拙著『紫式部伝』(笠間書院、平17)「家系――勧修寺流との繋がり――」参照。
(34) 伊藤博著『源氏物語の原点』(明治書院、昭55)「紫式部のふるさと」参照。
(35) 註33の拙著『紫式部伝』「初出仕」参照。
(36)『拾遺和歌集』には、父重明親王の没後、東三条院に里下がりした折に詠んだ徽子女王の歌が、次のようにある。

東三条にまかり出でて、雨の降りける日　承香殿女御

雨ならでもる人もなき我が宿を浅茅が原と見るぞ悲しき(巻第一八・雑賀)

西丸妙子「源氏物語「六条院」の史的背景」(『中古文学』第21号、昭53・4)参照。
(37) 註22、参照。
(38)『今昔物語集』巻第二八第二〇には、源邦正について次のようにある。

有様・姿なむ、をこなりける。……色は露草の花を塗りたるやうに青白にて、眼皮は黒くて、鼻鮮やかに高くて、色少し赤かりけり。……殿上人、皆これを「青経の君」とぞ付けけるを笑ひける。

(39) 物語の発表の場に対する配慮の実例については、本章第一・二節、次章第一節、参照。

第四節　朝顔斎院――代明親王の系譜を手掛かりとして

はじめに

若き光源氏ゆかりの姫君として唐突に登場する朝顔斎院は、モデル・准拠論上においても謎多きヒロインである。(1)彼女は「式部卿の宮の姫君」（「帚木」巻）にして、賀茂斎院としては珍しい「孫王（＝帝の孫の女王）」（「賢木」巻）であり、(2)斎院退下後は「桃園の宮」という特定の邸宅に移り住んだ（「朝顔」巻）とある。しかし、このような明確、かつ特異な人物設定がなされながらも、そのモデルは特定し難く、未だ定説を得るには至っていない。その主要な原因は明らかである。すなわち、式部卿宮の姫君・孫王である斎院・桃園の宮の住人という、これら三つの基本的設定から導き出される各モデルは一致せず、部分的なモデルは指摘しえても、総合的な一人（もしくは複数）の人物に収斂していないからである。(3)これは例えば、彼女同様、若き光源氏ゆかりの高貴な女性として登場する六条御息所とは対照的と言えよう。六条御息所の場合、斎宮女御（徽子女王）や中将御息所（藤原貴子）に代表されるように、そのモデルは複数ながら明確に特定されている。(4)

こうした逼塞した現状に対して、一筋の光明が期待されるのは、朝顔斎院初出の帚木三帖の成立した背景を考慮した場合である。帚木三帖は、首巻「桐壺」に先立ち、宮中出仕以前に具平親王（村上天皇第七皇子）家サロン周辺で、親王をモデルとして発表された物語である(5)（前章第一節、本章第一節、参照）。帚木三帖を生み出した、この宮中出仕以前における作者紫式部周辺の系図・人間関係から、(6)改めて三つの設定を問い直し、そのモデルを洗い出すことによって、新たな解決の糸口が求められよう。その際、着目されるのは代明親王（醍醐天皇第三皇子、九〇四～九三七）の系譜である。代明親王は、具平親王の母荘子女王の父宮であり、後に述べるように桃園邸に深くかかわる人物だからである。

本節は、このような観点から、朝顔斎院のモデルと准拠について探っていきたい。これによって従来、諸説に分かれ、判然としなかった〝桃園の宮〟の姫君として再登場する意味にも、新たな地平が切り開かれると信じるからである。

一　朝顔斎院のモデルは誰か

「朝顔」巻は次のように、父式部卿宮の服喪により斎院を退下した朝顔が、故父宮邸の「桃園の宮」(7)に移り住んだことから語り出される。

斎院は、御服にて、おりゐ給ひにきかし。……九月になりて、（光源氏は朝顔が）桃園の宮に渡り給ひぬるを聞きて、女五の宮の、そこに、おはすれば、そなたの御とぶらひに事づけて、まうで給ふ。……同じ寝殿の西東にぞ、住み給ひける。程もなく荒れにける心地して、あはれに気配しめやかなり。（「朝顔」巻頭）

朝顔が桃園邸に移ったのを聞いて光源氏は、彼女のおばである女五の宮に会うことを口実に、その邸を訪れる。朝顔と女五の宮は同じ寝殿の西と東に分かれて住んでいた。式部卿宮没後、間もないにもかかわらず、邸内は荒廃したふうで、しめやかな哀愁の気配が漂っていたとある。

右の条によって、初めて朝顔の里邸は「桃園の宮」にあったことが明らかにされる。「桃園の宮」とは一条通りの北、大宮通りの西あたりにあった邸で、代々の親王や斎院の居所となったことが知られている。この桃園邸ゆかりの人物を、紫式部の前半生を支配した勧修寺流の係累(8)から探ってみると、二人の名前が浮かび上がる。一

【系図】

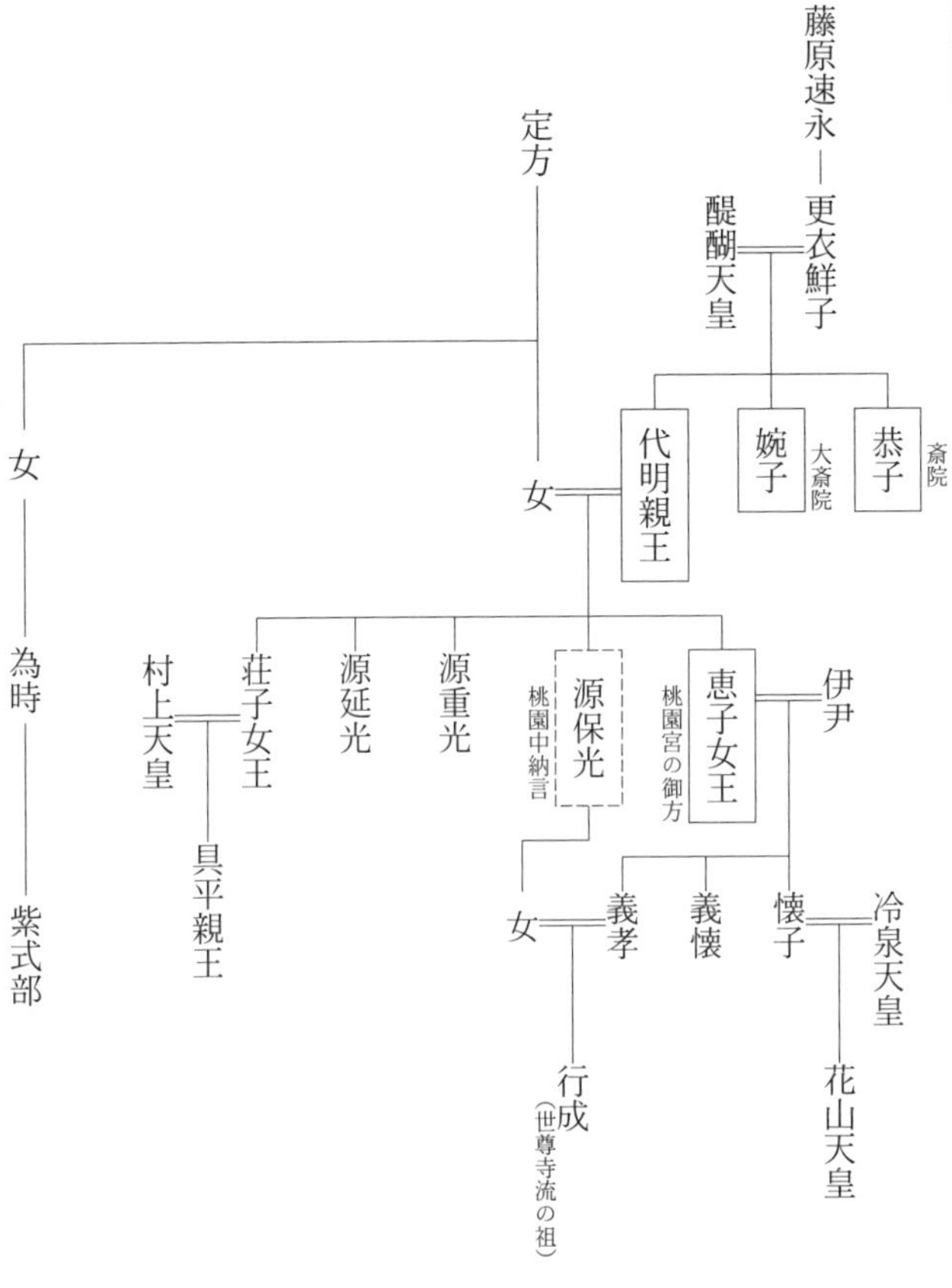

人は「桃園中納言」と号した源保光(九二四〜九九五)(9)。彼は代明親王二男、母は三条右大臣藤原定方女で、中納言従二位、七十二歳という高齢で亡くなっている(紫式部、推定二十一歳時)(10)。ちなみに孫の藤原行成(九七二〜一〇二七)は、保光より伝領した桃園邸(『日本紀略』(11))に長保三年(一〇〇一)、世尊寺を建立した(12)。もう一人は保光の兄妹で、花山天皇の祖母、恵子女王(九二五?〜九九二)である。彼女は、応和三年(九六三)に催された宰相中将伊尹君達春秋歌合において、「桃園の宮の御方」と呼ばれている(13)。この保光・恵

子女王という二人の御子に桃園の名が冠せられていることからも、代明親王は「桃園の宮」邸の主と見なされている。すなわち、保光は代明親王から桃園邸を伝領したため「桃園中納言」と、恵子女王は代明親王の御子ゆえに「桃園の宮の御方」とそれぞれ称せられたと思われる。

定方女を正室にもつ代明親王は、勧修寺流繁栄の一翼を担う重要な人物である。その御子たちには、上記の三兄妹以外にも、同母兄弟に源重光（九二三〜九九八）・延光（九二七〜九七六）がおり、それぞれ正三位・従三位となっている。この二人は保光を含め、後に〝延喜時之三光〟とも称された具平親王の伯父たち（『二中歴』）である。荘子女王（九三〇〜一〇〇八）とは幼少時、母定方女亡き後、父代明親王とともに、故定方邸に移り住み、代明親王が去った後も、そのままそこで養育された（『大和物語』(14)）という経緯もある。彼らは、親王の誕生時より、その成長を見守り続けたことであろう。特に保光は、この三兄弟の中でも具平親王との関係が深かったようだ。荘子女王は六歳年上の兄保光の邸宅で具平親王を出産している(15)。この伯父・甥の密接な関係を考慮するならば、寛和二年（九八六）に催された具平親王の宴遊の場所として記されている「桃花閣」（『本朝麗藻』「懐中書大王桃花閣旧遊詩序」(16)）が、桃園邸であった可能性も考えられよう(17)（ちなみに、この詩序は紫式部の父為時が書き、その中で自らを具平親王の「藩邸之旧僕」と称している）。保光が王孫としては珍しい文章生出身であったことも、為時が同じ文章生出身ゆえに、為時一家にとって、より親近感の抱ける心強い縁戚であったと思われる。

一方、恵子女王は、為時一家にとって保光以上に重要な存在であった。花山天皇東宮時代の読書始めの儀における副侍読、即位後の式部丞・蔵人という栄進に象徴されるように、為時が花山天皇の側近として抜擢されている。これは、花山天皇に対して母代わり的存在であった彼女の影響力の強さなくしては語れない(18)。紫式部の祖母である定方女は、定方邸で育てられていた恵子女王の養育に携わったのであろう、姪の恵子女王の成人後、彼女に付き添い、伊尹家の女房として出仕したと伝えられている。陽明文庫蔵『後拾遺和歌抄』第三「夏」二三七番歌の作者「藤原為頼朝臣」に施された脚注には、「母一条摂政家女房」とある。また具平親王との関係からしても、恵子女王の比重は重い。先の宰相中将伊尹君達春秋歌合で、恵子女王と春秋を競ったのは、具平親王の母荘子女王である。[19] 恵子女王の母親が誰か記されたものがないため、荘子女王と同母か確認できないものの、こうした荘子女王との良好な関係は二人が同母姉妹であったことを窺わせるに充分であろう。

代明親王の兄弟からは、賀茂斎院との繋がりも見いだされる。代明親王の同母姉、恭子内親王（九〇二〜九一五）は、延喜三年（九〇三）より十二年間、賀茂斎院を務めた。また同母妹、婉子内親王（九〇四〜九六九）は、承平元年（九三一）より三十五年間の長きにわたり賀茂斎院を務め、「大斎院」とも称されている（『左経記』等）。紀貫之かと思われる『拾遺和歌集』所収の歌の詞書には、「桃園に住み侍りける前斎院」[20]とあり、婉子内親王がその斎院候補の一人に挙げられている。[21] また、朝顔のように父宮の服喪により里邸に退下した斎院の例として、恭子内親王の名が見える（『賀茂斎院記』[22]）。

以上のように、代明親王の系譜には、「朝顔」巻における朝顔・父式部卿宮・おば女五の宮の関係を彷彿とさせるものがある。代明親王は式部卿でなく中務卿であり、恵子女王に斎院経験はない。しかし代明親王は式部卿宮と同じく「桃園の宮」の主人と見なされる。恵子女王も朝顔同様、孫王で、「桃園の宮の御方」と呼ばれていた。また、おばの恭子内親王姉妹は斎院（婉子内親王は「大斎院」）である。朝顔における「桃園の宮」「斎院」「孫王」というキーワードは、代明親王の系譜から導き出されるイメージと、そのまま重ね合わされる。そこからは、朝顔＝恵子女王、式部卿宮＝代明親王、女五の宮＝婉子内親王・恭子内親王という構図が浮き上がるのである。代明親王は具平親王の母方の祖父であり、恵子女王との関係からしても、いかに為時一家にとって重きをおかれる存在であったかは既に述べた通りである。[23] 紫式部が「朝顔」巻頭を書き起こす際、准拠とした朝顔の原型が、そこに見いだされる。これまで式部卿宮を父にもつ以外、ほとんど語られることのなかった朝顔の背景の一端が、代明親王の系譜を介して明らかとなるのである。

二　式部卿宮の姫君から朝顔斎院へ

前項で考察した通り、式部卿宮・朝顔の親子は、代明親王・恵子女王の親子関係に基づき創作されていた。それでは、「式部卿の宮の姫君」としか語られていない初出の「帚木」巻の段階において、朝顔は光源氏とどのような人間関係が想定されていたのであろうか。

そもそも帚木三帖は、寡居期（夫宣孝没後、彰子中宮出仕以前）、具平親王家周辺の人達という第一読者を前提に、具平親王を光源氏のモデルとして、紫式部自らも含めたその周辺の世界を発想の基盤として成立した物語である。(24) 帚木三帖第一・二巻「帚木」「空蟬」は『源氏物語』五十四帖中、紫式部の実生活が最も色濃く反映されている。老受領の後妻という設定に象徴されるように、空蟬は紫式部の自画像に最も近い女君であるし、〝雨夜の品定め〟以降、物語の主要な舞台となる紀伊守邸のある「中川のわたり」(25)は、紫式部の里邸である堤中納言邸があった所である。空蟬物語の前提となる光源氏と紀伊守・伊予介との関係の発想的基盤も、紫式部の生活圏内に求められる。すなわち紫式部は幼少期より具平親王邸に出入りし、父為時・伯父為頼も具平親王に近侍していた。(26) また第三巻「夕顔」は、スキャンダラスな具平親王の雑仕女怪死事件に想を得ている。(27) 帚木三帖の序跋に象徴される語り手と光源氏の距離が、そのまま紫式部と具平親王に重ね合わされるのも、特徴的である。

こうした帚木三帖の性格を勘案するならば、朝顔の姫君の背景に、具平親王の母方の実家筋である代明親王家のイメージがあったのも首肯される。式部卿宮は当初、光源氏の母方の親戚筋（母方の祖父、または伯父？）として設定されていた可能性が高い。したがって「帚木」巻における光源氏と朝顔の姫君との関係は、甥と若い叔母、もしくは従兄弟同士といった近い間柄が想定される。こうした近しい間柄だったからこそ、朝の寝覚めの顔を想起させる朝顔の歌を光源氏が贈るといった状況（それは具平親王が桃園邸に宿泊したといった状況を想定か）が可能となろう。

中務卿であった代明親王が式部卿に変えられた理由も、この帚木三帖世界の特質から導き出せる。帚木三帖は、現実世界を踏まえていても、その全てを踏襲しているわけではない。例えば具平親王の父帝である村上天皇は、具平親王が四歳の折に崩御している。しかし物語中、青年光源氏はあくまで父帝の寵愛深い君である。当時、式部卿は皇族の長として重んじられていた。(28) 具平親王家を前提として発表された物語において、代明親王は皇族の長として格上げされたと言うべきであろう。

それでは、このようにして登場した朝顔に、本来、無関係であったはずの斎院という設定が付与されたのはなぜか。この謎を解く糸口は、朝顔初出の場面にある。〝雨夜の品定め〟の後、光源氏は方違え先の紀伊守邸で、偶然、空蟬付きの女房たちが自分の噂話をしているのを立ち聞きする。秘密の通い所が知られていたかと一瞬ドキリとした光源氏ではあったが、その噂話が的外れであったためにホッと胸をなでおろし、その場を引き上げる。その際、女房たちの話題にのぼったのが、朝顔の姫君との交際であった。

式部卿の宮の姫君に朝顔、奉り給ひし歌などを、少し頬ゆがめて語るも聞こゆ。(29)

〈式部卿宮の姫君に朝顔を差し上げなさった時の歌などを、少し事実を違えて語るのも聞こえる。〉

（「帚木」巻）

秘密の通い所の露見を恐れる光源氏の耳に入ってきたのは、案に相違して、式部卿宮の姫君に贈った歌に関するものであった。しかも、それも少し事実と違って語られていたとある。この時、光源氏が秘密の交際を暴かれたかと心配した女性こそ六条御息所である。(30) この時期、光源氏は六条御息所とのお忍びの交際に神経を尖らせていた。(31) 次々巻「夕顔」冒頭の「六条わたりの御忍び歩きの頃」という一見、唐突な六条御息所の紹介は、読者に暗示したこの高貴な愛人の存在（それは「帚木」巻頭より、ほのめかされていた）[32]に対する最も効果的な解答にほかならない。[33]朝顔は当初より、光源氏の高貴な愛人候補として六条御息所と対照的に設定されているのであり、以下、朝顔の記述は、しばらく六条御息所とタイアップした形で登場するのも、[34]これゆえである。

「葵」巻頭では、伊勢斎宮に卜定された娘と共に伊勢に下向するか否か悩む六条御息所の思いが語られている。[35]朝顔が「帚木」巻の次に言及されるのは「葵」巻（「帚木」巻より七帖目）であり、[36]次巻「賢木」において六条御息所は伊勢に下向し、朝顔は賀茂斎院となる。伊勢斎宮＝六条御息所親子、賀茂斎院＝朝顔という図式は、「葵」巻頭で新たに打ち出された六条御息所の伊勢斎宮構想に連動して生まれた可能性が高い。[37]その際、朝顔のおばたちが賀茂斎院であったことは、その図式化を一層容易としたと言えよう。

右の結果を踏まえるならば、朝顔のモデルを求める際、重要な指針と見られた「孫王の居給ふ例、多くもあらざりけれど」（「賢木」巻）[38]は、過去の歴史的事例を念頭に入れたというより、結果的にそうなったと言うべきである。すなわち「孫王の居給ふ（斎院の）例」の准拠に基づいて、朝顔斎院が造型されたのではなく、「帚木」巻における「式部卿の宮の姫君」という設定に、牽引された結果と見なすべきである。式部卿宮から朝顔の父宮のモデルを求めると同様に、孫王である斎院から朝顔のモデルを求めることの不毛性は、ここにおいて確認される。

三　朝顔の姫君登場の背景

朝顔の姫君のモデルが恵子女王であるならば、准拠上、伯母の恵子女王が具平親王の恋愛対象として取り沙汰されたことになる。物語中とは言え、この二人の関係を恋愛対象に見立てるという設定は、どのように理解したらよいのであろうか。

この問いに対するヒントを与えてくれるのが第十一巻「花散里」である。「花散里」巻は、須磨流謫の直前、光源氏を取り巻く政治的状況が日に日に悪化し煩悶尽きぬ頃、故桐壺院ゆかりの麗景殿女御の妹三の君（花散里）への訪問を描いた小巻である。この巻は緊迫した前後の巻の内容とは異なり、嵐の前の静けさとも言うべき光源氏の日常のひとこまを映し出しているが、その視線は過去に向けられている。その中でも殊に留意されるのは、物語が展開される「五月雨の空、珍しう晴れたる雲間」という時期と、「中川の程、おはし過ぐるに」という場所の設定である。これは、若き日の空蟬との交渉を語った「帚木」巻を連想させるものとなっている。すなわち、「帚木」巻は「長雨、晴れ間なき頃」で始まり、空蟬との出会いは翌日の「からうじて今日は日の気色も直れり」とある五月雨の晴れ間の日であった。また、空蟬と出会う紀伊守邸も「中川のわたり」であり、共に「花散里」巻と重ね合わされることから、「花散里」巻は具平親王家ゆかりの物語として発想された可能性が高い。「花散里」巻には、ヒロイン花散里の姉として麗景殿女御が登場するが、麗景殿女御は荘子女王の呼称でもある。(39)「花散里」巻における光源氏＝具平親王、麗景殿女御＝母荘子女王という関係は、モデルが必ずしも現実の人間関係を忠実に再現していないことを意味する。朝顔の場合も、現実的世界の再現を目的とするのではなく、恵子女王という具平親王家にとって身近で、かつ重要な存在を、物語の中に取り込むこと自体に大いなる意義があったはずである。もっとも、朝顔と光源氏との関係の真実のところは、不明で終わる。これは恵子女王をモデルとした事と無縁であったとは言い切れまい。

「花散里」巻から導き出されるのは、それだけではない。「花散里」巻には、「朝顔」巻における女五の宮着想の由来を解く糸口も隠されている。桃園邸訪問には、花散里邸訪問と類似したパターンが見られる。すなわち、朝顔訪問は女五の宮を口実としていたが、花散里訪問もまた麗景殿女御との対面を前提としている。朝顔が斎院となった時点で、紫式部にとって恵子女王のおばたちは一層、存在感を増したはずである。女五の宮の登場は、このクローズアップされたおばたちに、「花散里」巻における光源氏の訪問パターンを重ねることによって生まれたと考えられる。

こうした「花散里」「朝顔」両巻に見られる接点は、両巻がともに帚木三帖と同質の世界に通じていることに由来する。しかし、それは単に帚木三帖的世界を志向するに止まらない。両巻のベクトルは、むしろ帚木三帖をも越えた『源氏物語』の原点にまで溯る。そもそも物語の展開とは無関係に、既知の女君として唐突に語られるのは、朝顔だけではない。「花散里」巻における筑紫の五節も、既知の事として断片的に語られるだけで、光源氏との具体的な交渉の経緯や関係の深さは、不明のままである。[40] 花散里にしても、簡潔な紹介がなされてはいるが、[41] 大局的には同様である。このような突出は、帚木三帖をも包み込む、紫式部の原体験に直結する世界より生まれている。筑紫の五節の発想には、紫式部の青春時代における、姉とも慕った「筑紫へ行く人の女」との友情（『紫式部集』6・7番、15番〜19番）が投影されている。[42] また朝顔の発想にも、方違えのために若き紫式部の里邸に宿泊した男（将来の夫、宣孝？）との謎めいた贈答歌（『紫式部集』4・5番）の影響が顕著である。[43] 朝顔も含め、これらの女君たちは、おそらく習作的に紫式部が執筆したものであろう。それが一巻にまとめられていたか、複数巻であったかさえ今日となっては知る由もないが、そこには帚木三帖同様、具平親王家色が強い物語、すなわち朝顔との交流・花散里との交際・少女筑紫の五節の光源氏への淡い恋等が、ほのぼのと描かれていたと思われる。その内容から執筆時期は、結婚期以前にまで溯るかもしれない。帚木三帖は、かつて具平親王家周辺で発表したこの物語を引き継ぎつつ、新たな角度から書き下ろしたものであったと言えよう。「帚木」巻に点描しかされていない朝顔登場の背景には、このような『源氏物語』五十四帖以前の習作的物語の世界が広がっているのである。

結語

以上、朝顔斎院のモデルは、代明親王の系譜より、具平親王の母荘子女王の姉妹である恵子女王に求められる。式部卿宮は当初、光源氏の母方の親戚筋として設定されていた可能性が高い。「帚木」巻における光源氏と朝顔の関係は、甥と若い叔母、もしくは従兄弟同士といった間柄が想定される。朝の寝覚めの顔を想起させる朝顔の歌を光源氏が贈るといった状況は、こうした設定を反映している。「帚木」巻における点描は、この代明親王・恵子女王親子の関係を下敷きとした「式部卿の宮の姫君」に、紫式部の青春時代、唯一残されている異性との交流を記した謎めいた歌をめぐるエピソードを絡めて描かれた出来事を前提とする。それは帚木三帖以前に、習作的に創作された物語の一部であったろう。朝顔同様、物語の展開とは無関係に既知の女君として唐突に語られる筑紫の五節は、そうした物語の存在の証左である。この筑紫の五節が登場する「花散里」巻は、五月晴れ、中川わたりという「帚木」巻と共通する設定からして、具平親王家ゆかりの物語として発想された観が強い。花散里の姉の麗景殿女御が荘子女王の呼称であるのも、「花散里」巻が帚木三帖的世界、より正確に言えば帚木三帖をも越えた始原的世界を志向していることを示唆している。「帚木」巻における朝顔の点描もまた、この始原的世界に根差していると言えよう。

このように本来、斎院とは無関係であったはずの朝顔に、その設定が付与されたのは、朝顔の初出が、光源氏の高貴な愛人候補として六条御息所とタイアップした形で語られていたからにほかならない。「葵」巻頭で新たに打ち出された伊勢斎宮構想に連動して、伊勢斎宮＝六条御息所親子、賀茂斎院＝朝顔という図式が生まれたのである。朝顔が斎院となることによって、恵子女王のおばたち（斎院となった恭子内親王・婉子内親王姉妹）の存在感が増すこととなる。「朝顔」巻頭における女五の宮の登場は、このクローズアップされたおばたちに加えて、「花散里」巻の花散里邸訪問のパターンを踏襲したことによる。そしてその際、朝顔の里邸として紹介されたのが「桃園の宮」であり、その結果、「式部卿の宮の姫君」としか紹介されなかった朝顔の背景を知る手掛かりが与えられることになった。朝顔斎院は『源氏物語』以前の習作的物語の痕跡をとどめた点描に始まり、六条御息所の存在に牽引されながら、やがて「朝顔」巻のヒロインとして、確固たる位置を占めるに至る希有な女君なのである。

【注】

（1）朝顔斎院には、唐突な登場の仕方や六条御息所とタイアップして語られる等、不可解な点が多い。この謎解きについては本節でも言及するが、詳細については拙著『源氏物語　展開の方法』（笠間書院、平7）第二章第二節「六条御息所と朝顔斎院登場の謎」、『源氏物語　成立研究――執筆順序と執筆時期――』（笠間書院、平13）第一章第二節「朝顔の姫君と筑紫の五節登場の謎」参照。

（2）「斎院は、（桐壺院の）御服にて、おり居給ひにしかば、朝顔の姫君は、代はりに居給ひにき。賀茂のいつきには、孫王の居給ふ例、多くもあらざりけれど、さるべき女御子や、おはせざりけむ」（「賢木」巻）

（3）例えば、孫王でありながら賀茂斎院となったのは、『源氏物語』成立以前において三例のみで、そのいずれも桃園邸との関連は見いだせない。この三例中、元慶六年（八八二）に卜定した穆子女王の父時康親王は式部卿であるが、朝顔斎院への影響として認められる資料は特に伝えられていない。川崎昇「源氏物語の背景――朝顔の君をめぐって――」（『国学院雑誌』昭44・12）参照。

一方、斎院を退下して里邸に住んだ事例は、宣子内親王（醍醐天皇皇女）や恭子内親王（醍醐天皇皇女）に見いだされる。しかし両者とも孫王ではなく内親王で、当然ながら父親も式部卿でなく、帝である。

（4）六条御息所には、次の三人のモデルが存在する。

・京極御息所と称された藤原褒子（生没年未詳）
・中将御息所と称された藤原貴子（九〇四〜九六二）
・斎宮女御と称された徽子女王（九二九〜九八五）

この三人のモデルたちを介して、いかに六条御息所像が立ち上がっていったかについては、本章第三節「六条御息所」参照。

（5）「桐壺」巻から帚木三帖へと続く現行巻序は、「桐壺」巻末と「帚木」巻頭の不連続に象徴されるように、様々な矛盾を抱えている。一方、『源氏物語』執筆時期が彰子中宮出仕以前であることは、『紫式部日記』中の記述（出仕当初、新参者の紫式部に対して、中宮付きの女房たちが抱いていた「物語好み、よしめき、歌がちに……」という先入観）によって明らかである。宮中出仕以前、具平親王をモデルとして親王家サロン周辺で発表された帚木三帖の評判が、摂関家の耳に達して、紫式部の出仕要請となった（ちなみに為時一家は花山天皇譲位以降、長く外様的存在であった）。「桐壺」巻は彰子中宮を藤壺に見立てる等、道長摂関家を前提として書き起こした物語であり、以降、『源氏物語』の巻々は彰子中宮サロンで執筆・発表された。註1の拙著『源氏物語　成立研究』第三章第一節「帚木三帖の誕生」、拙著『紫式部伝』（笠間書院、平17）「寡居期（下）」等の一連の拙論、参照。

（6）註5の拙著『紫式部伝』における系図1〜10、参照。

（7）「桃園の宮」邸が式部卿宮邸であったことについては、明記されていないためか、女五の宮伝領とする考え方もないわけではない。しかし本節冒頭で引用した「朝顔」巻頭にあるように、「そこ（＝桃園邸）に、おはすれば」という女五の宮の紹介のされ方、そして式部卿の宮亡き後、「程もなく荒れにける心地して」と、邸を訪れた光源氏の感想からして、やはり式部卿宮邸であったとするのが妥当であろう。玉上琢彌著『源氏物語評釈』第四巻（角川書店、昭40）二四七頁〜二四八頁、参照。

（8）勧修寺流とは、醍醐天皇の生母胤子の父藤原高藤を祖とする一門で、醍醐天皇の母方の実家として一定の勢力を保ち続けた。紫式部の父方の祖母が高藤男の三条右大臣定方女であることに象徴されるように、堤中納言として名高い曾祖父兼輔の代より、紫式部の一門は、この勧修寺流との繋がりの中で活路を見いだしていった。紫式部自身、幼少期からの具平親王邸への出入りはもとより、彼女の夫となった宣孝、そして彰子中宮出仕の際、後見人的役割を果たした道長の正室倫子は、ともに定方の曾孫であり、紫式部の人生も、勧修寺流の係累の影響下にあったと言ってよい。註5の拙著『紫式部伝』参照。

(9) 「号桃園中納言」(『尊卑分脈』『公卿補任』)、「桃園納言」(『権記』長保二年正月一日の条)等。

(10) 紫式部の生年については、註5の拙著『紫式部伝』「家族と出生」参照。

(11) 「藤原行成供養建立世尊寺。件寺者、故中納言保光卿旧家也」(『日本紀略』長保三年二月二十九日の条)。また『拾芥抄』(鎌倉中期成立の有職書)には、「桃園　同世尊寺南、保光卿家行成卿伝之」とある。

(12) もっとも、この源保光から藤原行成への桃園邸伝領には、疑義も提示されている。すなわち、『世尊寺縁起』(十二世紀前半成立?)には、保光は桃園邸に「寄住」したとあり、行成に譲渡するまでの一時的な管理者に過ぎなかった可能性が指摘されている。この場合、桃園邸は、保光が娘婿に迎えた一条摂政伊尹の四男、藤原義孝(九五四〜九七四)が伊尹から譲り受け、保光の「寄住」を経て、行成に伝領されたことになる。しかし、この説も代明親王の桃園邸伝領を否定するには至らない。この伝領の系譜については、研究者の意見も二分しており、伊尹所有の桃園邸と保光伝領の桃園邸とを別個とする説や、代明親王→恵子女王→伊尹→義孝→保光→行成とする説等、諸説が提唱されている。袴田光康著『源氏物語の史的回路』(おうふう、平21)「朝顔巻における「桃園の宮」」、増田繁夫「桃園・世尊寺、および源氏物語の「桃園の宮」」(『「源氏物語」と平安京』(おうふう、平6)、瀧浪貞子著『古代宮廷社会の研究』(思文閣、平3)「桃園と世尊寺」等、参照。

(13) 宰相中将伊尹君達春秋歌合には次のようにある。

宰相の中将君達(=恵子女王と一条摂政伊尹との間に生まれた子女たち)、春秋、比べ給うて、「春をのみ、をかしきものにし給ひて、秋をば言ふかひもなく、心もとなきものに言ひなし給ふなり」とて、桃園の宮の御方より、……「おもしろき花どもを折りて、撒き捨て給ふなる事、いと心憂し」と聞こえ給へるに……。

この後、春に心を寄せる「麗景殿女御(=妹の荘子女王)」と、それぞれ春の方・秋の方に分かれて、雅な歌合が繰り広げられる。

(14)『大和物語』には、代明親王室（三条右大臣定方女）没後、その御子たちは代明親王とともに右大臣定方邸に移り、親王が邸を去ってからも、そのまま御子たちは、そこで養育されたとある。

故中務の宮（＝代明親王）の北の方、亡せ給ひて後、小さき君たちを引き具して、三条右大臣殿（＝故藤原定方邸）に住み給ひけり。御忌みなど過ぐしては、つひに一人は過ぐし給ふまじかりければ、かの北の方の御おとうと九の君を、やがてえ給はむと（代明親王は）思しけるを、「何かは、さも」と、親はらからも思したりけるに、いかがありけむ、左兵衛の督の君（＝藤原師尹）、侍従にものし給ひける頃、その御文もて来となむ聞き給ひける。さて心づきなしとや思しけむ、もとの宮になむ渡り給ひにける。その時に、御息所（＝亡妻の姉能子）の御もとより、

亡き人の巣守にだにもなるべきを今はとかへる今日の悲しさ

宮の御返し、

巣守にと思ふ心はとどむれどかひあるべくもなしとこそ聞け

となむありける。（『大和物語』第九四段）

(15)「女御庄子（＝荘子女王）於民部大輔保光坊城宅有産男子事、具平親王也」（『日本紀略』康保元年（九六四）六月十九日の条）

(16)寛和二年（九八六）、具平親王主催の宴遊に列した折の為時の詩序に、次のようにある。

去年ノ春、中書大王、桃花閣ニ詩酒ヲ命ズ。……蓋シ（＝思うに）以テ翰墨ノ庸奴（＝文才のない平凡な男）、藩邸ノ旧僕タルノミ。……（『本朝麗藻』巻下）

但し、「桃花閣」は「排花閣」とされている伝本もある。

(17)川口久雄編『本朝麗藻簡注』（勉誠社、平5）参照。

(18)恵子女王の女懐子（冷泉天皇女御）は天延三年（九七五）、花山天皇の八歳の折、三十一歳で逝去しており、花山天皇にとって祖母恵子女王は母代わり的存在であった。「花山法皇ノ外祖母恵子女王ニ封戸・年官・年爵ヲ充ツル勅」には、次のようにある。

朕、幼日ニ当リテ、早ク先妣ニ別ル。祖母、朕ヲ視ルコト、亦猶ホ子ノゴトシ。(『本朝文粋』)

(19) 註13、参照。

(20) 「　桃園に住み侍りける前斎院屏風に

白妙の妹が衣に梅の花色をも香をも分きぞかねつる」(『拾遺和歌集』巻第一・春)　貫之

(21) 萩谷朴校注『新訂　土佐日記』(日本古典全書、朝日新聞社、昭45)三一一頁の頭注15、参照。

(22) (延喜)十五年……五月四日、恭子、母喪ニ依リ、本院ヲ出デ、葛井宮ニ遷居ス。(『賀茂斎院記』)

池田亀鑑編『源氏物語事典』(東京堂出版、昭35)「桃園宮」項(執筆担当　石田穣二)参照。

(23) ちなみに、「若紫やさぶらふ」と紫式部に言葉を懸けた、かの藤原公任は、代明親王の孫(公任の母厳子女王は荘子女王の姉妹)であり、公任と為時一家との近しい関係の一端は、この代明親王の系譜から導き出される。

(24) 註5、参照。

(25) 紀伊守邸は、方違え先の候補として光源氏の供人より次のように紹介されている。

「紀伊守にて、親しく仕うまつる人の、中川のわたりなる家なむ、この頃、水堰き入れて、涼しき陰に侍る」と聞こゆ。(「帚木」巻)

(26) 紫式部は藤原道長より「そなたの心寄せある人(=具平親王家側からひいきのある者)」(『紫式部日記』寛弘五年十月中旬の条)と見なされている。父為時は具平親王の「旧僕」と称していた(註16、参照)。伯父為頼は親王を取り巻く風流人士グループの一員であり、親王の御落胤を長男の養子に迎え入れる程の親密な間柄であった(『権記』寛弘八年正月の条)。第一章第一節、第二章第一節、参照。

(27) 鎌倉中期の説話集『古今著聞集』巻第一三、四五六段「後中書王具平親王雑仕を最愛の事」には、夕顔怪死事件を連想させるエピソードが紹介されている。すなわち、月明かりの夜に具平親王が連れ出した雑仕女は、物の怪に襲われて急死し、それを嘆き悲しんだ親王は、遺児と共に親子三人の姿を「大顔の車」と呼ばれた牛車の窓の裏に描いて偲んだとある。本章第一節109頁、参照。

(28) 註12の増田繁夫氏の論等、参照。

(29) この本文の直前は次の通りである。
「いといたう、まめだちて、まだきに、やむごとなきよすが定まり給へるこそ、さうざうしかめれ。されど、さるべき隈には、よくこそ、隠れ歩き給ふなれ」など（空蟬付きの女房たちが）言ふにも、（光源氏は）思す事のみ、心に懸かり給へれば、まづ胸つぶれて、「かやうのついでにも、人の言ひ漏らさむを、聞きつけたらむ時」など、おぼえ給ふ。異なる事なければ、聞きさし給ひつ。（「帚木」巻）

(30) この「秘密の通い所が知られたのでは」と光源氏が一瞬、ドキリとした原因の女性については、古注より一貫して藤壺と見なされている。しかし、それは現行巻序に置き換えられた後の解釈である。帚木三帖の場面上のみならず、人物構図上、時間的構成上、本来は六条の御方とすべきであり、そうでないと帚木三帖のおもしろさも損なわれる。註1の拙著『源氏物語　展開の方法』第二章第一・三節「帚木三帖の人物構図」「帚木三帖における藤壺の存否」、及び『源氏物語　成立研究』第一章第一節「帚木三帖の時間的構成」、第二章第一節「初期の巻々」二の「帚木三帖における藤壺の存否、再検討」参照。

(31) 註30の拙論「帚木三帖の時間的構成」参照。

(32) 「帚木」巻において次のようにある。
・まだ、中将などに、ものし給ひし時は、内裏にのみ、さぶらひようし給ひて、大殿には、絶え絶えまかで給ふ。「忍ぶの乱れや」と、疑ひ聞こゆる事もありしかど、
・やむごとなく、切に隠し給ふべきなどは、かやうに、おほざうなる御厨子などに、うち置き散らし給ふべくもあらず、深く取り置き給ふべかめれば、これは、二の町の、心安きなるべし。
・忍び忍びの御方違へ所は、あまた、ありぬべけれど、

(33) 註30の拙論「帚木三帖における藤壺の存否」参照。

(34) 「帚木」巻の次に言及される朝顔の姫君の記述は、左記の通りである。
かかる事（＝六条御息所に対する光源氏の冷淡さ）を聞き給ふにも、朝顔の姫君は、「いかで人に似じ」と深う思せば、はかなき様なりし御返りなども、をさをさなし。さりとて、人憎く、はしたなくは、もてなし給は

ぬ御気色を、君もなほ、「異なり」と思しわたる。（「葵」巻）

このほか、次のように「葵」「賢木」巻に各一例、六条御息所との対照的な扱いが見られる。

・（車争いの直後、行列が通り、光源氏の晴れ姿を見るにつけても）ここかしこに、うち忍びて通ひ給ふ所々は、人知れずのみ、数ならぬ嘆き勝るも、多かりけり。式部卿の宮、桟敷にてぞ見給ひける。……姫君は、年頃、聞こえわたり給ふ（光源氏の）御心ばへの、世の人に似ぬを、「なのめならむにてだにあり、まして、かうしも、いかで」と御心とまりけり。「いとど、近くて見えむ」までは、思し寄らず。（「葵」巻）

・（朝顔斎院の筆跡を見た光源氏は）「朝顔も、ねび勝り給へらむかし」と思ひやるも、ただならず、恐ろしや。「あはれ、この頃ぞかし、野の宮のあはれなりし事」と（六条御息所を）思し出でて、「あやしう、やうのものと、神、恨めしう思さるる御癖の、見苦しきぞかし。（「賢木」巻）

このように「葵」「賢木」巻において、朝顔は物語の展開とはほぼ無関係に、六条御息所とタイアップして登場するが、それは『源氏物語』の謎のひとつとされている。

（35）「葵」巻冒頭で「世の中、変はりて後、……」と桐壺帝譲位の事実が告げられ、光源氏の気の晴れない多忙な日々と、譲位後の桐壺院と藤壺とののどかな生活について簡略に触れた後、次のようにある。

まことや、かの六条の御息所の御腹の前坊の姫宮、斎宮に居給ひにしかば、大将（＝光源氏）の御心ばへも、いと頼もしげなきを、「幼き御有様の後ろめたさに、ことづけて、（伊勢に）下りやしなまし」と、かねてより思しけり。

（36）註34の最初の本文引用、参照。

（37）六条御息所がそのモデルの一人である徽子女王に基づき、いかに「葵」「賢木」巻において人物造型されたかについての詳細は、本章第三節「六条御息所」参照。

（38）註2、参照。

（39）註13、参照。また『栄花物語』にも具平親王の紹介の条に「麗景殿の女御の御腹の宮」（「初花」巻）とある。

（40）筑紫の五節の初出は、次の光源氏の回想においてである。

「かやうの際《きは》に、筑紫の五節が、らうたげなりしはや」と、まづ思し出づ。（「花散里」巻）

須磨流謫直前の煩悶尽きぬ頃、光源氏は花散里を訪れる途中、一度通った覚えのある中流階級の女の邸宅前に至り、消息を伝えるが、女は誰と分からぬ体を装う。そのようなつれない女の態度を見るにつけ、光源氏の脳裏に浮かんだのが、可愛らしい筑紫の五節のことであった。五節とは「五節（大嘗会・新嘗会で催される女楽）」の舞姫の意で、かつて五節の舞姫として宮中で舞ったことから、その名がつけられたのであろう。彼女について次に語られるのは、次巻「須磨」である。筑紫の五節一家は九州から上京の途上、須磨の浦で光源氏に消息する。その場面からは彼女が大宰大弐となった父親に付き従って筑紫に下向していたこと、彼女の一家が光源氏の特別な恩顧を賜っていたことが知られる。筑紫の五節にとって光源氏は、主君筋に当たる憧れの君であり、その交流も二人だけの秘め事であったらしい。詳細については、註1の拙著『源氏物語　成立研究』「朝顔の姫君と筑紫の五節登場の謎」参照。

（41）「麗景殿と聞こえしは、宮たちもおはせず、院、隠れさせ給ひて後、いよいよ、あはれなる御有様を、ただ、この大将殿の御心に、もて隠されて、過ぐし給ふなるべし。御妹の三の君（＝花散里）、内裏わたりにて、はかなう、ほのめき給ひし名残、例の御心なれば、さすがに忘れも果て給はず、わざとも、もてなし給はぬに、人の御心をのみ尽くし果て給ふべかめるをも、この頃、残る事なく思し乱るる世のあはれのくさはひには、思ひ出で給ふに、忍び難くて、五月雨の空、珍しう、晴れたる雲間に、わたり給ふ」（「花散里」巻）

（42）『紫式部集』には、これから行かねばならない「西の海」を思いやって涙に暮れる「筑紫へ行く人の女」との贈答歌（6・7番）と、出立後の、右の15・16番に続く一連の贈答歌（17番～19番）が収められている。

　姉なりし人、亡くなり、また、人の妹《おとと》、失ひたるが、かたみに行き会ひて、「亡きが代はりに思ひ交はさむ」と言ひけり。文の上に、姉君と書き、中の君と書き通はしけるが、おのがじし遠き所へ行き別るるに、

　　よそながら別れ惜しみて

15　北へ行く雁の翼に言伝よ雲の上書き絶えずして

　返しは、西の海の人なり

16　行きめぐり誰も都にかへる山いつはたと聞く程の遥けさ
詳細については、註1の拙論「朝顔の姫君と筑紫の五節登場の謎」、及び註5の拙著『紫式部伝』「越前下向以前」参照。

(43)
方違へに渡りたる人の、なまおぼおぼしき事ありて、帰りにける早朝、朝顔の花をやるとて
4　おぼつかなそれかあらぬか明け暗れの空おぼれする朝顔の花
返し、手を見分かぬにやありけむ
5　いづれぞと色分く程に朝顔の有るか無きかになるぞ侘しき（『紫式部集』）
方違えに訪れた男とその邸宅にいた姉妹との間に起こったこの出来事――そこからは、「空蟬」巻における、光源氏の方違え先での空蟬と軒端の荻との逢瀬が連想される。光源氏は、方違え先の紀伊守邸で空蟬と契るが（「帚木」巻）、それ以後の逢瀬は拒まれ、たまたま同じ部屋に居合わせていた空蟬の継子の軒端の荻と関係を結ぶこととなる。ここに描かれた一風変わった逢瀬は、作者の原体験から着想されたものと考えられる。また、この朝顔の歌をめぐる謎の出来事は、朝顔の姫君との関係をも想起させる。詳細については、註1の拙論「朝顔の姫君と筑紫の五節登場の謎」、及び註5の拙著『紫式部伝』「越前下向以前」参照。

第五節　「浮舟」巻における実名考——彰子皇太后の母源倫子との関係

はじめに

宇治十帖の第七巻「浮舟」（第五期第九帖）では、宇治に身を寄せていた浮舟の所在を突き止めた匂宮が、彼女のもとに通い始め、抜き差しならぬ薫との三角関係の中、ついに浮舟が入水に至る経緯が語られている。はるばる宇治の地にまで足を伸ばし、薫の風体を装い、浮舟と関係を結び、逢瀬を重ねる匂宮。その行動は、さすがに薫の知るところとなり、薫は宇治の警備を強化する一方、浮舟を京に迎える手はずを整えるが、匂宮は匂宮で彼女を奪い取る算段をする——この匂宮の強引な一連の行動を可能とさせているのが、彼の手足となって宇治と京を行き来する「道定」「時方」、すなわち薫の家司「仲信」の娘婿である大内記「道定」と、匂宮の乳母子である「時方」両人である。

そもそも『源氏物語』五十四帖中、官名等でなく、その実名で語られること自体、稀であるが[1]、展開上の必要性からとは言え、「浮舟」巻には三名も匂宮絡みで記されている。本節では、この三名中、「時方」「仲信」に着目したい。「時方」は彰子皇太后の母源倫子（藤原道長の正妻）の同母兄弟、「仲信」は時方の息子という、共に倫子ゆかりの人物名であり、そこには彰子皇太后サロンという披露の場に対する紫式部の意識・配慮の片鱗が隠されていると思われるからである。

一　実名「時方」「仲信」の語られ方

道定・時方・仲信三名のうち、最初に登場するのは、次のように道定である。

「(薫が) かやうの人 (＝浮舟)、隠し置き給へるなるべし」と (匂宮は) 思し知る方もありて、御文 (＝漢籍) の事につけて使ひ給ふ大内記なる人の、かの殿 (＝薫) に親しき頼りあるを、思し出でて、御前に召す。(「浮舟」巻)

薫が宇治に浮舟を隠し置いていたことを合点した匂宮は、漢籍関係で出入りさせている大内記という、薫側に親しい縁故のある者がいるのを思い出して召したとある。この薫側の縁故については、この後、「かの殿 (＝薫) に、いと、むつましく仕うまつる家司の婿」(同巻) と語られている。そして道定は、昇進といった望みから、匂宮に取り入ることに専心していた事情もあり、宇治への道案内を引き受けることとなる。この折、匂宮の供人の筆頭格として随行するのが「時方」である。しかし、その最初は「御乳母の、蔵人より、かうぶり得たる若き人」という紹介に止どまり、(2) 実名で呼ばれるのは、道定の舅「仲信」が先となっている。すなわち、夜、到着という不審な行動を浮舟の乳母子である右近にとがめ立てられた匂宮は、次のように、薫の家司である彼の名を口に出して、右近を安心させる。

「(浮舟が) ものへ、わたり給ふべかんなり」と、仲信が言ひつれば、驚かれつるままに、出で立ちて、いとこそ、わりなかりつれ。まづ開けよ。(同巻)

仲信から「浮舟が何処かへ移るらしい」という情報を得て、(3) 急遽、京を出立した――右近は、この匂宮のその場を取り繕う機転により、慌てて宮を邸内に招き入れる。時方の実名が告げられるのは、浮舟との逢瀬を果たした一夜明けての時点で、仲信の場合と同様、匂宮の口から直接、発せられた次の言葉からである。

（右近を召し寄せた匂宮は）「今日は、え出づまじうなむある。男どもは、このわたり近からむ所に、よく隠ろへてさぶらへ。時方は、京へものして、『山寺に忍びてなむ』と、つきづきしからむ様に答へなどせよ」と宣ふに、（右近は）いと、あさましく、呆れて、……。（同巻）

今日は宇治に留まるから、男達はこの付近に身を隠し、時方は京に戻って、「山寺にこっそりと（籠もっている）」とか適当に返事をしておけ——この匂宮の言葉を聞いた右近は、事の真相を悟り、驚き呆れたとある。

このように、実名が告げられるのは、「仲信」「時方」の順で、最初に登場する「道定」は次の通り、最後であり、しかも、かなり物語が進展してからとなっている。

（随身が薫に）「今朝、かの宇治に、出雲の権の守時方の朝臣のもとに侍る男の、……文を……女房に取らせ侍りつる、見給へつけて、しかじか問ひ侍りつれば、事違へつつ、空言のやうに申し侍りつるを、……童して見せ給へつれば、兵部卿の宮（＝匂宮）に参り侍りて、式部の少輔道定の朝臣になむ、その返事は取らせ侍りける」と申す。（同巻）

時方のもとに仕える男が浮舟の女房に手紙を渡すという現場を見つけて、問いただしてみると、虚偽を交えて答えたので、童を使って、その男を尾行させたところ、男は匂宮のもとに参上し、式部の少輔「道定」にその手紙の返事を渡しました——随身は、このように薫に報告したとある。この随身の報告によって、薫は匂宮が浮舟のもとに通っていた決定的な証拠を得ることとなり、物語は急展開していく。

ちなみに、三人が実名で呼ばれるのは、仲信二回、道定三回[4]、時方一〇回（「浮舟」の次巻「蜻蛉」の一回を含む）と、時方が群を抜いた回数となっている。

以上を踏まえて、次項では、倫子一族ゆかりの「時方」「仲信」との関連を探りたい。

二　源倫子と「時方」「仲信」親子の関係

彰子中宮の母である源倫子の兄弟には、源時方（生年未詳、没年は九九六～九九九）がいた。『尊卑分脈』には「母中納言朝忠女」とある。藤原朝忠（九三～九六六）の父は、紫式部の曾祖父、三条右大臣定方であり、倫子の母穆子（九三～一〇一六）は朝忠の娘である。穆子の御子たちについては、「この御腹には、女君二所（＝倫子と道綱室の中君）、男三人なむ、おはしける」（『栄花物語』「様々のよろこび」巻）とあり、このうち男二人は『尊卑分脈』に「朝忠女穆子」と明記されている時通（紫式部と親しかった同僚の女房である小少将の君の父）・時叙である。一方、穆子の夫である源雅信（九二〇～九九三）男には、時方とこの二人のほか、扶義（母藤原元方女、紫式部と親しかった同僚の女房である大納言の君の父）、時中・済信（母源公忠女）、済時（母、不明）の名が伝えられているが、その名からしても、穆子腹の残り一人は、穆子の明記のないものの、時方とすべきであろう。(5)

また、時方との関連で着目すべきは、その息子「仲信」の存在である。『尊卑分脈』には、時方男として「仲舒　信濃淡路能登等守　従五上　大蔵少甫　本名　仲信」とある。仲信は「大蔵大輔」（「浮舟」「蜻蛉」巻）とも呼ばれており、(6)「大蔵少輔（＝甫）」との関連性も見いだされる。「浮舟」巻が執筆されたと推定される五年前(7)の寛弘五年（一〇〇八）九月十一日、若宮誕生における湯殿の儀の際、「宮の下部（＝中宮職の下級職員）」で「宮の侍の長（＝中宮職の侍長）」なる仲信」という人物が、御湯の桶を担いで若宮の御簾のもとに運んだと『紫式部日記』に記されている。(8)寛弘元年二月五日、頼通が枇杷殿から春日祭使となって出立する際にも、「仲信」の名が見られ（『御堂関白記』）、同一人物と思われる。『栄花物語抄』には、この人物を未詳としながらも「日記には……源仲信」とあり、まさに時方男、源「仲信」を指すと言ってよい。中宮職であったのは、倫子の甥という縁戚関係によるところが大きかったであろう。

【人物関係】

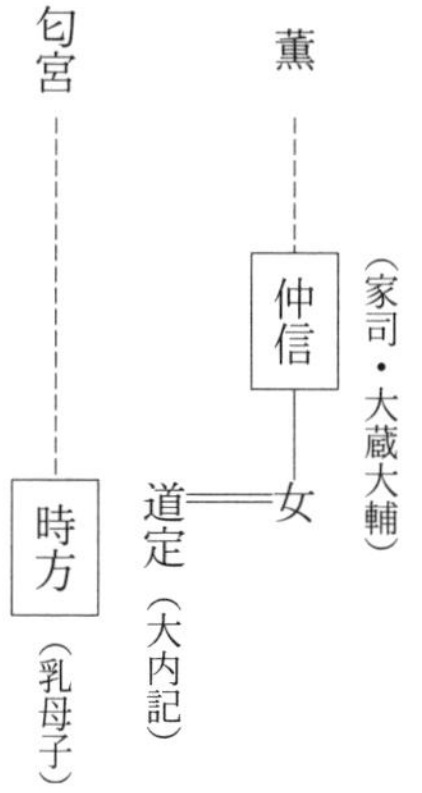

【系図】

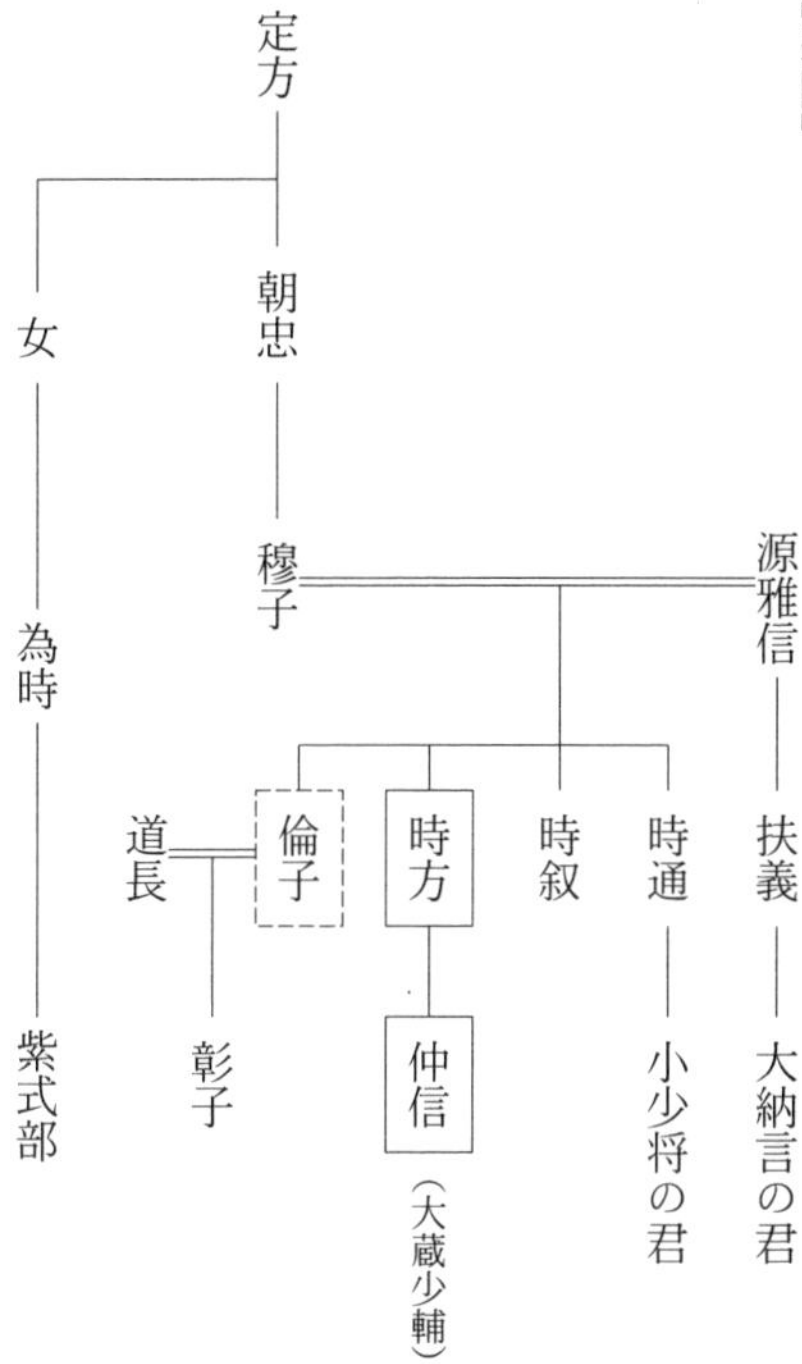

このように「時方」が倫子の同腹の兄弟であること、その息子「仲信」が大蔵少輔（「浮舟」巻の「仲信」は大蔵大輔）で、『紫式部日記』にその名が見られる人物であることを踏まえるならば、「浮舟」巻中、「仲信」「時方」二人の名が「道定」に先立ち使われているのも、首肯される。脇役ながら匂宮の乳母子という重要な人物に「時方」の名を使ったのは、彰子のおじという繋がりを意識した結果によると思われる。一〇回に及んで実名で呼ばれる、若い「時方」[9]は、光源氏に対する乳母子「惟光」と同様な立ち位置である。ちなみに、「惟光」の命名に当たっては〝延喜時之三光〟とも称された具平親王のおじたち（源重光・保光・延光）の三兄弟の存在が関与している。[10]すなわち〈光源氏を惟う〉という意と、具平親王の後見人的立場にあったおじたちを重ね合わ

せたネーミングとなっている。[11]「時方」の場合も、それに準じた命名と見なせよう。

もっとも、「時方」の場合、源時方以外にも同時代、実在した名前が確認される。『小右記』には「右少史豊原時方」（長和二年三月二十六日の条）「左大史豊原時方」（翌年五月二十四日の条）とある。長和二年は「浮舟」巻の執筆と推定される年であるから、[12]「時方」命名に際して、この正六位「豊原時方」なる人物が関わった可能性が浮上する。[13]但し、この人物と、紫式部はもとより彰子皇太后周辺との関わりは不明である。先に述べた「時方」「仲信」親子の関係、「時方」が惟光に準ずる重要な脇役であることを踏まえるならば、この「豊原時方」は、直接的なモデルと言うより、執筆時、紫式部の脳裏をよぎった一般名の一人といったレベルではなかったか。それが「時方」「仲信」親子の命名を後押ししたかと推測される。

源倫子（九六四〜一〇五三）は、再従姉妹《またいとこ》の関係にある紫式部にとっても、特別に重要な人物であった。彰子のもとに出仕して三年近く経とうとしていた寛弘五年（一〇〇八）九月九日、彰子の初産のため土御門邸に里下がりに同行していた紫式部に、倫子は菊の着せ綿を御指名で贈っている。しかも、御子誕生二日前のせわしい間を縫っての気遣いである（『紫式部日記』[14]）。また、その二カ月後、御冊子作りの大役を果たして里下がりしていた紫式部のもとに、倫子は直々の手紙を送り、帰参を促している。結局、紫式部は、この手紙が決め手となって早々に帰参している（同）[15]。この折の里下がりは、そのまま宮仕えを終える危険性もあっただけに、倫子の並々ならぬ発言力は注目すべきである。為時一家は花山天皇退位（紫式部、推定十二歳時）以降、十年間を経て越前守着任を機に[16]、摂関家との関係は改善傾向にあったとは言え、長く外様的存在であった。[17]このことを考慮するならば、勧修寺流ゆかりの倫子は紫式部に彰子中宮への出仕を要請し、出仕後も、そのまま紫式部の後見人的な役割を果たしていたと考えられる。初出仕以降、半年に及ぶ同僚たちとの強い確執[18]にもかかわらず、出仕し続けられたのは、この倫子の後ろ盾というバックアップが、いかに彼女の精神的支柱となっていたか想像に難くない。

ちなみに、彰子中宮のもとには、「若紫」の次巻「末摘花」（推定、宮仕え一年以内での発表）[19]で活躍する大輔命婦（光源氏の乳母子で、末摘花を紹介する役回り）と同名の女房が仕えていた。この女性は、もとは彰子中宮の母方の祖父源雅信家の女房（母が小輔命婦という同家の女房）で、倫子に付き従い、やがて彰子に仕えるようになったらしい（『栄花物語』勘物）。『紫式部日記』にも、その衣装を「目やすし」として一目置かれ、『栄花物語』によれば、道長は彰子中宮の初めての懐妊をこの大輔命婦から聞き出している（「初花」巻）。古参の女房として倫子の信望も厚く、特に宮仕え当初、紫式部にとっても身近な人物だったと推測される。宮中の女房で、光源氏の乳母子として目端が利き、末摘花を紹介する役回りの大輔命婦の登場に際して、この女房が何らかのヒントとなったことが考えられよう。[20]この大輔命婦に代表される倫子の息のかかった女房たちが、当初、孤立していた紫式部の宮仕えを影ながら支えていたと思われる。

倫子の姪に、紫式部の特に親しかった同僚の上級女房二人がいた。すなわち、先に触れた小少将の君（倫子の同母兄弟、時通女）と大納言の君（倫子の異母兄弟、扶義女）である。このうち、小少将の君は『紫式部日記』『紫式部集』に多くその名が見られ、最も親しかった。この二人の存在もまた、間接的ながら倫子との繋がりの深さを物語っていよう。

結　語

以上、「時方」「仲信」命名の着想と倫子との関係について考察した。二人の名の語られ方、倫子と紫式部の特別な繋がり等をからしても、その命名に際して、時方・仲信親子がかかわった可能性は高い。

彰子皇太后サロンという披露の場を考慮するならば、この意味するところは大きい。基本的に『源氏物語』のモデル・准拠には、ケース・バイ・ケースながら、それ相応の配慮が窺われる。[21]前項で触れた惟光の命名事情は、そうした一端を示している。彰子の母方の縁者の名を使用する前提条件として、それを是として受け入れる、第一次享受者である彰子サロンの人々の共通認識は欠かせまい。特に彰子の母方筋の縁者が匂宮の乳母子の名に使用されている重みは、一考に値する。そこから垣間見られるのは、明石中宮のモデルの一人として彰子がおり、明石中宮一家の繁栄を、彰子一族、特に母方の倫子の系譜と重ね合わせるという物語享受の在り方である。ここには、かつて帚木三帖が具平親王を暗黙の前提とした物語であったように、彰子サロンで披露された『源氏物語』としての基本的性格が見いだされる。こうした物語と彰子サロンとの不可分な関係、ある種の一体化感は、彰子の初御子懐妊を彰子中宮の懐妊と重ね合わせる等[22]、これまでも断片的ながら見られた特徴である。「蓬生」巻においても、自らを末摘花に仮託して同僚たちに送ったメッセージ[23]も、それを雄弁に物語っている。王朝物語は、作者の属するサロンといった発表の場を抜きにして語れない――「浮舟」巻における「時方」「仲信」の命名の仕方からは、そうした王朝物語全般に横たわる背景が覗かれるのである。

【注】

（1） 本節で取り上げる「時方」「仲信」「道定」以外には、光源氏の乳母子「惟光」、光源氏の家来で須磨に随行した「良清」、そして「浮舟」の前巻「東屋」で中宮職の役人として登場する「平重経」に止どまる。ちなみに「惟光」命名の由来については、第二節で言及する。「良清」は、光源氏への忠誠心を強調した一般名であろうか。「道定」「平重経」については、同時代における実在した名前は、管見の限り、文献上、確認されず、不明と言うしかない（「道定」は『土右記』の延久元年（一〇六九）六月十七日の条に「陣定、外記道定」とあるが、年代的に合わない）。

（2） 「（匂宮は）御供に、昔も、かしこ（＝宇治）の案内、知れりし者、二・三人、この内記、さては、御乳母子の、蔵人より冠えたる若き人、睦ましき限りを、選り給ひて、……出で立ち給ふにつけても、……」（「浮舟」巻）

（3）右近たちの会話には、浮舟一行には物詣で（後に石山詣でとある）の計画があったことが語られている。これを盗み聞きしていた匂宮の言葉と思われる。

（4）残り仲信一回、道定二回は、道定が実名で告げられた随身とのやり取りに続く、次の薫の言葉においてである。
（薫は随身に）「道定の朝臣は、なほ、仲信が家にや通ふ」（随身は）「さなむ侍る」と申す。（薫は）「宇治へは常にや、この、ありけむ男（＝道定）は遣るらむ。……道定も、（浮舟に）思ひ懸くらむかし」と、うちうめき給ひて、……。（「浮舟」巻）

（5）『大鏡裏書』所載の系図には、済時の記載はなく、山中裕他校注・訳『栄花物語①』（新編日本古典文学全集、小学館、平7）の頭注には、次のようにある。
『分脈』に穆子腹の男とあるのは時通、時叙の二人。名前等から推すと、あとの一人は時方か。

（6）・（浮舟を京に迎える準備として）いと、忍びて障子、貼らすべき事など、人しもこそあれ、この内記（＝道定）が知る人の親の、大蔵の大輔なる者（＝仲信）に、むつましく心安きままに、（薫が）宣ひつけたりければ、聞き継ぎて、宮（＝匂宮）には、隠れなく、聞こえけり。（「浮舟」巻）
・（浮舟の弔問を薫は宇治の右近たちに）かの、むつましき大蔵の大輔（＝仲信）して宣へり。（「蜻蛉」巻）
ちなみに、仲信の呼称は、その実名（二回）と家司（一回）のほかには、右の大蔵大輔（二回）、大蔵大夫（一回）のみである。

（7）第一章第六節「第五期（「匂宮」～「竹河」）」参照。

（8）「湯殿は酉の時とか。火ともして、宮の下部（＝中宮職の下級職員）、……御湯、参る。……尾張の守親光・宮の侍の長なる仲信、（桶を）かきて、御簾のもとに参る」（『紫式部日記』寛弘五年九月十一日の条）

（9）註2、参照。

（10）拙著『紫式部伝』（笠間書院、平17）「寡居期（下）――帚木三帖の誕生――」参照。

（11）「惟」には〈思う・思惟〉のほかに、〈ただ・これ〉の意味もあり、要するに「惟光」は、光源氏一筋といったニュアンス、ユーモアを含んだ命名と言えよう。

（12）註7、参照。

（13）豊原時方以外には、左記のように「秦時方」「丸部時方」の名が見られるが、年代的に合わない。

・賀茂下社競馬、七番右、近衛秦時方。勝。（『平定家記』康平四年（一〇六一）四月十一日の条）

・康平五年（一〇六二）四月日付、讃岐国曼荼羅寺僧善芳申文案に「丸部時方制止田所不安愁状」あり。（『東寺百合文書』）

（14）九日、菊の綿を、兵部のおもとの持て来て、「これ、殿の上（＝倫子）の、とりわきて『いと、よう老い、のごひ捨て給へ』と宣はせつる」とあれば、

菊の露わかゆばかりに袖ふれて花の主に千代は譲らむ

とて、返し奉らむとする程に、「あなたに帰りわたらせ給ひぬ」とあれば、用なさに止どめつ。（『紫式部日記』寛弘五年九月九日の条）

詳細については、註10の拙著『紫式部伝』「初出仕」参照。

（15）殿の上（＝倫子）の御消息には、「まろが止どめし旅なれば、ことさらに『急ぎまかでて、とく参らむ』とありしも空言にて、ほど経るなめり」と、宣はせたれば、戯れにても、さ聞こえさせ、賜はせし事なれば、かたじけなくて参りぬ。（『紫式部日記』）

詳細については、註10の拙著『紫式部伝』「御冊子作り」参照。

（16）為時が大国である越前守となった背景には、若狭国に漂着し、越前国に託された七十余人の唐人たちの処遇問題があった。すなわち、越前守決定三ヵ月前の『日本紀略』長徳元年（九九五）九月六日の条には、「六日己酉、若狭国、唐人七十余人当国ニ到著スト言上ス。越前国ニ移スベキノ由、其ノ定メ有リ」とある。為時は越前国に赴任後、宋人の羌世昌と漢詩を作り交わしている。文人として評価の高い為時が、そうした宋人との交渉役にふさわしい人物として抜擢された可能性が高い。但し『古事談』によれば、為時が上申した名句に感涙した一条天皇の意を汲んで、道長が既に決定していた越前守の人事を為時に急遽、代えたとある。

（17）紫式部が宮仕えしてから丸四年を経た寛弘七年（一〇一〇）正月、土御門邸で催された彰子中宮の臨時客でのこと、

為時は管弦の遊びに伺候せず、早々に退出してしまう。これに機嫌を損ねた道長が、酔いに任せて紫式部に「など御父の、御前の御遊びに召しつるに、さぶらはで急ぎまかでにける。ひがみたり（＝ひねくれている）」と語ったとある（『紫式部日記』寛弘七年正月二日の条）。このエピソードからは、この時点に至っても、為時に未だ外様意識が消えないと見なした道長の苛立ちが読み取れよう。

（18）この同僚の女房たちとの確執は、『紫式部集』57番〜63番の一連の贈答歌、及び『紫式部日記』中の出仕当初における紫式部の悪評に、生々しく記されている。詳細については、註10の拙著『紫式部伝』「初出仕」、及び本書第一章第二節「第二期前半（「桐壺」〜「葵」六帖）」二、参照。

（19）「末摘花」巻は寛弘三年後半に執筆・発表したと推定される。第一章第二節、参照。

（20）第一章第二節四、参照。

（21）本章第一節〜第四節、参照。

（22）第一章第三節「第二期後半（「賢木」〜「藤裏葉」十二帖）」参照。

（23）第一章第四節「第三期（「蓬生」「関屋」と玉鬘十帖）」参照。

第三章　王朝文学は如何にして発表されたか

はじめに

これまでの第一・二章における『源氏物語』誕生に関わる考察は、王朝文学全体からすれば、どのように位置づけされるのであろうか。本章では、この問いに対して『源氏物語』圏外から全三節で答えたいと思う。すなわち、第一節においては、『源氏物語』に先行する『宇津保物語』『落窪物語』と、後期物語の中で作者名と披露の場が明確となっている希有な作品「逢坂越えぬ権中納言」(『堤中納言物語』)から、『源氏物語』成立事情に通じるものがあるか否かを検証したい。次に第二節において『源氏物語』とともに王朝文学の双璧である『枕草子』について、発表の場の観点から、この書が如何にして発表されたか考察したい。『枕草子』は、発表事情において謎の多く、発表の場の観点からの照射は、特に有効と思われるからである。そして第三節においては、この『枕草子』の結論を踏まえ、『紫式部日記』の謎についても迫りたい。

これら本章の考察によって、『源氏物語』成立事情の解明に不可欠であった披露の場の認識が、王朝文学全体にも通ずるものであるか否かが明らかにされるはずである。

第一節　『宇津保物語』『落窪物語』『堤中納言物語』からの照射

はじめに

『源氏物語』五十四帖の起筆は第一帖「桐壺」巻ではなく、第二帖「帚木」巻である——かつて和辻哲郎・与謝野晶子も提唱したこの説を、帚木三帖における藤壺の存否という新たな観点を踏まえて筆者が検証したのは、昭和六十三年である(1)。以来、四半世紀にわたり、この「帚木」巻起筆説に基づいて、五十四帖の執筆順序・執筆時期を推定し、その成立背景について論及した。その結果、帚木三帖は彰子中宮サロン出仕以前に具平親王（村上天皇第七皇子）家サロン周辺で、親王をモデルとして発表されたこと、「桐壺」巻以降の巻々は彰子中宮サロン出仕後に執筆されたこと、玉鬘十帖が妍子東宮参入の献上本として執筆されたこと等々に加え(2)、本書の第一・二章で考察したように、五期構成説を前提とした新たな自説を提唱するに至っている。

「帚木」巻起筆説に基づいた、これら一連の考察が、従来の成立論の枠を超えて構成論・構想論・作家論・モデル論・准拠論等、全てにおいて整合性をもつことを検証し、自説についての確信は強まった。それでは平安朝物語全体を鳥瞰するときにおいても、筆者の見解は有効であろうか。本節では、次の①〜③の観点から、王朝物語一般の成立事情について考察を行うことを目的とする。

① 起筆巻が現行巻序と異なること。

② 主人公にモデルがいること。

③ 発表・披露の場が物語の内容に影響を与えること。

その際、首巻の巻序については『宇津保物語』、主人公のモデルについては『落窪物語』、発表・披露の場と作品内容の関連性については『堤中納言物語』「逢坂越えぬ権中納言」を、それぞれ採り上げたい。『宇津保物語』は『源氏物語』同様、首巻の位置について疑問視されているし、『落窪物語』の男主人公道頼は実在した人物名である。また、「逢坂越えぬ権中納言」は周知のように『堤中納言物語』中、唯一、作者名とともに披露の場が明らかにされている、王朝物語においても極めて貴重な短編だからである。

一 首巻の巻序――『宇津保物語』の場合

『宇津保物語』は、二十巻に及ぶ現存する日本最古の長編物語である。作者未詳で、題名は、仲忠親子が一時、大杉の空洞に住んだことによる。内容は、仲忠の祖父俊蔭が遣唐使船に乗って漂流し、仙人より秘曲を授かる経緯から語り出され（第一巻「俊蔭」）、仲忠の姫君犬宮へと秘曲が伝授されて終わる（最終巻「楼の上（下）」）。もっとも、この琴の秘曲伝授の音楽物語のほかに、美女貴宮への求婚物語を中心とした様々なテーマが混在し、バラエティに富んでいる。その壮大な構想力や、上級貴族の日常生活が細部に至るまで描かれている点、『源氏物語』とも比肩しうる魅力をもつ。

この『源氏物語』に先立つ長編物語の巻序については古来、論議がなされてきた。明治期以前の研究は「巻序の問題をはじめとして、難解さにゆきなやんで、徒に堂々廻りを繰り返していた」（安藤菊二「近世におけるうつほ物語」[3]）状況であった。「巻序設定に全精力が費やされざるを得なかった」（鷲山茂雄「『宇津保物語』研究史素描」[4]）一時期もあった程である。『宇津保物語』研究に立ちはだかる伝本の矛盾の由来の多くを、複雑な成立過程に求めるのは当然であろう。[5]

そうした中においても一際、目を引くのは、第一巻「俊蔭」と第二巻「藤原の君」の巻序である。[6]

・昔、式部の大輔・左大弁かけて、清原の王ありけり。御子腹に男子、一人持たり。その子（＝俊蔭）、心の聡きこと限りなし。父母「いと、あやしき子なり。生ひ出でむやうを見む」とて、書も読ませず、言ひ教ふることもなくて、生ほし立つるに、年にも合はず、丈高く、心賢し。（「俊蔭」巻頭）

・昔、藤原の君（＝源正頼）と聞こゆる一世の源氏おはしましけり。童より名高くて、顔・容貌・心魂・身の才、人に優れ、学問に心入れて、遊びの道にも入り立ち給へり。時に、見る人「なほ賢き君なり。帝となり給ひ、国知り給はましかば、天の下、豊かなりぬべき君なり」と、世界こぞりて申す、……。（「藤原の君」巻頭）

右の傍線部のように、この両巻は共に「昔……」という物語の首巻にふさわしい冒頭をもつ。[7] また内容においても「俊蔭」巻は仲忠の祖父俊蔭、「藤原の君」巻は貴宮の父源正頼と、共に『宇津保物語』の主要人物紹介から始まっており、物語の首巻たりうる。

一方、「俊蔭」巻末と次巻「藤原の君」巻頭は直結しない。

あるじ（＝還饗）二十二日なれば、その日になりて、（藤原兼雅は）いと二なく設けさせ給ふ。……かくて、これかれ遊びののしりて、夜いたう更けて、皆、帰り給ひぬ。……左大将殿（＝源正頼）も帰り給ひぬ。……宮「あてこそ（＝貴宮）して、（仲忠に）『なほ弾き給へ。物聞こえむ』など言はば、弾きてむや」「そは弾きもしてむ。今、折あらむ時」と宣ふ。被け物どもを「あな清ら」と見給ふ。次々にぞ。（「俊蔭」巻末）

「俊蔭」巻は、仲忠の父藤原兼雅の三条邸で盛大に行われた相撲節会の還饗の後、自邸に戻った源正頼が北の方の大宮と交わした会話で閉じられる。そこでは還饗で評判を取った仲忠の演奏について、「娘の貴宮との結婚を許可すれば、彼の演奏を聞く機会もあるのでは」といった会話が添えられている。これに対して「藤原の君」巻頭は、「昔……」という書き出しに象徴されるように、初めて源正頼を紹介する内容となっている。正頼で終わり、正頼より語り出されるという点、両巻の関連性は認められるものの、内容的には断絶しており、巻の連続性は見いだせない。ちなみに「俊蔭」巻末に直結するのは、巻頭「かくて、右大将殿（＝藤原兼雅）に還饗し給ひければ、例のごとなむ、左大将殿（＝源正頼）もおはしける。……」で始まる第五巻「嵯峨の院」である。

そもそも、「俊蔭」「藤原の君」巻という現行巻序には、こうした巻の不連続や「藤原の君」巻における物語の始まりにふさわしい冒頭の存在以外にも、いくつかの矛盾が指摘されている。それを列挙するならば次の通りである。(8)

(1)「俊蔭」巻における源正頼の初見が「左大将殿」という唐突、かつ簡略なものとなっており、(9)「藤原の君」巻頭での詳細な紹介との異質性が際立つ。

(2)「俊蔭」巻における源正頼の北の方大宮の初見が「宮」という簡略なものであるのに対して、「藤原の君」巻頭では「今の帝の御妹、女一の皇女と聞こゆる后腹」という紹介となっており、違和感を禁じ得ない（既述の「俊蔭」巻末、参照）。

(3)「俊蔭」巻末では仲澄（源正頼七男）が仲忠と兄弟の契りを結ぶことが語られている。しかし彼が正頼の子である等の紹介は「藤原の君」巻中であり、(10)「俊蔭」巻には一切ない。

(4)「俊蔭」巻が藤原兼雅と俊蔭女（仲忠母）との関係に多く筆を費やしているにもかかわらず、「藤原の君」巻では「かくて、また右大将藤原の兼雅と申す、……ありけり」という改まった紹介がなされている。

(5)「俊蔭」巻末において初めて「あて宮」の名が見られるが、彼女についての予備知識的な記述はこの巻には存在せず、「藤原の君」巻の内容を踏まえなければならない。

こうした多くの矛盾が生じた理由として最も抵抗の少ない解釈は、「藤原の君」巻が「俊蔭」巻に先行するという巻序である。この巻序は、成立過程として様々な問題を含みながらも、ほぼ通説としてとらえられている。例えば、河野多麻氏は『宇津保物語一』（日本古典文学大系、岩波書店、昭34）「俊蔭」巻頭注において、「だいたい藤原君巻が俊蔭巻より先に創作されたであろう事に異議はないようであるが、ただ作者がどちらを第一巻としたかという事が問題になるであろう」と述べている。また近年においても室城秀之氏は、次の野口元大氏の見解に対して、「おおむね今のところ通説としていいものであろう」（室城著『うつほ物語の表現と論理』「うつほ物語研究の現在の課題」若草書房、平8）としている。

「藤原の君」がまず成立し、ついで物語の構想の発展・拡大の結果として、首巻「俊蔭」が後から書き添えられたものであると考えれば、これほど自然なことはないのではなかろうか。

（野口著『古代物語の構造』「首巻をめぐっての問題」有精堂、昭44）[11]

以上のように、『宇津保物語』第二巻「藤原の君」は物語の起筆として、これ以上にふさわしい巻は存在しない。巻序の逆転は、『源氏物語』にのみに限定される特殊な事例ではないのである。王朝物語において『源氏物語』同様、①の起筆巻が異なることがあり得ることは、このように確認される。それでは主人公にモデルが存在するという②については、どうであろうか。

二　主人公のモデル――『落窪物語』の場合

『落窪物語』は『源氏物語』より少し前に成立したとされる、作者未詳の継子いじめ物語である。全四巻だが、最終巻は文芸的価値が低く、賛否はあるものの後人による増補であろう。[12] 題名は、女主人公名の「落窪の君」による。意地悪な継母によって、落ち窪んだ一室に住まわされた、身寄りのない皇統の姫君が、しっかり者の女童の活躍によって、貴公子と出会い、苦難の末、救い出されて結婚し幸せをつかむ。一方、継子一家は、この貴公子に復讐され、さんざんな目に遭うが、最後は和解する。人物構成や展開が絶妙で、健康的なユーモアにもあふれ、王朝貴族の実生活が生き生きと描かれている。

この落窪の君を救い出す男主人公「道頼」[13]の有力なモデルとして、挙げられているのが藤原道頼（九七一～九九五）である。二十代半ばにして早世した道頼は、かの中関白藤原道隆の長男で、三歳年下の異母弟伊周の幼名〝小千代君〟に対して、〝大千代君〟と呼ばれた。高階貴子所生の伊周を寵愛する父道隆からは疎んぜられたが、祖父兼家（九二九～九九〇）には寵愛され、彼の養子となり、六郎君とも称された。[14]『枕草子』には「匂ひやかなる方は、この大納言（＝伊周）にも勝り給へるものを」と、その容姿が賛美されている。[15]『大鏡』においても「御容貌、いと清げに、あまりあたらしきさまして、物より抜け出でたるやうにぞおはせし」〈ご容姿はとても清らかな感じで、（この世の人としては）あまりにもったいない程に見え、（絵か）何かから抜け出たようでいらっしゃった〉と絶賛されている。[16] また、異母妹定子中宮とも仲がよかった（『枕草子』[17]）ことからも窺われるように、性格もよく、洒脱で愛嬌もあった（『大鏡』[18]）という。まさに心優しい男主人公にふさわしい美男であったことが知れよう。

『落窪物語』の成立年代は、『枕草子』「成信の中将は」段中に「落窪の少将」の名が見えることから、[19]『枕草子』跋文が書かれた長保三年（一〇〇一）以前であろう。[20] 成立時期の上限は不明ながら、次の二点により一条朝初頭（九八六～九八八）前後に成立したとする説が有力視されている。[21]

・第三巻末近くで告げられる七月の新帝即位は、[22] 一条天皇即位と同月であること。[23]
・同巻で語られる賀茂臨時祭が十一月二十七日に当たり、永観二年（九八四）の賀茂臨時祭の日付と一致すること。[24]

右の事実に基づくならば、発表当時、道頼と言えば、誰もがこの人物を第一に思い浮かべたであろう可能性は高く、そうした状況下、あえて「道頼」と命名した意味は看過できまい。

この道頼モデル説のさらなる傍証として、彼の叔父藤原道義（兼家四男）の存在が挙げられる。道義は「外腹の治部少輔の君とて、世の痴れ者にて、交じらひもせで止み給ひぬとぞ、聞こえ侍りし」（『大鏡』）、「落娃也　出家　日本第一色白也」（『尊卑分脈』）とある人物で、物語中、重要な脇役の一人である面白の駒のモデルとされている。

面白の駒は、継母への報復を図る道頼が、自らの代わりに送り込む継母一家期待の四の君の結婚相手として登場する。物語中でも際立つ異色なキャラクターで、その初出は次の通りである。

北の方（＝道頼母）の御叔父にて、世の中ひがみ痴れたる者に思はれて、治部卿なるが、交じらふ事もなき人の太郎、兵部の少（＝少輔）と言ふ人ありけり。（第二巻）

「少輔」であるものの、道頼の「叔父」なのは面白の駒当人でなく父親であり、「治部」も父親で当人は兵部である点、人物設定に違いが見られる。しかし、『大鏡』における「叔父」「治部」「少輔」という道義のキーワードは、面白の駒親子の人物設定にそのまま重ね合わされる。右の引用の続きには、「笑ふとて、え出で立ちもし侍らず」と、人に笑われるのを嫌って、自室に籠もったまま宮仕えもしない面白の駒の姿が語られており、まさに「交じらひ」もしない「世の痴れ者」である。またその容姿も、その名の通り「顔色は雪の白さにて」「おもて（＝顔）は白き物つけ化粧したるやうにて白う」（第二巻）とあり、さらに結婚三日目の所顕より寝所から出ることなく、四の君を懐妊させる絶倫ぶり（同巻）である。これは「日本第一色白」「落娃」（『尊卑分脈』）と評された道義と一致する。実在の道頼がモデルであったからこそ、この特異なキャラクターの登場を促したと言えよう。

以上、『落窪物語』の男主人公道頼のモデルは、実在した藤原道頼その人と断じて間違いあるまい。帚木三帖における光源氏のモデルとして具平親王を想定することは、この『落窪物語』の先例からして、特殊とは言えないのである。

そもそも物語の主人公を実在のモデルに重ねることは、「昔男」を暗黙の前提として在原業平とする『伊勢物語』からも知られるように、『落窪物語』に限らない。『伊勢物語』においては、むしろ在原業平と重ね合わせなければ、作品自体の価値も減ずるものになる。おそらく『落窪物語』の場合も、藤原道頼像と重ね合わせることを前提として発表され、そのように読まれたと思われる。こうした観点からも本来、帚木三帖の場合も、具平親王をモデルとすることを前提として読まれたと解すべきである。紫式部にとって具平親王が特別縁故ある方であったのは、道長から彼女が「そなたの心寄せある人（＝具平親王家側からひいきのある者）」（『紫式部日記』）と見なされていることから知られる通りである。[25] かくして②の主人公にモデルがいることの信憑性も確認された。それでは③の発表・披露の場については、どうか。

三　発表・披露の場と作品内容の関連性（一）――『堤中納言物語』の場合

『堤中納言物語』は平安後期以降の短編物語集で、一〇篇の短編物語（「花桜折る少将」「虫めづる姫君」「ほどほどの懸想」「貝合」等）と、物語の冒頭と思われる断章一つから成る。このうち作者と成立年時が明らかなのは、「逢坂越えぬ権中納言」の一篇のみで、他は不詳である。もともと別個な物語が、後代に何らかの事情で雑然とひとつにまとめられたと推定される。題名の「堤中納言」は、紫式部の父方の曾祖父藤原兼輔のことであろうが、なぜその名が冠せられたかも諸説に分かれ、不明である。貴族の日常感覚にあふれ、幅広い題材・奇抜な趣向・テンポのよさは、近代小説的でさえある。

昭和十四年二月、昭和期における国文学最大の発見とも言える画期的な報告が、鹿島正二・萩谷朴両氏によってなされた。陽明文庫蔵『廿巻本類聚歌合巻』の発見である。[26] その中に「六条斎院禖子内親王家歌合」が含まれていたことは、特に注目すべきことであった。そこには、これまで知り得なかった「逢坂越えぬ権中納言」の成立事情を伝える、左記の貴重な資料があったからである。この発見により「逢坂越えぬ権中納言」は、後冷泉天皇の御代の天喜三年（一〇五五）五月三日、賀茂斎院・禖子内親王家主催の物語合で披露された物語一八篇中の一篇として発表されたこと、作者は小式部という女房であることが判明した。

　　逢坂越えぬ権中納言

　　左　　　　　　　　小式部

君が代の長きためしにあやめ草千尋に余る根をぞ引きつる　（陽明文庫蔵『類聚歌合』巻八「六条斎院歌合」八番左）

禖子内親王（一〇三九〜一〇九六）は、後朱雀天皇第四皇女（母嫄子中宮）で、幼少より風流を好み、歌合・物語合を頻繁に催した。そうした事情について『栄花物語』は次のように記している。

先代をば後朱雀院とぞ申すめる。その院の高倉殿の女四宮をこそは斎院とは申すめれ。幼くおはしませど、歌をめでたく詠ませ給ふ。候ふ人々も、題を出だし歌合をし、朝夕に心をやりて過ぐさせ給ふ。物語合とて、今新しく作りて、左右方わきて、二十人合はせなど、せさせ給ひて、いとをかしかりけり。

（『栄花物語』「煙の後」巻）

物語合とは、女房などが左方と右方と同数に分かれ、双方から物語を披露して優劣を論じ、判定する雅な競技である。禖子内親王のもとで催された物語合では、傍線部にあるように、左右合わせて二十人から新作の物語が披露されたりしたとある。四百字詰原稿用紙八枚程度の短編である「逢坂越えぬ権中納言」も、そのようにして発表された新作と見なしてよかろう。

「逢坂越えぬ権中納言」は男主人公である若い貴公子権中納言が、密かに思いを寄せる姫宮がおりながらも、その題名「逢坂越えぬ」に示されている通り、一線を越えることはできないで終わる。物語は、次のように花橘が香る五月三日の夕べから語り出される。

五月待ちつけたる花橘の香も、昔の人恋しう、秋の夕べにも劣らぬ風に、うち匂ひたるは、をかしうもあはれに思ひ知らるるを、山郭公も里馴れて語らふに、三日月の影ほのかなるは、折から忍び難くて、例の宮わたりに、音なはまほしう思さるれど、「かひあらじ」と、うち嘆かれて、あるわたりの、なほ情けあまりなる方へと思せど、そなたは物憂きなるべし。（「逢坂越えぬ権中納言」冒頭）

この後、宮中の管弦の遊びに参加した中納言は、明後日に控えた根合の準備に忙しい中宮方に立ち寄る。そこで中納言は、女房である小宰相の君の求めに応じ、右方に協力することとなり、根合当日には素晴らしい菖蒲《あやめ》の根を持参して、右方を勝利に導く。引き続いて催された歌合・管弦の合奏でも中納言は活躍して大いに面目を施すが、思いは常に姫宮にあった。それから一カ月半余り経った暑い盛りの六月下旬、中納言は姫宮付きの宰相の君の手引きにより、お忍びで姫宮邸を訪れる。対面に応じない姫宮に対して、中納言は姫宮の部屋に忍び込み、一夜を共に過ごすものの思いは遂げられず、空しく帰途に就くのだった。以上がその梗概である。

「五月三日」という物語の始まりが、物語の披露された月日と一致するのは、偶然とは考えがたい。作者小式部が、物語の発表時期を考慮して意図的に設定したからにほかなるまい(27)。それは同じく五月三日の禖子内親王家物語合で発表された他の作品内容からも窺われる。

左　菖蒲《あやめ》かたひく権少将　　大和

3　かけてのみ夜をしのぶるもろ葛あふひを見ても花は忘れじ

右　菖蒲も知らぬ大将　　左門

6　菖蒲ぐさ玉のうてなのつまなれどなどか恋路に生ひ始めけむ

右　淀の沢水　　甲斐

8　賤のをの淀野なりける菖蒲草おほみや人のつまと頼まむ

左　あらば逢ふ夜のと嘆く民部卿　　出羽弁

9　常よりも濡れそふ袖はほととぎす鳴きわたる音のかかるなりけり

右　菖蒲うらやむ中納言　　讃岐

10　菖蒲草なべてのつまと見るよりは淀野に残る根を尋ねばや

左　岩垣沼の中将　　宮の小弁

11　ほととぎす花橘の香ばかりも今一声はいつか聞くべき

右　言はぬに人の　　小馬

18　菖蒲草人知れぬには繁れどもいつか見すべき浅からぬ根を

（天喜三年五月三日六条斎院禖子内親王家歌合）

右の物語七篇「菖蒲かたひく権少将」「菖蒲も知らぬ大将」「淀の沢水」「あらば逢ふ夜のと嘆く民部卿」「菖蒲うらやむ中納言」「岩垣沼の中将」「言はぬに人の」は傍線部の通り、いずれも五月を背景とした作品である。しかも右のうち「岩垣沼の中将」については、同じ五月三日の禖子内親王家歌合の中に、

引き過ぐし岩垣沼の菖蒲草おもひ知らずも今日に逢ふかな

とあり、「あらば逢ふ夜のと嘆く民部卿」についても、

君が世に引き比べたる菖蒲草これをぞ長きためしとはする

（『風葉和歌集』巻第三・一六八番）

という物語所収歌が伝えられている。したがって他の五篇同様、菖蒲ゆかりの物語であることが知られ、「菖蒲かたひく権少将」以下、七篇全てが「逢坂越えぬ権中納言」と同じく、五月五日の節句を中心とした作品であったことが予想される。禖子内親王物語歌合における一八篇中、半数近くの八篇が五月、しかも節句にこだわった

内容であることは、「五月三日」という発表時期を前提として「逢坂越えぬ権中納言」が創作されたことを示唆している。(28)

「逢坂越えぬ権中納言」に与えた禖子内親王家物語合の影響は、物語の構成上からも窺われる。物語は宮中における根合を中心とした前半と、姫宮邸訪問を描いた後半とに大別されるが、物語前半が物語後半の約二倍強の割合を占める。姫宮との恋の行方を物語の主題とするならば、極めて不均衡な構成と言わねばなるまい。(29)そもそも物語前半の根合は、姫宮との恋の行方とはほとんど無縁である。左右に分かれて競う根合の形式は、そのまま物語合と重ね合わされるところが大きい。根合に対する作者のこだわりは、五月五日に対するこだわりであり、それは「五月三日」という発表日、及び物語合という発表の場に由来する。(30)

実際のところ作者小式部は、この禖子内親王家物語合の勝利に並々ならぬ熱意を注ぎ込んでいたようだ。次にあるように小式部は、物語合に際して右方からの参加に傾きかけていた女房の小弁を、自身の左方に引き込もうと働きかけている。

六条前斎院に歌合あらむとしけるに、右に心寄せありと聞きて、小弁がもとにつかはしける　小式部

873　あらはれて恨みやせまし隠れ沼のみぎはに寄せし波の心を

返し　小弁

874　岸遠み漂ふ波は中空に寄る方もなき嘆きをぞせし

（『後拾遺和歌集』巻第一五雑一）

物語合が行われる直前、左方の小式部は小弁が右方へ参加する意向の噂を耳にし、彼女のもとに「あなたが密かに右方につくつもりだとわかった今となっては、あなたを恨むことになるのでしょうか」といった歌を贈った。これに対して小弁は、小式部とは主家が異なっていたのだろう、小式部との距離を「岸遠み」として、左右どっ

ちつかずの我が身を嘆く歌を返している。この小式部の誘いによってか、結局、小弁は小式部と同じ左方として参加し、既述の「岩垣沼の中将」を提出している。小弁がこの物語合が行われる時点で既に物語作者として名を馳せていたのは、右の贈答歌に続く、次の八七五番の詞書から知られる。

五月五日、六条前斎院に物語合し侍りけるに、小弁遅く出だすとて、方の人々、とめて次の物語を出だし侍りければ、宇治の前太政大臣、かの弁が物語は見所などやあらむとて、異《こと》物語を止どめて待ち侍りければ、

岩垣沼といふ物語を出だすとて詠み侍りける　（同右）

右によると、物語合が催された五月五日（五月三日の誤記）当日、小弁の提出が遅れたので、次の物語を出そうとしたところ、宇治の前太政大臣（頼通）が「小弁の物語だったら見所があろう」と発言して、待たせた結果、「岩垣沼の中将」の発表に至ったとある。物語合の後援者である頼通が直々に指名するほど、小弁は期待の物語作者だったのであり、現に「岩垣沼の中将」にはその期待に違わぬ賛辞が送られている（天喜三年五月三日六条斎院禖子内親王家歌合[31]）。物語合の勝負の行方を決しかねない小弁——彼女を味方にしようとした小式部の思いは、まさに小宰相の君が中納言を自らの側に引き入れようとする意気込みと重ね合わされよう。

ちなみに、この作者の物語合に懸ける意気込みは、そのまま、根合における左右対立の構図として「逢坂越えぬ権中納言」に反映している。小宰相の君が中納言を右方に引き入れた直後、「左の人、『さらば此方には、三位中将を寄せ奉らむ』と言ひて、殿上に呼びにやり聞こえて……」と、中納言に対抗すべく左方に加勢する中将は登場する。そして早々に中納言への対抗心を覗かせる中将に対して、その思いを一層煽る少将の君という左方の女房も現れる[32]。この左方の二人の役割の大きさは、根合を見逃した帝の次のコメントによって象徴されている。

・中納言・三位（中将）など、方分かるるは、戯れにはあらざりける事にこそは。

・小宰相・少将が気色こそ、いみじかめれ。何れ勝ち負けたる。さりとも、中納言は負けじ。

このように物語前半は、右方の権中納言に対して左方には三位中将が、女房においても右方の小宰相の君に対して左方を代表して少将の君が、互いに競うという人物構図となっており、根合の場面をもり立てている。

以上のように、「五月三日」という時期設定・構成上における根合の突出・物語合に懸ける作者自身の情熱――これらは「逢坂越えぬ権中納言」が禖子内親王家物語合という発表・披露の場を抜きにして成立しないことを物語っている。しかし、それだけではない。禖子内親王家物語合という発表・披露の場は、物語の主題や結末にも影響を及ぼしている。

四　発表・披露の場と作品内容の関連性（二）――『堤中納言物語』の場合

「逢坂越えぬ権中納言」の文芸性の高さに対する疑義は、前半部における根合の突出ばかりでない。姫宮との恋の不成就という幕切れは、いかにも不完全燃焼の感が残る。(33) この結末の一因は、一夜を共にするという千載一遇の機会に対して消極的態度に終始した中納言の行動が、『源氏物語』の薫的人物に依拠していることにある。(34)しかし、この中納言以上に目を引くのは、物語当初から強調されている姫宮を貫く厳しい拒否の姿勢である。『かひあらじ』と、うち嘆かれて」(35)「例の、かひなきを思し嘆く程に」「例の、かひなくとも」と中納言から繰り返され、逢瀬の夜も「宮は、さすがにわりなく見え給ふものから、心強くて、明けゆく景色……」とある。彼女のモデルとして朝顔の姫君・宇治の大君といった拒否する女性一般が想定されるが、さらなる具体的なモデルが作者小式部の身近に存在する。物語合の中心人物、禖子内親王その人である。

禖子内親王は八歳で賀茂斎院となり、この物語合が行われた天喜三年（一〇五五）の折は十七歳。翌々年に退下し、独身のまま永長元年（一〇九六）五十七歳で生涯を終えている。賀茂神社に奉仕する斎院は言うまでもなく未婚でなくてはならない。少なくとも退下するまで恋愛・結婚は許されないが、禖子内親王の場合、精神的ハンディも負っていた。『栄花物語』には「明け暮れ、御心地を悩ませ給ひて、果ては御心に違はせ給ひて、いと恐ろしき事を思し嘆かせ給ふ」（「煙の後」巻）とある。[36] たとえ退下したとしても臣籍降下が困難な状況にあることは、充分に予想されていただろう。また、内親王はその出生時、母嫄子中宮を亡くしている。後冷泉天皇の御代（一〇四五〜一〇六八）に、頻繁に歌合等が開かれた背景には、その精神的安定を図るとともに、母なき内親王を慰めようとする配慮も、頼通を始めとして周囲にあったと思われる。[37] そうした彼女の眼前で、男女の主人公が結ばれる物語を披露することは、物語合という場それ自体をダブらせているだけに、構想当初より作者の回避するところであったと考えられる。これは発表される状況を踏まえての常識的判断と言えよう。そもそも、この物語が恋の不成就を前提として創作されていることは、「逢坂越えぬ権中納言」という題名が示している通りである。主人公の二人が結ばれない必然性は、女主人公が斎院である禖子内親王を意識して造型されたこと、すなわち姫宮のモデルであったことに求められる。物語中、常に「宮」と呼ばれているのは、その一証左である。十七歳という内親王の年齢も女主人公にふさわしい。男主人公はあくまで女主人公を慕いながら、その想いが遂げられることは決してない――この物語の主題こそ、五月三日・根合という設定とともに、粋な計らいとして発表時、周囲から見なされたはずである。

ちなみに「逢坂越えぬ権中納言」と同様に、禖子内親王の存在を第一前提として創作された後期物語に、かの『狭衣物語』がある。作者とされているのは禖子内親王に仕えて宣旨と呼ばれた女性（六条斎院宣旨）で、五月三日の物語合にも出席し、右方の第一番手として「玉藻に遊ぶ権大納言」という物語を披露している。[38] また、禖子内親王が催した二十五度にわたる歌合の中で宣旨の参加は十八度に及び、いかに彼女が内親王に深くかかわっていたかを窺わせる。『狭衣物語』は、男主人公狭衣が斎院となる源氏の宮を密かに恋い慕うという中心的テーマのもとに、彼が帝位につくまでの様々な恋が繰り広げられる物語である。特徴的なのは、宮中内の記事が少ないのとは対照的に、賀茂の行事は緻密に描写されている点である。さらに源氏の宮は「逢坂越えぬ権中納言」の姫宮同様、あくまで受動的であり、自身の心理描写等がほとんど欠けている点も指摘されている(39)。これは斎院であった禖子内親王、そして彼女に仕えた作者の立場を踏まえた結果にほかならない。禖子内親王こそ女主人公源氏の宮の中核的モデルと断じてよかろう。

「逢坂越えぬ権中納言」の作者小式部が仕えた人物は諸説ある。その混迷の原因は当時の歌合の参加者が主催側の女房のみに限定できないという事情による。天喜三年五月三日の物語合はその代表的な例で、禖子内親王家の女房のみならず、交流の深かった祐子内親王（同母姉）・寛子皇后（頼通女）等の女房も参加していた。こうした中、小式部が祐子内親王の女房でないことは知られる。「岩垣沼の中将」の作者小弁は、祐子内親王の女房と判明しているが、彼女が小式部と主家を異にするのは、前項で言及したように小式部の依頼に対する返歌の「岸遠み」という表現より推察されるからである。また、寛子皇后家出仕説の主たる根拠は、禖子内親王家歌合の翌年の天喜四年に催された春秋歌合に、その名を連ねている程度に過ぎない(40)。一方、小式部が禖子内親王家歌合に多いとは言えないながら五度、参加している事実は大きい。必ずしも常勤的な女房でなかったにせよ、他の宮家等を想定するより妥当である(41)。

小式部の禖子内親王家出仕説は、これまでの考察からも支持される。すなわち禖子内親王を女主人公のモデルとした「逢坂越えぬ権中納言」の作者が、もし他家の女房であったならば、禖子内親王への配慮は主催者に対する敬意と映り、作者にマイナスまでのイメージを与えないにせよ、献身的奉仕の精神という女房としての美徳獲得までには至らない。いかに禖子内親王家との関係が良好であったとしても、他家の主人称揚は、作者にとって微妙な立場とならざるをえないというリスクもある。やはり禖子内親王の女房であった小式部が、内親王のために執筆したとするのが自然であろう。「逢坂越えぬ権中納言」は、まさしく内親王をモデルにして、そのサロン的雰囲気の中で創作された物語なのである。

以上、「逢坂越えぬ権中納言」が時期設定や舞台設定に止どまらず、姫宮のモデルや主題にまで披露の場と不可分な関係にあることを論証した。このように披露の場がストレートに物語の内容と結び付く事例は、『源氏物語』に限らない。③の信憑性も確認されるのである。

結語

以上の考察から、本論冒頭で述べた①~③の特徴は、『宇津保物語』『落窪物語』「逢坂越えぬ権中納言」から、それぞれ確認された。物語の起筆巻が現行巻序と異なるという①の説は、『源氏物語』に先行する長編物語『宇津保物語』によって、その可能性は深められたと言ってよい。また、物語に特定のモデルを想定する②の説についても、『落窪物語』の男主人公道頼の存在によって、特殊な事例ではないことが改めて確認された。③は、帚木三帖と具平親王サロン周辺、及び「桐壺」巻と彰子中宮サロンという物語と披露の場との関係を肯定する説に基づくが、「逢坂越えぬ権中納言」の成立した背景からは、そうした物語と披露の場とのダイレクトな関係が提示されている。

これらのうち①・②においては、『源氏物語』に先行する『宇津保物語』『落窪物語』という二大作品が、自説の根幹となる特徴を合わせ持つという結果を伴っている。この事実を軽視することはできない。①・②は『源氏物語』限定の特殊な説なのではなく、むしろ物語（①においては長編物語）ゆえに生じがちな一般的な特徴ととらえ直すべきだからである。また、平安朝物語全体を俯瞰したとき、特に注目すべきは③の考察結果についてである。「逢坂越えぬ権中納言」は『源氏物語』同様、物語には披露の場と関連して特定のモデルが存在する場合があるという具体例となっている。第三項冒頭で述べたように「逢坂越えぬ権中納言」の作者と披露の場は、あくまで偶然的に発見された一記録であり、王朝物語の背景を照らす一点に過ぎない。しかし、そこから浮かび上がった成立事情には、王朝物語全般をも逆照射する可能性が秘められている。すなわち『源氏物語』と「逢坂越えぬ権中納言」の二点（『狭衣物語』も含めるならば三点）を結び付ける延長線上には、他の物語の位置づけの再検討を要する地平が隠されている。それは、王朝物語の全貌を明らかにするためには、発表の場との関係の追究こそ不可避であるという巨視的視点を示唆する。本考察の先には、改めて王朝物語とは何かという根本的な問いが待ち受けているのである。

【注】

（1）「帚木三帖における藤壺の存否――「人ひとりの御有様」「おぼす事」の解釈をめぐって――」を昭和六十三年五月、中古文学会春季大会（於明治大学）において発表。その内容は、同題で『いわき明星大学人文学部研究紀要』第3号（平2・3）にまとめ、拙著『源氏物語　展開の方法』（笠間書院、平7）に収めた。

（2）註1の『源氏物語　展開の方法』、『源氏物語　成立研究――執筆順序と執筆時期――』（笠間書院、平13）、『紫式部伝――源氏物語はいつ、いかにして書かれたか』（笠間書院、平17）の拙著三冊。

（3）宇津保物語研究会『宇津保物語新論』（古典文庫、昭33）

（4）『日本文学研究資料叢書　平安朝物語Ⅱ』（有精堂出版、昭49）「解説」。

（5）伝本の矛盾の多くは「複雑な成立過程に起因するものであることが確かめられ、その研究に関心が集中された」（『日本古典文学大辞典』（岩波書店、昭60年）「宇津保物語」執筆担当　野口元大）とある。

（6）但し、河野多麻校注『宇津保物語一』（日本古典文学大系、岩波書店、昭34）における巻序は、第一巻「俊蔭」・第二巻「藤原の君」（第二巻は「忠こそ」）である。

（7）ちなみに『宇津保物語』各巻の冒頭は、「かくて」十一例・「かかる程に」三例・「まことや」一例等で、この

「俊蔭」「藤原の君」両巻以外に物語の首巻にふさわしい冒頭は存在しない。註6の河野多麻校注『宇津保物語一』補注一八八、参照。

(8) 笹淵友一「宇津保物語巻序攷」(「文学」昭12・1)、野口元大「うつほ物語の形成——首巻をめぐっての問題——」(「国語と国文学」昭30・12)〈野口著『古代物語の構造』(有精堂、昭44)に「首巻をめぐっての問題」として再録〉参照。

(9) 「俊蔭」巻の最後に語られる相撲の還饗の条直前に、多くの上達部や親王から婿にと望まれる仲忠の意中を語る箇所で、次のように記されている。

人知れず思ふことは、「左大将殿にこそ、さるべき世の有職は籠もりためれど、また、をかしき君たち、あまたありて、心も遣らめ。そこならではあらじ」など思ひて、異心なきなるべし。

(10) 「藤原の君」巻頭の源正頼一家紹介の中で「七郎、侍従仲澄」とある。

(11) 註8、参照。

(12) 藤岡作太郎著『国文学全史　平安朝篇』(明38)には「巻四一冊は蛇足なり」とある。野口元大著『古代物語の構造』「落窪物語論おぼえ書」(有精堂、昭44)等、参照。

(13) 落窪の君の父中納言との会話中、道頼は次のように自らの名を口にしている。

道頼が思ふ心侍りて、しばしと制し侍りしなり。……道頼が、つらし憂しと思ひおきつる事の忘れ侍らねば……。

(第三巻)

(14) こうした事情について『栄花物語』には次のように語られている。

・この中納言(=道隆)の御外腹の太郎君、大千代君と聞こゆるを、摂政殿(=兼家)とり放ち我が御子にせさせ給ひて、この頃、中将など聞こゆるに、嫡妻腹の兄君を小千代君とつけ奉り給へり。……大殿(=兼家)、この君(=道頼)をいみじく思ひ聞こえさせ給へり。大納言殿(=道隆)、これをばよそ人のやうに思して、小千代君を「いかで、いかで、疾くなしあげむ」とぞ思しためる。(「様々のよろこび」巻)

・(兼家逝去後)大千代君は、この頃、蔵人の頭ばかりにてぞおはするを、今は小千代君に劣らむ事を、様々と

り集め思し続け嘆かせ給ふもあはれなり。……（同巻）

・山の井（＝道頼）の中納言にておはするに、小千代君、宰相中将にておはするを、摂政殿（＝道隆）、安からず思して、引き越して大納言になし奉らせ給ひつ。山の井、いと心憂く思ひ聞こえ給へり。（「見果てぬ夢」巻）

また、『大鏡』には、次のようにある。

太郎君、故伊予守守仁《もりひと》のぬしの女の腹ぞかし。大千代君よな。それは祖父大臣の御子にし奉り給ひて、道頼の六郎君とこそは申ししか。大納言までなり給へりき。父関白殿、失せ給ひし年の六月十一日に、うち続き失せ給ひにき。御年、二十五とぞ聞こえさせ給ひし。

（15）「山の井の大納言は、入り立たぬ御兄にても（定子中宮様と）いとよくおはすかし。匂ひやかなる方は、この大納言にも勝り給へるものを、世の人は切に言ひ落とし聞こゆるこそ、いとほしけれ」（『枕草子』）

（16）註14の『大鏡』本文の続きには、次のように記されている。

御容貌、いと清げに、あまりあたらしきさまして、物より抜け出でたるやうにぞおはせし。御心ばへこそ、異はらから（＝伊周・隆家兄弟）にも似給はず、いとよく、また戯《ざ》れをかしくもおはせしか。

（17）註15、参照。

（18）註16、参照。

（19）「交野の少将もどきたる落窪の少将などは、をかし。昨夜・一昨日の夜もありしかばこそ、それもをかしけれ。足洗ひたるぞ憎き。汚かりけむ」（『枕草子』）

（20）『枕草子』の成立は左記の通りと推察される。

・第一次成立（源経房による流布）……長徳二年（九九六）六月〜翌三年正月

・第二次　〃（跋文の執筆時期）………長保三年（一〇〇一）正月〜八月

・第二次以降の補筆（跋文以降）………長保三年（一〇〇一）八月〜寛弘四年（一〇〇七）正月以降？

詳細については本章第二節「『枕草子』」参照。

（21）増淵勝一著『平安朝文学成立の研究　散文編』（笠間書院、昭57）「『落窪物語』の成立年代」、藤井貞和「落窪物

語　解説」(『落窪物語　住吉物語』新日本古典文学大系、岩波書店、平元）参照。

(22)「かかる程に、にはかに帝、御心地、悩み重くて下り給ひて、春宮、位に就かせ給ひぬ。……七月のうちには、公の事、いと慌ただし」(『落窪物語』第三巻)

(23)「(寛和二年七月）廿二日戊子、天皇即位於大極殿」(『日本紀略』)

(24) 落窪の君救出は、賀茂臨時祭見物の隙をねらってなされる。その決行日が十一月二十七日であることは、臨時祭の近づいた四日前を「程は十一月二十三日の程なり」(第一巻）としていることから知られる。一方、永観二年の臨時祭については「(永観二年十一月）廿七日癸酉、賀茂臨時祭」(『日本紀略』）等から裏付けられる。原國人『落窪物語』の成立について」(「国学院雑誌」昭55・7）参照。

(25)　中務の宮（＝具平親王）わたりの御事を（道長様は）御心に入れて、そなたの心寄せある人と思して、語らはせ給ふも、まことに心のうちは思ひゐたる事、多かり。(『紫式部日記』)

その他の根拠については本書第二章第一節、参照。

(26) 鹿島正二「堤中納言物語成立私考」(「文学」昭14・2)、萩谷朴「廿巻本類聚歌合巻の研究」(「短歌研究」昭14・2)。詳細については中野幸一「六条斎院禖子内親王家の「物語合」について――その発見時の成果の再吟味――」(「桜文論叢」第51巻、平12・8）等、参照。

(27) 発表の時期を考慮して作品を発表した例として、物語ではないながら次の源順の名句誕生のエピソードが挙げられる。

楊貴妃帰唐帝思　李夫人去漢皇情　対雨恋月　源順

故老云、数年作設、而待八月十五夜雨、参六条宮所作也云々。(『江談抄』第四)

〈楊貴妃帰りて唐帝の思ひ　李夫人去りて漢皇の情　雨に対ひて月を恋ふ　源順

故老云はく、「数年、作り設け、而して八月十五夜の雨を待ち、六条宮に参りて作るところなり」と云々。〉

雨で中秋の名月が見えない今宵の気持ちは、楊貴妃亡き後の玄宗皇帝の思いや、李夫人に先立たれた漢の武帝の追慕の情のようなものである。『和漢朗詠集』にも収められているこの源順（九一一〜九八三）の句は、数年前、出来ていたものを、八月十五夜が雨になるのを待って、彼が六条宮（具平親王）の千種殿に参上した際、披露したとある。神野藤昭夫「《源順伝》断章」（「跡見学園女子大学国文学科報」第20号、平4・3）、註2の拙著『紫式部伝』「桐壺」巻の誕生」参照。

(28) 鈴木一雄著『堤中納言物語序説』（桜楓社、昭55）「『逢坂こえぬ権中納言』について——作者と成立——」、註26の中野幸一氏の論等、参照。

(29) こうした不均衡な構成に対して、例えば玉上琢彌氏は次のように述べている。

「逢坂越えぬ権中納言」の物語の半分以上が宮中での根合わせの記事である。それがこの物語の中心事件、中納言とある姫宮との恋愛に、どのような効果をもたらすか、皆無である。なきにしかずである。……作品全体に何の効果ももたらしはしない。……短編小説としては落第だ、といわなくてはならない。（玉上琢彌著『源氏物語研究』（『源氏物語評釈　別巻一』角川書店、昭41）

(30) 寺本直彦校注『堤中納言物語』（日本古典文学大系、岩波書店、昭32）「解題」には次のようにある。

根合の場面が全体の半ば以上も占めるが、これは天喜三年五月三日の六条斎院物語合に提出されたためで、明後五日に行われる根合をおりこんで読者の興をそそったものであろう。

(31) 天喜三年五月三日六条斎院禖子内親王家歌合には、十八番全て紹介し終えた後に、特別に「岩垣沼の中将」に対する次のような賛辞の歌、及びその贈答歌が載せられている。

岩垣沼のがり　　中宮の出羽弁

19 五月闇おぼつかなきに紛れぬは花橘の香りなりけり

返し

20 橘の香り過ぐさずほととぎすおとなふ声を聞くぞ嬉しき

また

21 引きすぐし岩垣沼の菖蒲草おもひ知らずも今日にあふかな

返し

22　君をこそ光と生ふに菖蒲草引き残す根をかけずもあらなむ

（32）「その日になりて、（中納言は）えも言はぬ根ども引き具して参り給へり。小宰相の局にまづおはして、「……さりとも、負け給はじ」とあるぞ頼もしき。……左の中将、おはしたむなり。『いづこや。……中納言は、まだ参らせ給はぬにや」と、まだきに挑ましげなるを、少将の君、「あな、をこがまし。御前こそ、御声のみ高くて遅かめれ。彼はしののめより入り居て、整へさせ給ふめり」など言ふ程にぞ……（中納言は）歩み出で給へる」（「逢坂越えぬ権中納言」）

（33）この違和感について、山岸徳平著『堤中納言物語全註解』（有精堂、昭37）には、次のようにある。

宰相の君の後から、中納言が窃に忍び込む所は、後半の危機である。この危機の前後は、寸分の間隙もなく優れた筆である。読者の情緒や興味は、むしろこの点にある。中納言が姫宮に近づいた点は、一篇の頂点にはなるが、中納言の消極的な性格と、姫宮の打ちとけない気持とは、読者に、日蔭の花のような、美しいけれどもぱっとしない、煮え切らない感を与えるであろう。

（34）「逢坂越えぬ権中納言」では、薫に限らず『源氏物語』を下敷きに書かれたと思われる本文が随所に見られる。例えば冒頭において、姫宮のあたりを訪れたく思う中納言が「かひ、あらじ」として、頭に浮かんだ次の女性は、「あまり心深く」「いと物を余りなるまで思し占めたる御心ざま」（「夕顔」巻）の六条御息所を前提としているであろう。

あるわたりの、なほ情けあまりなる方と思せど、そなたは物憂きなるべし。

また、結びの中納言の歌「恨むべき方こそなけれ夏衣薄き隔てのつれなきやなぞ」は、「空蝉」巻を連想させるであろう。

（35）前項引用の「逢坂越えぬ権中納言」冒頭（197頁）、参照。

（36）『中右記』永長元年九月裏書にも、次のように記されている。

十三日夜、前斎院薨。……天喜六年依病退斎院、従爾以来被責狂病。不知前後経数十年、今夜俄以薨逝云々、御年五十八、……。

（37）池田利夫著『堤中納言物語』（笠間書院、平18）「解説」には次のようにある。

祐子・禖子内親王が幾度も主催した歌合は、……寛子の父である関白藤原頼通《よりみち》などが後見してのことだから、簡素ではあっても、華やいだ行事であったに違いない。……特に後冷泉天皇の時代（一〇四五～六八）に、さきの寛子皇后の後宮とならんで、この姉妹の宮でも頻繁に歌合などが開かれ、それらが国文学史上でも一時期を画すほどの女流歌壇を形成していったのは注目される。これには、母のない宮たちを慰めようとする周囲の配慮が働いたからであろう。

（38）「　右　玉藻に遊ぶ権大納言　　宣旨

2　有明の月待つ里はありやとて浮きても空に出でにけるかな」（天喜三年五月三日六条斎院禖子内親王家歌合）

（39）三谷栄一氏は『狭衣物語』（日本古典文学大系、岩波書店、昭40）「解説」において、次のように述べている。

狭衣物語において注目すべき事象として、宮廷内における記事がほとんどなく、僅かに天稚御子天降りの段を数え得るに過ぎない。それと比較すると、女主人公たる源氏宮を斎院としての賀茂の行事は特に精密に描写されている。……さて狭衣作者は斎院源氏宮を女主人公として選びながら、女主人公の心理描写が殆ど欠けている。源氏宮は狭衣からいかに怨言を訴えられながらも少しも心を動かさないし、狭衣からの文にも返事をすることは極めて稀である。元来、源氏宮の歌は全巻を通じて八首しかなく、その中で狭衣に返歌したのは僅かに巻四の三首を数えるに過ぎない。

（40）註28の鈴木一雄著『堤中納言物語序説』「『逢坂こえぬ権中納言』について」には、次のようにある。

寛子皇后宮家女房説は、『栄花物語詳解』の附録系図にあるのみで、論拠はうかがわれぬが、四条宮寛子皇后の有名な『春秋歌合』に小式部が列座している所からの推察と思われる。

（41）註26の中野幸一氏の論等、参照。

＊『宇津保物語』の本文は、中野幸一校注『うつほ物語』①（新編日本古典文学全集、小学館、平11）、『落窪物語』

の本文は、藤井貞和校注『落窪物語』（新日本古典文学大系18所収、岩波書店、平元）、『堤中納言物語』の本文は、山岸徳平訳注『堤中納言物語』（角川文庫、昭38）に拠る。但し、読解の便宜を図るため、表記は適宜、改めた。

第二節　『枕草子』――女房文学発表の場

はじめに

　王朝文学の双璧『枕草子』『源氏物語』は、摂関政治が頂点を極めた時代、一条天皇の両后・定子中宮と彰子中宮の各サロンを代表する文学として位置づけられる。しかし、この図式は発表の場という観点からすると、厳密に言えば、それほど自明ではない。

『源氏物語』五十四帖全てが彰子中宮サロンで執筆されてはいないし、(1)『枕草子』においても、その発表事情は不可解なものとなっている。すなわち、『源氏物語』が彰子中宮サロンで書き始められていないことは、出仕当初、新参者の彼女に対して中宮付きの女房たちが抱いていた「物語好み、よしめき、歌がちに、人を人とも思はず、ねたげに見落とさむ者」（『紫式部日記』）という先入観が雄弁に物語っている。紫式部は『源氏物語』作者という評判のもと、彰子中宮の後宮に女房として招かれたのである。一方、『枕草子』の最初の流布は、源経房の手によると、跋文にある。この経房は、後述するように、道長方に近い人物である。

　本節では、こうした状況を鑑み、発表の場の観点の重要性を考慮しつつ、先学に導かれながら、『枕草子』の謎に迫りたい。すなわち、『枕草子』執筆までの経緯を確認した上で、その成立時期を推定し、成立の背景に隠された事情を探ることで、この書が如何にして発表されたか考察していきたい。そこに改めて女房文学とは何かという根本的な問いに対する答えが隠されていると信じるからである。

一　『枕草子』執筆までの経緯

清少納言は、『枕草子』を書き始めた経緯について、その跋文で次のように語っている。

> 宮（＝定子中宮）の御前に、内の大臣（＝伊周）の奉り給へりけるを、「これに何を書かまし。主上（＝一条天皇）の御前には、史記といふ書をなむ、書かせ給へる」など宣はせしを、（私が）「枕にこそは、侍らめ」と申ししかば、「さば、得てよ」とて、賜はせたりしを、あやしきを、「こよや」「何や」と、尽きせず多かる紙を書き尽くさむとせしに、いと、物おぼえぬ事ぞ多かるや。
>
> 〈中宮様に、内大臣伊周様が献上なさった紙を、「これに何を書いたら、よいでしょうね。帝は史記という書物を、お写しなさいましたよ」などと、おっしゃられたので、（私が）「枕が、きっとよろしいでしょう」と申し上げたところ、（中宮様が）「それなら（お前が）もらってしまいなさい」と下されたので、妙なつまらぬことを「あれも、これも」と、あれほど多かった紙を書き尽くそうとした結果、まったくわけの分からぬ事が多いことです。〉

定子中宮のもとに、一条天皇と同様、兄である内大臣伊周から多量の紙が献上された。その用途について、中宮が皆に問うたところ、清少納言が「枕」と答え、下賜されたので、『枕草子』執筆とあいなったとある。清少納言が口にした「枕」とは、日常の話題、口癖の言葉を意味する「枕言」であろう。[2]『万葉集』には「敷き妙への枕」という慣用句が多く見られる。一条天皇側では『史記』の書写に使ったという中宮の言葉を受けて、清少納言は、この「敷き妙への枕」に「〝史記、堪へ〟の枕」を重ねた。すなわち、一条天皇が中国の代表的史書で、帝王学にふさわしい漢文『史記』の写本に使用したのに対して、「中宮様は女性らしく肩肘を張らず、仮名で日常の話題、口癖の言葉を綴った程度の書写に使用したら如何でしょう」といった助言・提言を、「〝史記、堪へ〟の枕」(史記に堪えうる、見劣りしない枕言)と、彼女得意のウィットに富んだユーモアを交えてした。それに賛同した中宮が「それなら、お前が書きなさい」と即決し、結果的に言い出しっぺの清少納言が、その役回りを引き受けることになったと思われる。(3)

『枕草子』が当初、「枕言」を記した、いわゆる「もの尽くし」的章段を大前提としていたことは、初段「春は曙」から窺われる。また、それは跋文に「世間で認知されている洒落た言葉とか、誰もが素晴らしいと思うような名を選り好んで、和歌なども、木・草・鳥・虫も、書き出したならば、期待していたよりも、よくないと誹られようが、……」(4)とあることからも知れよう。これらのある部分は、定子中宮サロンで華やかに披露されたことであろう。

それでは、この伊周から献上された多量の紙が清少納言に下賜されたのは、いつか。それを知る手がかりは伊周が「内の大臣」(内大臣)と呼ばれた時期で、その期間は、正暦五年(九九四)八月〜長徳二年(九九六)四月である。父道隆は伊周が内大臣となった同年十一月に発病し、翌長徳元年四月に逝去している。道隆は摂関家継承をより確実なものにするため、嫡男である伊周の昇進を強引なまで推し進めていた。伊周の内大臣着任は、健康面に不安を抱えていた道隆が、その切り札として打った一手である。一条天皇・定子中宮への紙の献上は、この父の期待に添うべく、摂関家の長としての伊周の振る舞いにほかならない。

その時期をさらに限定するならば、道隆の逝去以前であろうか。逝去後、中関白家の危機・混乱の最中に紙を献上するといった余裕ある行動は、考えにくいからである。(5)もっとも、道隆という大黒柱を失った焦りからの示威的行動とするならば、逝去後の可能性もありうる。その場合、多量の紙の下賜は、紙を好んだ清少納言（後述、参照）を、我が後宮に止どまらせるため、中宮が採った懐柔策となる。さらに踏み込んで推察するならば、「枕にこそは、侍らめ」も、そうした雰囲気を察知していた清少納言が、紙を自身の物とするための好機ととらえた積極的な発言と見なすことができよう。

このように下賜された多量の紙を使って、『枕草子』は執筆された。その執筆状況については、『枕草子』跋文冒頭に次のようにある。

この草子、目に見え、心に思ふことを、「人やは見むとする」と思ひて、つれづれなる里居の程に書き集めたるを、あいなう、人のために便なき言ひ過ぐしも、しつべき所々もあれば、「よう隠し置きたり」と思ひしを、心よりほかにこそ、漏り出でにけれ。

〈この本は目に見え、心に思うことを「人が見ることは、よもやあるまい」と思って、退屈な里下がりの時に書き集めておいたのを、あいにく他人にとって都合の悪い言わずもがなの事も、書いてしまったような箇所もあるので、「うまい具合に隠しておいた」と思ったのに、心外にも外に漏れてしまったことであるよ。〉

傍線部にあるように、「この草子」を退屈な里下がりの時に書き集めたとある。この里下がりの時期として、最も可能性が高いのが、道長方へ通じているとの噂を立てられ、長い里下がりを強いられた、定子中宮が小二条殿に滞在した時期、すなわち、長徳二年（九九六）六月九日〜翌年六月二十二日中である。この時期、清少納言は定子中宮のもとを去りかねない切迫した状況に追い込まれていた。そのような事態に至った経緯を、清少納言自ら次のように赤裸々に語っている。

殿（＝道隆）などの、おはしまさで後、世の中に事出で来、騒がしうなりて、宮（＝定子中宮）も参らせ給はず、小二条殿といふ所に、おはしますに、何ともなく、うたてありしかば、久しう里に居たり。御前わたりの、おぼつかなきにこそ、なほ、え堪へてあるまじけれ。……げに、「いかならむ」と思ひ参らする。御気色にはあらで、さぶらふ人たちなどの、「左の大殿（＝道長）方の人、知る筋にてあり」と、さしつどひ、物など言ふも、下より参るを見ては、ふと、言ひ止み、放ち出でたる気色なるが、見慣らはず、憎ければ、「参れ」など、度々ある仰せ言をも、過ぐして、げに久しくなりにけるを、また、宮の辺には、ただ、あなた方に言ひなして、そら言なども出で来べし。（第一三六段）

道隆逝去後、伊周・隆家兄弟が花山院に矢を射る不敬事件等が起こり、中関白家没落は決定的となる中、定子中宮は参内を控え、小二条殿に引きこもっていた。そうした折、よりにもよって清少納言は、嫌なことがあったので長期の里下がりをしていたとある。その原因について清少納言本人は、中宮の機嫌を損ねたのではなく、同僚の女房たちとのことだとしている。すなわち、同僚たちは彼女が「左大臣道長方と内通している」として、集まって何か話している時も、自室より参上するのを見ると、パッと話を止めて、のけ者にしている感じが憎らしかったので、「参上せよ」という何度の中宮からの命令も聞き過ごして、長いこと経ってしまった。そして、それはそれで中宮周辺では、ただもう左大臣側の人間に言い立てて、根も葉もない噂も立っているようだとある。

この後、清少納言の不安な心理を突いた、定子中宮の絶妙な駆け引きが功を奏して、結局、清少納言は元の鞘に収まることになるが(6)、この長期の里下がりの間にも、『枕草子』執筆がなされていたことは、次の章段からも知られる。

心から思ひ乱るる事ありて、里にある頃、めでたき紙二十を包みて、（中宮様から）賜はせたり。仰せ言には、「とく参れ」など、宣はせて、……。まことに、この紙を冊子に造りなど、もて騒ぐに、むつかしき事も、紛るる心地して、「をかし」と、心のうちにも思ゆ。（第二五八段）

「心から思ひ乱るる事（＝心底、思い乱れる事）ありて、里にある頃」とあるから、この折も、道長方との内通の噂を立てられて里下がりした時期と見なすべきである。「すぐに参上せよ」という御命令とともに定子中宮より賜った立派な紙二十枚で、「冊子に造りなど」しているうちに、不愉快な事も紛れる気がしたとある。

ちなみに、この本文の直前には、帰参を促す贈り物として紙が選ばれた経緯が記されている。すなわち、かつて中宮の御前で、何かのついでの際に、「腹が立って、むしゃくしゃして、『どこへでも行ってしまいたい』と思う時も、普通の真っ白で清らかな紙に、上等な筆があり、白い色紙や陸奥紙などが手に入ったら、この上なく慰められ、生きる気力も沸くように思われる」と言って、中宮を笑わせている。このときの清少納言の発言を中宮が覚えていて今回の贈り物となった。(7)なお、この贈り物に続いて、この二日後、さらに今度は匿名の形で、高麗縁の敷物も清少納言のもとに届けられている。(8)この敷物は、紙と同様、心慰む物として引き合いに出した品である。(9)清少納言は定子からと思いながらも、さらに二日後、中宮からと確信ある情報をつかんだ時点で、手紙を書き、ひそかに中宮御前の高欄に置いてこさせたが、使いの者が、慌てて階段の下に落としてしまったとある。(10)この紙二十枚と敷物の下賜の時点で、清少納言は定子のもとに帰参していない。それは、敷物の返礼の手紙が、中宮に届かなかった結末から窺われる。

この紙二十枚と敷物の下賜が、清少納言が帰参に至るまでの伏線として、少なからぬ影響を与えたことは想像に難くない。この贈り物の一件は、第一三六段には語られていない、清少納言の帰参をめぐる駆け引きが水面下でなされていた事実を物語っている。この点を考慮するならば、先に一つの可能性として言及した〈伊周から献上された多量の紙の下賜は、清少納言を自らの後宮に引き留めるための定子中宮の懐柔策〉という説も俄然、現実味を帯びてこよう。そもそも同僚の女房たちの前で堂々と多量の紙が与えられ、執筆を義務づけられたにもかかわらず、人目を憚って書くこと自体、異様と言わねばならない。この異様さを、さらに決定づけるのが、こうして書かれた「冊子」が流布した事情である。その真相に迫る前に、『枕草子』跋文を手掛かりに、その成立時期を推定しておきたい。

二　『枕草子』の成立はいつか

『枕草子』跋文は、次のように、この書が世間に流布した経緯を記して終わる。

左中将（＝源経房）、まだ「伊勢守」と聞こえし時、里（＝清少納言の里邸）におはしたりしに、端の方なりし畳を差し出でしものは、この冊子、載りて出でにけり。惑ひ取り入れしかど、やがて持ておはして、いと久しくありてぞ、返したりし。それより、歩き初めたるなめり。

「左中将」源経房がまだ「伊勢守」であった頃、清少納言の里邸を訪れた際、端の方にあった畳を差し出したところ、たまたま、その上に置かれていた「この冊子」も一緒に出てしまった。慌てて取ろうとしたが、経房はそのまま持っていって、随分、後になって返却した。それ以来、世（＝定子中宮サロン外）に広まり始めたようだとある。この跋文によって、『枕草子』は一挙に発表されたものでないことが知られる。すなわち、波線部「それより、歩き初めたるなめり」とあるように、少なくとも、この跋文が添えられた『枕草子』と、それ以前、経房によって広まった『枕草子』の存在が認められる。

それでは「この冊子」が経房の手に渡ったのは、いつか。経房が「伊勢守」であったのは、長徳元年（九九五）正月〜同三年正月。[11]第一三六段で語られていた長期の里居は、長徳二年六月〜翌三年六月中の出来事であるから、この「伊勢守」の期間と矛盾せず、『枕草子』最初の流布は、長徳二年六月〜翌三年正月となる。一方、経房が「左中将」であった時期は、長徳四年（九九八）十月〜長和四年（一〇一五）二月、その下限をより限定するならば蔵人頭となった長保三年（一〇〇一）八月までで、[12]跋文の執筆時は、『枕草子』最初の流布から少なくとも二年近く離れていることとなる。『枕草子』全章段中、確かな最下限の年次は第二二二段（「三条の宮におはします頃、五日の菖蒲の輿など持て参り、薬玉、参らせなどす。……」）の長保二年（一〇〇〇）五月五日――これは、右の推定時期を裏づけている。跋文の添えられた『枕草子』成立は、長保二年（一〇〇〇）五月〜翌三年八月と限定されよう。[13] 長保二年十二月には、定子中宮は崩御している。中関白家盛時を語った第一二三段は、関白道隆に対して道長が跪いた事を繰り返し、定子中宮に申し上げたところ、「例の思ひ人」と笑われたとあるエピソードを紹介した後、[14] 次のようなコメントが付されて閉じられる。

まいて、この後の（道長様の）御有様を見奉らせ給はましかば、「ことわり」と、思し召されなまし。

これは、定子中宮亡き後の執筆を物語っている。[15] この章段を踏まえるならば、さらにその上限は狭まり、長保三年正月〜八月と考えられる。[16]

しかし、跋文執筆時は『枕草子』完成を必ずしも意味していない。『枕草子』には、明らかに長保三年八月以降の執筆と考えざるをえない章段が存在するからである。例えば、第八三段に「式部丞忠隆」とあるが、この忠隆なる人物が「式部丞」となったのは寛弘元年（一〇〇四）のことである。また、一本二五には、脩子内親王を念頭に置いたと見なすべき「一品の宮」という呼称が用いられている。[17] しかし、彼女が一品に叙せられたのは、跋文執筆の下限を遙かに超えた寛弘四年（一〇〇七）正月のことである。寛弘四年の翌年十一月には、御冊子作り、すなわち彰子中宮御前における『源氏物語』の豪華清書本制作がなされている（『紫式部日記』）。『枕草子』完結は『源氏物語』の一部成立時期と重なる可能性も否定できない。

以上の結果を整理するならば、『枕草子』の成立は左記の通りとなる。[18]

・第一次成立（源経房による流布）……長徳二年（九九六）六月〜翌三年（九九七）正月
・第二次　〃　（跋文の執筆時期）………長保三年（一〇〇一）正月〜八月

・第二次以降の補筆（跋文以降）……長保三年（一〇〇一）八月〜寛弘四年（一〇〇七）正月以降？

それでは、こうして少なくとも三段階にわたって発表された背景には、どのような事情があったのか。それを解明する糸口となるのが、第一次『枕草子』を流布させた源経房である。

三　『枕草子』成立の背景（一）――第一次について

源経房（九六九〜一〇二三）は、かの安和の変で失脚した左大臣源高明の四男で、母は九条流の祖藤原師輔の五女愛の宮。道長とは従兄弟にあたり、同母姉の明子は道長室（九八八年頃、婚姻）である。そうした関係からか、時期は確定されないものの、経房は道長の猶子扱いとなっていたらしい。『権記』には「是用父子例」（寛弘八年（一〇一一）十二月十七日の条）、『栄花物語』にも「年頃、大殿（＝道長）の御子のやうに（経房様を）思ひ聞こえ給へりければ……」（「もとのしづく」巻）とある。また、長徳四年（九九八）の時点でも、道長の家司的役割を果たすこともあったようだ（『権記』同年三月五日の条）。[19]一方、道隆との接点を直接示す資料は皆無に等しく、唯一、見られるのは、正暦四年（九九三）七月、相撲御覧の際、経房ら三人の少将が左方の審判役を固持して、道隆の怒りを買い、禁中を追い出されるという記事である（『小右記』『権記』）。[20]清少納言の定子中宮のもとへの初出仕は、同四年初冬の頃とされるから、経房とは当初より、道長方の人物として接していたと言えよう。

経房は、かの第一三六段にも最初に登場する（長期里居の真相告白は、この経房が清少納言の里邸を訪れた際の会話の直後である）。そこで彼は定子中宮御前の、もの寂しい風情を醸し出している近況を話した上で、[21]次のように清少納言に帰参を促している。

「『（清少納言の）御里居、いと心憂し。（中宮様が）かかる所に住ませ給はむ程は、いみじき事ありとも、かならず、さぶらふべきものに、思し召されたるに、かひなく』と、あまた言ひつる、『語り聞かせ奉れ』とな

めりかし。参りて見給へ。あはれなりつる所のさまかな。……」など、宣ふ。（第一三六段）

清少納言の里下がりを皆が大変、気にかけていて、「こうした非常時には必ず彼女がお側を離れないはずと中宮様が思われていたのに、そのかいもなく」と言っていたこと、そしてそれを清少納言に伝えてほしいという意向であろうとして、「参りて見給へ」と述べている。ここで着目されるのは、同僚の女房たちが経房を清少納言との連絡係として期待していることである。それは二人の信頼関係が周知のものであった証である。跋文で経房が清少納言のもとを訪ね、『枕草子』を広めたことも、こうした二人の密接な関係に基づいていると言わねばなるまい。

経房が特別に清少納言から、その居所を知らされていたことは、他の段にも次のように記されている。

里に、まかでたるに、殿上人などの来るをも、やすからずぞ、人々は言ひなすなる。……あまり、うるさくもあれば、「この度は、いづく」と、なべてには知らせず、左中将経房の君・済政の君などぞばかりぞ、知り給へる。（第八〇段）

里下がりの折、宮中に殿上人などが彼女を訪ねて来るのを、同僚の女房たちが、ただならぬ風に言い立てるようなのも、うるさくて、「この度の里居は、どこそこ」とも一般には知らせず、経房・源済政などには教えていたとある。ここで経房と併記されている源済政（?〜一〇四一）とは、大納言時中（左大臣源雅信男）男で、道長の正妻倫子は父時中の異母妹に当たる。道長の家司、後年には敦成親王（＝後一条天皇）や上東門院彰子の別当等を勤め、道長方の側近の一人として位置づけられる人物である。

経房や済政といい、清少納言に、こうした道長方に深く関わった人物がいたことは、彼女の宮仕えのスタンスを象徴していよう。すなわち、道長方との太いパイプをもつ女房という彰子中宮サロンにおける立場である。[22] この里下がりの折、彼女の居所を知らせるよう、元夫である橘則光に執拗に迫った藤原斉信（九六七〜一〇三五）も、そのスタンスを示す一人である。彼は中関白家の勢力が一掃された際には道長の厚遇を受け、長保二年（一〇〇〇）、彰子立后に当たっては中宮権大夫（後に中宮大夫）に任ぜられている。[23]また、斉信同様、〝寛弘四納言〟の一人で、彰子立后の功労者である藤原行成（九七二〜一〇二七）[24]との親交も、道長方とのパイプの太さを物語っている。ちなみに、この斉信・行成と経房の三人は、主君筋の一条天皇・定子中宮・伊周等を除けば、『枕草子』に登場する頻度が最も高く、経房・行成が各五段、斉信は八段である。[25]

女房に期待される大きな役割の一つとして、出入りする貴族たちの応対がある。特に有力貴族の場合、その重要性が増すのは言うまでもない。明るく開放的な定子中宮サロンの強みは、そうした貴族・貴公子たちとの繋がりが日常的次元でなされることにあったと言ってもよかろう。これに対して、彰子中宮サロンは圧倒的な政治力の後押しを受けていたにもかかわらず、閉鎖的な傾向にあった。それは次の紫式部の自らの同僚たちに対する苦言に象徴される。

・上臈・中臈の程ぞ、あまり引き入り、上衆めきてのみ侍るめる。さのみして、宮の御ため、物の飾りにはあらず、見苦しと見侍り。

・立ち出づる人々の、事に触れつつ、この宮わたりの事、「埋もれたり」など言ふべかめるも、ことわりに侍り。

（以上、『紫式部日記』消息的部分）

「上級・中級の女房は、あまりに引きこもり、上品ぶってばかりのようです。そうしてばかりでは、中宮様のために役には立たず、見苦しいと見ております」「出入りする方々が何かにつけ、この中宮方の事を、『引っ込み思案だ』などと言うようなのも、もっともです」――こうした状況が、中宮大夫という本来、最も頻繁に姿を見せなければならない斉信でさえ、足が遠のく結果を招いている。

いと、あえかに子めい給ふ上臈たちは（中宮大夫斉信様と）対面し給ふこと難し。

〈大層、子供めいていらっしゃる上級の女房たちは、（中宮大夫斉信様の）応対をなさることは、めったにありません。〉（同右）

斉信は、彰子中宮サロンにおいて経房と共に「例は、け遠き人々」（『紫式部日記』寛弘五年九月の条[26]）であった。ともあれ、そうした斉信さえも足繁く通わせてしまう清少納言が、定子中宮において如何に貴重な役割を果たしていたか想像に難くない。事実、伊周兄弟が左遷され、道長方の圧倒的勝利に終わってからも、彼女の活躍もあって次のように定子サロンの未だ衰えぬ人気ぶりが伝えられている。

（中関白家、没落後の）内裏わたりには、五節・臨時の祭など、うち続き、今めかしければ、それにつけても、昔、忘れぬ、さべき君達など参りつつ、女房たちども物語しつつ、五節の所々の有様など言ひ語るにつけても、清少納言など出で会ひて、少々の若き人などにも勝りて、（定子サロンの）をかしう誇りかなる気配を、なほ捨てがたく思えて、二・三人づつ連れてぞ常に参る。（『栄花物語』「鳥辺野」巻）

宮中では五節・臨時の祭などの行事が相次ぎ、華やいだ気分に包まれる頃でも、過ぎ去りし中関白家の盛時を偲んで訪れる貴公子たちが後を絶たなかった。その応対には清少納言などが当たり、なまじ若い女房など以上に、趣があり誇り高い雰囲気なので、捨てがたく思い、二・三人づつ引き連れて常に参上したとある。

こうした定子サロンの状況は、彼女への同情から一条天皇の寵愛が一層、増していたこともあり、道長にとって残された脅威に映っていたはずである。世の常として、既に定子のもとから去る女房が現れ、その結束は崩れつつあったことが予想される。[27] そうした中、清少納言が去ることは、サロンにおけるシンボル的存在を失うこととなり、女房たちは浮き足だって総崩れともなりかねまい。道長側からすれば、清少納言の引き抜きとまでいかなくとも、彼女を定子から切り離すことができれば、対外的に決定的とも言える一打を与えることとなろう。清少納言の動向に周囲が過敏に反応したのは、必然であったと言わねばならない。帰参を促すため、彼女が特に好んだ紙と高麗縁の敷物を定子が贈った背景には、このような事情が隠されていたのである。

そうした緊迫した状況下、第一次『枕草子』は道長方の源経房の手に渡った。それは本来、披露されてきた定子サロンではなく、道長寄りの場で流布されたことを意味する。清少納言によれば、経房の手に渡ったのは、部屋の端にあった畳を差し出したところ、たまたま、その上に置かれていた「この冊子」も一緒に出てしまったため（前項の冒頭で引用した『枕草子』跋文、参照）とあったが、もとより、そのような偶然は起こり難く(28)、道長寄りで発表された釈明に過ぎまい。道長方での発表は、清少納言自身が望んだ結果にほかならない。そしてその意味するところは、道長方への鞍替えを視野に入れ、定子中宮のもとを辞す覚悟も秘めた、ギリギリの行為である。

かくして第一次『枕草子』は発表された。その噂は、たちまち定子中宮側にも伝わり、動揺が広がったことだろう。しかし、その発表が、そのまま清少納言が去ることにはならなかった。定子中宮は、こうした事態に至っても、なお根気よく帰参の説得を続け、中宮の絶妙な心理作戦も功を奏して、結果的に清少納言は元の鞘に戻っている(29)。

それでは第二次『枕草子』の発表以降については、どうか。

四　『枕草子』成立の背景（二）——第二次以降について

第一次『枕草子』成立以後、長徳三年、伊周・隆家兄弟は大赦され、帰京。翌々年の長保元年（九九九）には定子中宮は第一皇子である敦康親王を出産するが、彰子が一条天皇のもとに入内し、翌年には立后、二后並立となる。そして同年十二月十五日、定子中宮は媄子内親王を出産、翌日、崩御している。第二次『枕草子』（跋文の執筆時期）成立は、その崩御から間もない長保三年（一〇〇一）正月～八月である。その発表の契機として定子中宮崩御があったことは疑えまい。その場合、最も高い可能性として考えられるのが、崩御に伴う清少納言の辞去である。中関白家没落により定子生前においても、同僚たちとの不協和音が生じ、長期の里居に至った清少納言である。その没後、もはや、そのサロンに引き留める術はなかったというのが実情ではなかったか。今回の里下がりは、前回の長期の里居とは異なり、そのまま辞去を意味していたと思われる。第二次『枕草子』の披露は、道長方の場でなされたとするのが自然であろう。想定される第一読者がサロン関係者であるならば、崩御の直後、または半年経つか経たない間に、しみじみと定子生前を懐かしむ余裕があったとは思われない。これに対して第一読者がサロン外部の者であるならば、そうした不自然さは生じない。言わば時の人であった故定子中宮周辺を、その当事者の一人が語るというタイムリーなメリットも加わる。

既に中宮亡き後のサロンを辞していたとするならば、第一次『枕草子』の場合のような、定子中宮側と道長側とを天秤にかける駆け引きの余地はない。清少納言にとって第二次『枕草子』披露の視線の先に見据えていたのは、第一次成立時以上の道長方との繋がりの強化である。しかし、彰子中宮最大の脅威であり続けた定子中宮がいなくなった時点において、第二次『枕草子』披露が道長方に有利に結びつく要素はあったのか。ここにおいて確認しておかなければならないのは、定子中宮崩御によって中関白家との関係に終止符が打たれたわけではないという事実である。定子中宮の遺児敦康親王は、寛弘五年（一〇〇八）に彰子中宮の第一皇子敦成親王（後一条天皇）が誕生するまで、道長方の東宮候補の持ち駒的存在であった。[30] 少なくとも表向きには、敦康親王の母方の実家である中関白家との関係が良好である必要があったと言わねばならない。そうした状況下、第二次『枕草子』披露は、両家の良好な関係をアピールしてやまない。中関白家と道長家の対立、そして中関白家敗北とそれに伴う一連の悲劇のイメージは、対外的に大いに緩和される効果が期待されよう。

こうした第二次『枕草子』披露に伴う副次的効果を考慮した場合、中関白家側からの強い反発が予想される。あまりに定子中宮生前の格別な恩顧・寵愛に背く行為として、清少納言への非難は避けられまい。清少納言自身、それに対する良心の呵責はなかったのか。この疑問に対する回答として考えられるのは、中関白家にとっても道長摂関家との良好な関係は、望まれるべきものであり、正面切っての対立は極力、避けたいという事情である。未だ敦康親王という皇太子第一候補の持ち駒があるとは言え、道長方の勝利は揺るぎないものである。たとえ両家の遺恨は消しがたいものであれ、それを前面に打ち出すことは良策ではない。媄子内親王等の将来も含めて、中関白家の命運は道長方に握られていると言っても過言ではない弱い立場に変わりない。両家の融和という観点からするならば、第二次『枕草子』披露は、悲哀感を底に秘めながら誇り高き故定子中宮の存在感をアピールしている点からも、プラスとはなっても決してマイナスとはなるまい。ここに、第一次に続き、第二次『枕草子』を披露した清少納言側の言い分が求められる。

実際のところ、清少納言からすれば、中関白家との関係を絶ったとは言え、この両家の融和こそ、強く願うところであったと思われる。(31) 第二次『枕草子』も、そうした真意のもと、執筆・披露したとするのも、主観的に言えば、あながち間違いではあるまい。清少納言の定子中宮サロンにおける立ち位置は、言わば道長方部門担当、具体的には経房・済政・斉信・行成等の取り次ぎ女房であった。両家の円満な関係のサポートこそ、彼女に期待された女房としての役割であり、彼女の活躍も、そうした方面において最も輝いていたと言える。しかし、それも諸刃の剣で、道長方と敵対関係になるに至っては、その利点も弱点となる。すなわち、同僚たちからは道長方への内通を疑われ、清少納言本人も、両家の板挟み的立場にあって、次第に道長方に傾いていった、もしくは追い込まれていったことは、容易に想像できよう。

しかし、それにしても『枕草子』に描かれている清少納言と定子中宮の理想的と言ってよい麗しい主従関係を思う時、その恩顧あるサロンを去り、苦境に追い込んだ張本人側に与するような行為・決断は、なかなか理解しがたいところがある。ここで改めて直視しておかねばならないのが、清少納言と中関白家の雇用関係である。清少納言は、もともと中関白家ゆかりの古参ではなく、縁故関係も確定できない新参者であった。正暦四年の初出仕から定子中宮崩御までは足かけ八年となるものの、道長方に傾きかけた第一次『枕草子』発表の長期里居の段階では、三年弱しか経っていない。この程度の宮仕えは、紫式部が「まだ見奉り馴るる程なけれど」（『紫式部日記』）と漏らした、未だ新参意識が消えない期間である。[32] 中関白家の栄光が過去になりつつあり、それまで様々な形で恩恵を享受できたものが全て失われ、その場に留まるだけで様々な軋轢が生じる逆転した状況下、古参の者ならいざ知らず、あえてそこに留まるのは、むしろ勇気がいることである。その影響は、本人のみならず親戚・縁者にまで及ぶことは充分に想定しうる。[33] 藤原棟世との一女小馬や橘則光との一男則長（九八二〜一〇三四）の将来さえ、全く無関係とは言い切れまい。[34]

こうした清少納言との雇用関係から浮かび上がるのは、意外に流動的要素をはらんだ当時の女房の雇用事情である。一旦、女房となれば、主人への忠誠心が求められるのは当然であるが、利害関係を含めて雇用環境が変われば、必ずしもその限りではない。古参でない場合、そうした不安定な要素が更に高まるのは当然である。したがって新参者に対しては、雇用側も信頼関係の構築までには特に心を砕くこととなる。清少納言の場合、初出仕の頃は早く馴染めるよう、一晩中、定子中宮、直々に応対することがあった（第一七七段）。[35] 紫式部の場合も、なかなか初出仕に至らない彼女に対して、彰子中宮側は根気強く待ち続け、出仕後の宮仕えも、同僚たちとの確執から半年もの間、滞りがちであったにもかかわらず、度々、参内を促す心遣いを見せている。[36] 紫式部が最終的には、サロンを代表する中堅女房として活躍するに至ったのも、[37] 大局的には、このような彰子中宮側の根気強い細やかな対応が功を奏したからにほかならない。

第二次『枕草子』発表以降、清少納言が『枕草子』を補筆し続けた背景も、第二次『枕草子』発表時と基本的に同様なスタンスが予想される。小馬命婦が彰子の女房であった記録の存在は、清少納言が定子中宮亡き後、中関白家と距離を置き、道長方に通じたことを暗示する。内閣文庫本『後拾遺和歌抄』第十六の小馬命婦に付せられた注記には「上東門院女房」(38)とある。紫式部の娘賢子も、母に続いて彰子のもとに仕え、やがて後冷泉天皇の乳母として、後世にその名を残すことになる。賢子に与えられた従三位は、新参者であった紫式部にとって夢にも思い寄らない栄誉であったろう。これも母紫式部の足がかりがあったからこそである。小馬命婦が彰子のもとへ出仕できたのも、『枕草子』に象徴される清少納言の貢献が評価され、中関白家側ではなく、道長方の人物として見なされていたからにほかなるまい。

和泉式部との交流も、そうした推測を後押しする。『和泉式部集』巻三には、次のような清少納言との贈答歌が残されている。

師走のつごもり、清少納言に

駒すらもすさめぬ程に老いぬれば何のあやめも知られやはする

すさめぬに妬さも妬し菖蒲草ひき返しても駒かへりなむ

(中略)(39)

同じ人(=清少納言)のもとより海苔をおこせたれば

まれにても君が口より伝へずば説きける法《のり》にいつかあふべき

和泉式部が彰子に仕えたのは、寛弘六年の頃であるから、それ以降のことであろう。この海苔を贈るまでの親密さは、清少納言が中関白家側に殉じたとするならば不可解となる、また、清少納言の晩年と思われる足跡は、彰子中宮の母倫子の代からの古参・赤染衛門によって伝えられている。『赤染衛門集』には、

元輔が昔、住みける家の傍らに、清少納言、棲みし頃、雪のいみじく降りて、隔ての垣もなく倒れて、見渡されしに

跡もなく雪ふる里の荒れたるを何れ昔の垣根とか見る

とある。常勤の女房ではなくとも、清少納言が彰子のもとに出入りした可能性は高いと言わねばなるまい。『紫式部日記』における清少納言に対する、かの紫式部の罵詈雑言[40]も、こうした彰子サロンとの接点を踏まえてのものとすれば、その唐突感は軽減されよう。

五　『枕草子』における発表の場への配慮

以上のように、『枕草子』は源経房を通じて流布してからも、一貫して道長方で発表され続けた可能性が強い。このためか、定子中宮讃美の精神と言われる、その主題からすれば一見、矛盾するが、『枕草子』には道長方への配慮が充分になされている。『無名草子』における次の有名な『枕草子』評は、それを端的に語っている。

宮（＝定子中宮）の、めでたく盛りに時めかせ給ひし事ばかりを、身の毛も立つばかり書き出でて、関白殿（＝道隆）失せ給ひ、内の大臣（＝伊周）流され給ひなどせし程の衰へをば、かけても言ひ出でぬ程の心ばせ……。

定子中宮の素晴らしさについては身の毛も立つ程に書き出している一方において、道隆の逝去、伊周の配流等の中関白家没落については直接、一切触れない――この「心ばせ」の対象は、何も中関白家側に限らない。道長方への配慮ともなっている。そこに触れることは、同時に中関白家没落に追い込んだ道長方を非難することにほかならないからである。もとより、道長については、清少納言は定子中宮公認の「例の思ひ人」（第一二三段）[41]であり、道長摂関家の栄華についても礼賛こそすれ、否定する立場は勿論、採っていない。

『枕草子』が道長摂関家の心証を害するものでなかったのは、この書が『源氏物語』と肩を並べる程、後世、広く伝えられたことからも証明される。もし『枕草子』が中関白家側の被害者意識を前面に打ち出した、道長方への配慮を全く欠いたものであったならば、その書物を手にすることさえ憚られる状況となったことが予想されよう。中関白家への同情は寄せながらも、誰もが安心して読み、その感想を口にすることができる――道長方からの発表は、『枕草子』が道長摂関家から暗黙の公認を得ていることを保障するものであり、その伝播に大いに貢献したと思われる。

時の権勢に対するこうした配慮・前提は、何も『枕草子』に限らない。『源氏物語』は寛弘五年、御冊子作りの時点で、既に一条天皇への献上本となり[42]、天皇のお墨付きも得ている[43]。『源氏物語』を読むことは、道長摂関家に一票を投ずることにはなっても、否定することには決してならない。この物語が不動の名声を得た背景には、その傑出した文学性も、さることながら、こうした発表の場に付随する政治絡みの要素も垣間見られるのである。そうした経緯もあってか、世の貴族の子女は、こぞって読み、紫式部没年と推定される長和三年(一〇一四)のわずか七年後には、少女菅原孝標女も五十四帖一式を手中にするまでに至っている[44]。

ちなみに『落窪物語』からは、このような時の権勢との関係が一層、ストレートな形で窺われる。この継子いじめ物語の男主人公「道頼」の有力なモデルとして、挙げられているのが藤原道頼(九七一～九九五)[45]である。二十代半ばにして早世した道頼は、道隆の長男で、三歳年下の異母弟伊周の幼名〝小千代君〟に対して、〝大千代君〟と呼ばれた。高階貴子所生の伊周を寵愛する父道隆からは疎んぜられたが、祖父兼家(九二九～九九〇)には寵愛され、彼の養子となり、六郎君とも称された。『枕草子』には「匂ひやかなる方は、この大納言(＝伊周)にも勝り給へるものを」と、その容姿が賛美されている。『大鏡』にも、絵から抜け出したような容姿で、性格もよく、洒脱で愛嬌もあったとある[46]。まさに落窪の君を救い出す、心優しい男主人公にふさわしい美男であったことが知れよう。一方、『落窪物語』の成立年代は、不明ながら一条朝初頭(九八六～九八八)前後に成立したとする説が有力視されている[47]。これは兼家の晩年、道頼十代後半に当たる。祖父・父が絡んだ道頼・伊周兄弟の嫡男争い――作者は未詳ながら、この二人の対立関係を意識し、道頼側に立って執筆・発表した可能性が考えられる。その発表は兼家の生前、道頼の理想性を標榜して援護射撃的になされたと思われる。この物語が当時、多く書かれた継子いじめ物語(48)の中でも傑出した作品であるにもかかわらず、著名な古写本を残せなかった一因として、中関白家時代、言わば焚書坑儒的な性格が災いしたこと、さらに中関白家没落後も、それを積極的に伝えるサロン・一族が存在しなかったことが推測される。

こうした物語伝播に影響を及ぼす政治的側面は、大局的には『宇津保物語』にも当てはまろう。『源氏物語』の場合は、彰子は長命を保ち、弟頼通との強い協力関係のもと、その影響力は長く孫の後冷泉天皇の治世まで及んだ。院政期には、既に古典としての地位を獲得していたと言えよう。一方、『宇津保物語』は、作者はおろか、その発表の場さえ、わかっていない。二十巻に及ぶ長編であることから、権力の中枢に近いサロンで発表されたことが予想されるが、権勢の移ろいによって、この物語を強力に伝播し続ける基盤が失われ、現在の極めて残念な伝本事情の遠因となったと思われる(49)。

結語

以上、『枕草子』が如何にして発表されたか考察した。『枕草子』執筆の契機となったのは、伊周が内大臣であった正暦五年（九九四）八月～長徳二年（九九六）四月、彼の献上した大量な紙を定子中宮より下賜されたことによる。当初は、その書名から窺われるように「枕言」を記した、いわゆる「もの尽くし」的章段を中心としたものであったと思われる。それが本格的に執筆されたのは、中関白家没落が決定的となり、道長方との内通の噂を立てられて長期の里下がりを強いられた時期である。そして、この間の長徳二年（九九六）六月～翌三年（九九七）正月、道長方の人物である「伊勢守」源経房の手に渡り、第一次『枕草子』は流布した。そうした背景には、清少納言の定子中宮サロンにおける道長方部門担当とも言うべき立ち位置が深く関わっている。すなわち、経房・済政・斉信・

行成等の取り次ぎ女房として、中関白家と道長家双方の円満な関係のサポートが彼女に期待されていた。しかし、それも道長方と敵対関係になるに至っては、同僚たちからは道長方への内通を疑われ、清少納言本人も、両家の板挟み的立場にあって、次第に道長方に傾いていったようだ。その結果が第一次『枕草子』発表に繋がったことが予想される。道長側からすれば、定子中宮サロンのシンボル的存在である清少納言を、そこから切り離すことができれば、対外的に決定的とも言える一打を与えるというメリットがある。一方、定子中宮にしても、自らのサロンの運命を左右することにもなりかねない彼女の去就問題に、手をこまねいているはずもなく、清少納言の好きな紙と高麗縁の敷物を贈る等、根気よく帰参の説得を続けた。そして第一次『枕草子』発表の後ながら、結果的に元の鞘に戻っている。

第二次『枕草子』(跋文の執筆時期)成立は、定子中宮の崩御から間もない長保三年(一〇〇一)正月〜八月である。その発表は、定子亡き後のサロンを辞し、第一次同様、道長方でなされたと思われる。清少納言は、もともと中関白家ゆかりの古参ではなく、縁故関係も確定できない新参者であった。定子中宮生前の格別な恩顧があったにせよ、中関白家の栄光が過去となり、様々な軋轢が生じる逆転した状況下、親戚・縁者にまで及ぶ影響を考えた場合、そこに留まるのは、むしろ勇気がいることである。道長方からすれば、定子中宮亡き後も、その遺児敦康親王が当面、東宮候補の持ち駒的存在であったことから、体面上、中関白家との良好な関係を保つ必要があった。第二次『枕草子』発表は、両家の良好な関係をアピールしてやまない。中関白家にとっても、正面切っての対立は極力、避けたいという事情がある。中関白家との関係を絶ったとは言え、清少納言からすれば、この両家の融和こそ強く願うところだったと思われる。第二次『枕草子』には、主観的ながら、そうした彼女の願いが込められていたとも言えよう。

跋文執筆後も『枕草子』の補筆は続けられたようだ。その下限は寛弘四年正月以降にもなる。藤原棟世との一女小馬命婦が彰子に仕えた記録は、清少納言が定子中宮亡き後、中関白家と距離を置き、道長方に通じたことを示唆する。彰子の女房である和泉式部・赤染衛門との交流の痕跡も同様である。

このように、従来、指摘されている通り、『枕草子』は源経房を通じて流布してからは、一貫して道長方で披露され続けた可能性が強い。これに呼応するように、『枕草子』には道長方への配慮が充分になされている。道長は清少納言にとって定子中宮公認の「例の思ひ人」（第一二三段）であり、道長摂関家の栄華についても礼賛こそすれ、否定する立場は採っていない。道長方からの発表は、『枕草子』が道長摂関家から暗黙の公認を得ていることを保障するものであり、その伝播に大いに貢献したと思われる。

最後に「桐壺」巻と『枕草子』の関係について付言しておきたい。「桐壺」巻は、宇多・醍醐天皇の御代に准拠しながら、中関白家没落を踏まえ、道長摂関家側の代弁者的な意図を前面に打ち出した物語である。すなわち、寵愛深き定子皇后、御匣殿の姉妹亡き後、一条天皇の御心を慰めたのは、遅れて入内した外ならぬ彰子中宮であり、彰子中宮は定子皇后の遺児、敦康親王を可愛がり、親王も中宮を慕う――こうした彰子中宮側に立った解釈に基づく[50]。これは、定子中宮サロンを描きながら道長摂関家側の弁明的役割を果たしていた『枕草子』とは、ある意味、対極に位置する。この意味するところは何か。

もともと『紫式部日記』における清少納言に対する完膚なきまでの批判から窺われるように、漢籍の造詣が深く、謙退の精神を重んずる紫式部にとって、パフォーマンス好きな清少納言は、浅薄な知識を振りかざす許すべからざる存在であった。儒教的倫理観も強い紫式部が、『枕草子』に潜む欺瞞性に敏感に反応したとしても不思議ではあるまい。『枕草子』補筆が紫式部初出仕以降もなされ、清少納言当人が彰子中宮サロンとも深く関与していた状況を考慮するならば、なおさらである。評判作家としてのライバル意識も加わる。ともすれば、道長摂関家の恥部をえぐることともなりかねない危険な題材を積極的に選んだ背景として、この『枕草子』の存在は無視できまい。紫式部からすれば『枕草子』は、都合のよい事のみ書き連ね、事実を隠してまで道長摂関家にこびを売った産物と認識されたのではないか。(51) こうした義憤が、正々堂々と道長摂関家の正当化を打ち出す「桐壺」巻執筆に駆り立てた一因として見いだされるのである。(52)

この『枕草子』から「桐壺」巻への連動——そこから改めて浮かび上がるのは、一条天皇の後宮という共通基盤の意義の大きさである。清少納言が視線の先に見据えていた『枕草子』の第一読者は道長方という結論は、定子中宮サロン＝『枕草子』、彰子中宮サロン＝『源氏物語』という対立的構図に収まりきれない、微妙な関係を映し出している。そこからは女房文学の深層が垣間見られる。すなわち、優秀な女房の獲得合戦に象徴される自由競争的な環境が、優れた文学作品を生み出す基盤を支えていたという事実である。清少納言、そして紫式部も各自の与えられた発表の場を介して切磋琢磨し、その結果が燦然たる精華に結びついたと言えよう。

【注】

（1）帚木三帖は彰子中宮サロン出仕以前に具平親王（村上天皇第七皇子）家サロン周辺で、親王をモデルとして発表され、それ以外の五十一帖は「桐壺」巻以降、彰子中宮サロン出仕後に執筆された。『源氏物語　展開の方法』（笠間書院、平7）、『源氏物語　成立研究——執筆順序と執筆時期——』（笠間書院、平13）、『紫式部伝——源氏物語はいつ、いかにして書かれたか』（笠間書院、平17）の拙著三冊、参照。

（2）『源氏物語』には、最愛の桐壺更衣を亡くした桐壺帝が、その悲しみを紛らわすために、次のように『長恨歌』関連のものを「枕言」にしたとある。

この頃、明け暮れ御覧ずる長恨歌の御絵、……大和の言の葉をも、唐土の歌をも、ただ、その筋をぞ、枕言にせさせ給ふ。（「桐壺」巻）

（3）萩谷朴校注『枕草子 下』（新潮日本古典集成、昭52）、同著『枕草子解環一』（同朋舎出版、昭56）参照。

（4）「大方、これは、世の中に、をかしき言、人のめでたしなど思ふべき名を選り出でて、歌などをも、木・草・鳥・虫をも、言ひ出だしたらばこそ、『思ふ程よりは、わろし。心見えなり』と、誹られめ、……」（『枕草子』跋文）

（5）註3の萩谷朴校注『枕草子 下』の頭注には、次のようにある。

新参意識も薄れた清少納言が積極的に発言するようになり、中宮周辺にも未だ斜陽の影がささぬ頃として、正暦五年冬から長徳元年四月道隆薨去《こうきょ》までの、中宮が登花殿《とうかでん》におわした頃が最もふさわしい。

（6）定子中宮は、帰参の催促を一旦、間を置いた後、下女の長を使者に立て、直々の手紙の風を装い、山吹の花びら一枚を「言はで思ふぞ」とのみ書いた紙に包ませるという意表を突く作戦に出て、見事、清少納言を帰参させている（『枕草子』第一三六段）。

（7）（中宮様の）御前にて、人々とも、また、もの仰せらるるついでなどにも、「世の中の腹立たしう、むつかしう、片時あるべき心地もせで、『ただ、いづちも、いづちも行きもしなばや』と思ふに、ただの紙の、いと白う清げなるに、よき筆、白き色紙・陸奥紙など得つれば、こよなう慰みて、『さばれ、かくて、しばしも生きてありぬべかむめり』となむ思ゆる。……」と申せば、……（中宮様は）笑はせ給ふ。（第二五八段）

この後「さて後、程経て」とあり、紙が下賜された事情を語る「心から思ひ乱るる事ありて、里にある頃、……」に続く。そして、清少納言本人が「思ひ忘れたりつる事を、（中宮様が）思しおかせ給へりける」とある。

（8）「二日ばかりありて、赤衣着たる男、畳を持て来て、『これ』と言ふ。……取り入れたれば、ことさらに御座といふ畳のさまにて、高麗など、いと清らなり。心のうちには『さにやあらむ（＝中宮様であろうか）』なんど思へど、なほ、おぼつかなさに、人々、出だして（その使者の男を）求むれど、失せにけり」（同二五八段）

（9）註7における引用本文の最初の中略の部分には、次のようにある。

また、高麗端の筵、青う、こまやかに厚きが、縁の綾、いと鮮やかに黒う白う見えたるを、引き広げて見れば、「何か、なほ、この世は、さらにさらに、え思ひ捨つまじ」と、命さへ惜しくなむなる。（同二五八段）

（10）「二日ばかり音もせねば、（中宮様からと）疑ひなくて、右京の君のもとに、……言ひやりたるに、……『さればよ』と思ふもしるく、をかしうて、文を書きて、また、みそかに（中宮様の）御前の高欄に置かせしものは、惑ひける程に、やがて、かけ落として、御階の下に落ちにけり」（同二五八段）

（11）源経房は長徳元年正月、左近少将で伊勢権守を兼任、翌々年正月に兼備中守に転じた。池田亀鑑・岸上慎二校注『枕草子』（日本古典文学大系19、岩波書店、昭33）頭注、参照。

（12）源経房は長和四年二月に権中納言となっているが、長保三年八月、蔵人頭に任ぜられている。これについて、増田繁夫校注『和泉古典叢書1　枕草子』（和泉書院、昭62）解説には、次のようにある。

当時の呼称法では蔵人頭の中将は「頭中将」……と呼ぶのが普通であるから、経房が「左中将」の呼称をもつとすれば長徳四年十月から長保三年八月までの約三年間ということになる。

（13）註12の増田繁夫校注『和泉古典叢書1　枕草子』解説には、「第二次の成立はほぼ長保二年五月から、長保三年八月までと限定できるであろう」とある。

（14）「（道隆様に対して）大夫殿（＝道長）の居させ給へるを、かへすがへす（中宮様に）聞こゆれば、『例の思ひ人』と、笑はせ給ひし」（『枕草子』第一二三段）

（15）また第一二三段と同じく中関白家盛時を語った、『枕草子』中、最も長い第二五九段の締めくくりに添えられた次の一文からは、定子中宮崩御後、道長全盛時に至っても、『枕草子』が執筆され続けた状況が窺われる。

されど、その折、「めでたし」と見奉りし御事どもも、今の世の御事どもに見奉り比ぶるに、すべて一つに申すべきにもあらねば、物憂くて、多かりし事どもも、みな止どめつ。

傍線部「今の世の御事ども」とは、道長の事にほかならない。

（16）『日本古典文学大辞典』（岩波書店、昭60）「枕草子」の項、石田穣二担当には、「より限定して長保三年一月から八月の間と考えられよう」とある。

（17）「宮仕へ所は、内裏。后の宮。その御腹の一品の宮など申したる。……」（『枕草子』一本二五）

（18）『枕草子』の成立について、例えば田中重太郎氏は「枕冊子成立試論」（「立命館文学」第七七号、昭26・2）において、次のように結論づけている。

未完のかたちで長徳二年（九九六）頃で一旦流布し、さらに長徳三年以後加筆長保三年（一〇〇一）に一応擱筆成立したのではなかろうか。そして、さらに数年以上後まですこしの補訂があったものらしい。

（19）次のように、藤原行成が勅使の源明理と同車して、道長のもとに、出向いた折、明理が家司に勅答の儀は通例のとおりであることを伝えた後、経房が出てきて道長に変わって対応したとある。

予参彼殿。依四位少将（＝源明理）示無乗物之由同車。勅使詣相府（＝道長）。令家司奉勅答之儀如例。即於西渡殿儲勅使座。右近権中将経房、出逢拝舞。代主人（＝道長）也。……（『権記』）

久保木秀夫「枕草子における源経房」（「語文」第98号、平9・6）参照。

（20）註19の久保木秀夫氏の論、参照。

（21）第一項で引用した第一三六段の中略部分（219頁）には、次のようにある。

右中将（＝源経房）おはして、物語りし給ふ。「今日、宮（＝定子中宮）に参りたりつれば、いみじう、物こそあはれなりつれ。……

以下、帰参を促す経房の言葉に対して、清少納言は「皆が私を憎い」と思っていたからと反論し、彼は「おいらかにも」と笑ったとある。この直後、「げに、『いかならむ』と思ひ参らする……」と、中略部分後の本文に続く。

（22）本項における先の第八〇段の引用本文に続いて、次のように語られている。

左衛門の尉則光が来て、物語などするに、「昨日、宰相の中将（＝斉信）の参り給ひて、『妹のあらむ所、さりとも知らぬやうあらじ。言へ』と、いみじう問ひ給ひしに、さらに知らぬ由を申ししに、あやにくに強ひ給ひし事」など言ひて、……。

この後、清少納言の言いつけを守った則光は、斉信に一晩中、彼女の居所を白状するよう、責め立てられたとある。

（23）伊周兄弟の配流が決まり、中関白家を支えてきた貴族たちも罰せられた長徳二年四月二十四日と同日、斉信は参議に任ぜられている。加藤静子「枕草子の背景――中関白家と斉信・成信――」（「東京成徳短期大学紀要」第14号、昭56・3）参照。

（24）行成は、一条天皇から彰子立后の可否について相談を受けた際、道長の意を受けて「差し支えない」と進言し、二后併立という異例な措置に積極的に関与している（『権記』長保元年十二月七日の条）。

(25) 岡崎知子「『枕冊子』に見える藤原齊信」（「古代文化」15巻1号、昭40）参照。

(26) 彰子中宮出産の当日、寛弘五年九月十一日の条に次のようにある。

左の宰相の中将（＝経房）、宮の大夫（＝斉信）など、例は、け遠き人々さへ、御几帳の上より、ともすれば覗きつつ、腫れたる（私の）目どもを見ゆるも、よろづの恥を忘れたり。（『紫式部日記』）

(27) 第一三六段において、長期の里下がりのままの清少納言に帰参を促すため、定子中宮が山吹の花びらを一枚しのばせた（註6、参照）のは、次の和歌を踏まえての事である。

我が宿の八重山吹は一重だに散り残らなむ春の形見に（『拾遺和歌集』春、詠み人知らず）

我が宿に咲く八重山吹の花びらが季節の移ろいにより、一枚一枚と散っていく中、せめてその一枚だけでも春の形見として残ってほしい――この和歌の「我が宿」を定子サロン、「八重山吹」を自らに仕える女房たちと重ね合わせ、凋落する我がサロンから一人、また一人と去って行くのを嘆き、せめて清少納言だけでも残ってほしいと訴えている。これは清少納言を引き戻すためのお遊びとして、帰参後、定子自身の口から種明かしされるが、現実問題、何人かの女房の離脱はあったと思われる。

(28) この点に対して、萩谷朴校注『枕草子 上』（新潮日本古典集成、昭52）「解説」において、次のようにある。

来客に敷物を供するのに、それもわざわざ簾《すだれ》の下から差し出して、下長押《しもなげし》から一段下ろしてという時に、その敷物の上に、うっかり書きかけの原稿が載ったままになっていたなどということが、果たして無作為の過失として起り得るであろうか。

(29) ようやく帰参したものの、同僚たちの息を潜めた熱い視線にも堪え、几帳にじっと身を隠していた清少納言に、「あれは、今参り（＝新参者）か」と声をかけて、その場を和ませた定子中宮の機転（『枕草子』第一三六段）も、見事である。いかに定子中宮が清少納言の帰参に配慮していたか、その一端が窺われる。

(30) 定子中宮崩御の二年後、敦康親王は彰子中宮のもとに引き取られ、以後、敦成親王誕生まで、事実上、道長摂関家の庇護下におかれ、東宮第一候補であり続けた。下玉利百合子著『枕草子周辺論　続篇』（笠間書院、平7）「第一皇子敦康親王（正）Ⅰ〔持ち駒の時期〕」等、参照。

（31）橋本不美男氏は「清少納言をめぐる人々——道長圏との関係——」（「国文学」昭42・6）において、次の条でもって稿を終えている。

清少納言の立場としては、中関白家と道長との確執は予想外のことであって、事実が生じた後といえども、中関白家（定子後宮）も、御堂関白家（彰子後宮）も、ともに繁栄してほしかったと切望していたと考えられよう。

（32）紫式部は寛弘二年末の初出仕から二年九ヵ月経った寛弘五年九月十一日、敦成親王誕生直前の場面で、次のようにある。

いと、年経たる人々（＝古参の女房たち）の限りにて、心を惑はしたる気色どもの、いと、ことわりなるに、（私は）まだ見奉り馴るる程なけれど、「類ひなく、いみじ」と、心ひとつに思ゆ。（『紫式部日記』）

また、『更級日記』において孝標女は宮仕え後、四年を経ても、自らを「初々しき里人」と評している。

（33）宮仕えの女房として忠誠を尽くす恩恵の一つとして期待される中に、身内の人事があった。例えば、紫式部の場合、初出仕から一年後の寛弘四年一月には、弟惟規が六位蔵人に任ぜられている。紫式部が弟の人事に並々ならぬ関心を抱いていたことは、後の寛弘五年十月、若宮の家司等の人事に関与できなかったことに対して、「かねても聞かで、妬きこと多かり」（『紫式部日記』）という無念な思いからも知られる。弟の蔵人拝命は、さぞや紫式部にとって、宮仕えを続ける励みとなったことであろう。

（34）一男則長については、『枕草子』に次のようにある。

ある女房の、遠江の子なる人（＝則長）を語らひてあるが、「……いかが言ふべき」と言ひしに、

誓へ君遠江の神にかけてむげに浜名の橋見ざりきや（第二九六段）

すなわち、清少納言は息子と恋仲になった女房から浮気の相談をもちかけられ、右の「誓へ君……」の歌を詠んだとある。

（35）清少納言の初出仕の頃については、次の第一七七段に感動的なエピソードとして語られている。

宮に初めて参りたる頃、物の恥づかしき事の数知らず、涙も落ちぬべければ、夜々、参りて、三尺の御几帳の

後ろにさぶらふに、（中宮様は）絵など取り出でて、見せさせ給ふを、……わりなし。……暁には「とく下りなむ」と、急がるる。……ゐざり隠るるや遅きと、（格子を下級女官が）上げ散らしたるに、雪、降りにけり。登花殿の御前は、立蔀、近くて狭し。雪、いと、をかし。

（36）このような紫式部の初出仕事情については、註1の拙著『紫式部伝』「初出仕」参照。

（37）第三項で引用した、『紫式部日記』に記されている同僚の女房たちに対する苦言（223頁）からは、そうした紫式部の立場が垣間見られる。新参者の彼女が如何に彰子中宮サロンの中心的存在に成長していったかについての詳細は、註1の拙著『紫式部伝』を参照されたい。

（38）前摂津守藤原棟世朝臣女、母清少納言、上東門院女房、童名狛、俗称小馬。

増淵勝一「評伝・清少納言」（「解釈と鑑賞」昭52・11）参照。また、『範永朝臣集』にも「女院にさぶらふ清少納言がむすめこま」とある。

（39）中略した贈答歌は、左記の通りである。

五月五日、菖蒲の根を清少納言にやるとて

これぞこの人のひきける菖蒲草むべこそねやのつまとなりけれ

返し

ねやごとのつまに引かるる程よりは細く短き菖蒲草かな

また返し

さはしもぞ君は見るらむ菖蒲草ね見けむ人に引き比べつつ（『和泉式部集』巻二）

（40）『紫式部日記』消息的部分には次のようにある。

清少納言こそ、したり顔に、いみじう侍りける人。さばかり賢しだち、真名、書き散らして侍る程も、よく見れば、まだ、いと足らぬ事、多かり。かく人に異ならむと思ひ好める人は、必ず見劣りし、行く末、うたてのみ侍るは。艶になりぬる人は、いと、すごう、すずろなる折も、物のあはれに進み、をかしき事も見過ぐさぬ程に、おのづから、さるまじく、あだなるさまにも、なるに侍るべし。そのあだになりぬる人の果て、いかでかは、よく侍らむ。

(41) 註14、参照。

(42) 註1の拙著『紫式部伝』「御冊子作り」参照。

(43) 寛弘五年十一月の還啓の際、彰子中宮から贈られた御冊子であろう、一条天皇は『源氏物語』を女房に読ませ、「この人は日本紀をこそ読みたるべけれ。まことに才あるべし」という感想を口にされた。これに端を発して、紫式部は「日本紀の御局」とあだ名をつけられたとある（『紫式部日記』）。

(44) 菅原孝標女は上総国より帰京した翌年、同じく地方から上京したおばより、念願の『源氏物語』を手に入れている（『更級日記』）。

(45) 道頼モデル説の傍証として、彼の叔父藤原道義（兼家四男）が物語中、重要な脇役の一人である「面白の駒」のモデルとなっていることが挙げられる。本章第一節二「主人公のモデル――『落窪物語』の場合」等、参照。

(46) 「（道頼様の）御容貌、いと清げに、あまり、あたらしきさまして、物より抜け出でたるやうにぞ、おはせし。御心ばへこそ、異はらから（＝伊周・隆家兄弟）にも似給はず、いとよく、また戯《ざ》れ、をかしくも、おはせしか」（『大鏡』）

(47) 増淵勝一著『平安朝文学成立の研究　散文編』（笠間書院、昭57）「『落窪物語』の成立年代」、藤井貞和「落窪物語　解説」（『落窪物語　住吉物語』新日本古典文学大系、岩波書店、平元）参照。

(48) 『源氏物語』「螢」巻に「継母の、腹ぎたなき昔物語も多かるを」とあるのは、そうした事情を伝えている。

(49) 『源氏物語』「絵合」巻には、『竹取物語』に対して『宇津保物語』第一巻「俊蔭」が争われており、『宇津保物語』の人気ぶりを物語っている。言うまでもなく、この伝播に関する推定は、あくまで『源氏物語』との比較から導き出される大局的な見地からである。

(50) 第二章第二節「「桐壺」巻」参照。

(51) 本章第三節「『紫式部日記』」参照。

(52) 「桐壺」巻が如何にして着想されたか、この『枕草子』以外の詳細については、註1の拙著『紫式部伝』「「桐壺」巻の誕生」、及び本書第二章第二節「「桐壺」巻」一、参照。

＊『枕草子』の本文は、渡辺実校注『枕草子』（新日本古典文学大系、岩波書店、平3）に拠る。但し、読解の便宜を図るため、表記は適宜、改めた。

第三節　『紫式部日記』――『枕草子』の影響

はじめに

『紫式部日記』は、不思議な作品である。その複雑な構成もさることながら、中核をなす敦成親王誕生記と消息的部分は、彰子中宮サロンという公的な場と紫式部の個人的な場に、それぞれ分けられる。すなわち、敦成親王誕生記は主家である道長摂関家繁栄の記録としての性格を、消息的部分は私信的な性格をもつ。この温度差こそ『紫式部日記』最大の謎と言えよう。

本節では、『紫式部日記』の構成・構造を分析した上で、この作品が誰に対して書かれたかを明確にすることによって、その解明を試みたい。その際の有力な手掛かりとして、『枕草子』が与えた影響について言及したいと思う。

一　『紫式部日記』の構成

『紫式部日記』冒頭「秋の気色入り立つままに……」は、寛弘五年、彰子中宮が初産のため里下がりした土御門邸の初秋の風情から語り出される。それ以後、九月の皇子出産、十月の一条天皇行幸、十一月の五十日の祝、御冊子作り、内裏還啓等々、年内の大晦日までが描かれている。しかし、その内容は、翌日の「正月一日、坎日なりければ、若宮の御戴餅の事、停まりぬ。三日ぞ参上らせ給ふ」以下、その折の女房たちの装束について記され、宰相の君・大納言の君・宣旨の君三人の評に筆が向かうに及んで、次のように新たな展開を見せる。

このついでに、人の容貌を語り聞こえさせば、物言ひさがなくやは侍るべき。……

〈このついでに、人の容姿をお話申し上げるならば、口が悪いことになりましょうか〉

そこでは北野三位の宰相の君を皮切りに、小少将の君・宮の内侍等、同僚の女房評が続く。そして斎院の中将が弟惟規に宛てた手紙に対する感想を契機として、斎院サロンと彰子中宮サロンとの違いに言及し、和泉式部・赤染衛門・清少納言評、さらに身辺所感に至る。「このついでに……」以降は、「侍り」の頻繁な使用に象徴されるように、誰かに宛てた手紙の形式で語られているゆえに、消息的部分と言われる。『紫式部日記』全体の約四分の一を占め、その最後は、次のように閉じられる。

いかに、いまは言忌み、し侍らじ。人、と言ふとも、かく言ふとも、ただ、阿弥陀仏に経を習ひ侍らむ。……年もはた（出家には）よき程になりもてまかる。……御文に、え書き続け侍らぬ事を、よきもあしきも、世にある事、身の上の憂へにても、残らず聞こえさせまほしう侍るぞかし。……この頃、反古も皆、破り焼き失ひ、雛などの屋作りに、この春、し侍りし後、人の文も侍らず。紙には、わざと書かじと思ひ侍るぞ、いと、やつれたる。事わろき方には侍らず。ことさらによ。御覧じては、とう賜はらむ。……

もう言動の慎みは致しますまい。人が何と言おうとも、ただ阿弥陀仏にすがりましょう。出家してよい年齢にもなってきました。お手紙に書き綴れない事を、よきも悪きも、世に起こった事、我が身の憂い事、残らず申し上げたく存じます。この頃、古い手紙も全て焼いたりし、この春に雛の家造りにしました後は、人からの手紙もなく、よい紙には書くまいと思っておりますから、（こうして書いているのも）大層、質の悪い紙です。経済的に困っているからではございません。わざとですよ。御覧になったら、早くお返し下さい――『紫式部日記』は本来、この跋文で終わるはずであるべきところ、この直後、次の通り、某月十一日の御堂詣で等の断簡と寛弘七年正月の記録的部分が添えられている。

〔某月十一日の御堂詣で等の断簡〕

・某月十一日の御堂詣で（「十一日の暁、御堂へ渡らせ給ふ。……」）と、その直後の舟遊び（「事、果てて、殿上人、舟に乗りて、みな漕ぎ続きて遊ぶ。……」）の記述。

・『源氏物語』に因んだ道長との贈答歌（「源氏の物語、御前にあるを、殿の御覧じて……」）と、それに続く水鶏の贈答歌（「渡殿に寝たる夜、戸を叩く人ありと聞けど……」）に関する記述。

〔寛弘七年正月の記録的部分〕

寛弘七年正月一日～三日の若宮たちの御戴餅等（「今年、正月三日まで、宮たちの御戴餅に……」）と同月十五日の敦良親王五十日の儀（「あからさまに、まかでて、二の宮の御五十日は、正月十五日、……」）の記録。

このように、『紫式部日記』は三つの部分から成り立つ。すなわち最初の、寛弘五年初秋から翌年正月までの記録的部分と消息的部分、次に某月十一日の御堂詣で等の断簡、そして最後に寛弘七年正月の記録的部分である。このうち、消息的部分は、その直前の記録的部分と異質でありながら、既に述べたように自然な繋がり方がなされている。したがって構成上、同一として見なすべきである。この結果を、全体の比率とともに示すならば、次のようになろう。

Ⅰ　①　寛弘五年初秋から翌六年正月までの記録的部分（敦成親王誕生記）……六割強

　　②　消息的部分……………………………………約四分の一弱

Ⅱ　某月十一日の御堂詣で等の断簡………………………約三パーセント
Ⅲ　寛弘七年正月の記録的部分（敦良親王五十日の儀等）………………一割弱

それでは、Ⅱの「某月」等の断簡の記述はいつか。また、Ⅰ～Ⅲの成立事情はどのようなものであるか。その執筆時期を探りながら、考察したい。

二　『紫式部日記』の時間的構成（一）――某月十一日の御堂詣での年月日

Ⅱの某月十一日の御堂詣での条は、次のように始まる。

十一日の暁、（土御門邸の）御堂へ渡らせ給ふ。（彰子中宮の）御車には殿の上（＝母倫子）、人々（＝女房たち）は舟に乗りて、さし渡りけり。それに遅れて（私は）夜《よう》さり参る。……

「十一日の暁」彰子中宮は御堂に渡ったが、紫式部は遅れて「夜さり（＝夜になる頃）」参上したとある。以後、大懺悔や「後夜（＝午前四時頃の勤行）」の教導師たちの祈願と、夜通し行われた法会等に触れ、「事、果てて」行われた舟遊びを描いて筆が置かれる。すなわち「月おぼろに差し出でて」若い君達たちが謡いなどし、笛などを吹き合わせた「暁方の風の気配」に及んで終わる。(1)

この「十一日の暁」はいつか。諸説分かれる中、有力視されているのが、寛弘五年五月二十二日、土御門邸で営まれた法華三十講結願の日である。長年、待ちわびた彰子中宮の懐妊により、同年二月以降、安産祈願の御修善・釈迦念仏会・御修法が行われた。(2) この法華三十講は、そうした中でも最大の法会で、一ヵ月前の四月二十三日から始められている。『栄花物語』には、結願の日ではないが、この日とともに法華三十講のハイライトとなる五月五日、五巻の日の盛儀ぶりが語られている。(3) この五月二十二日説を後押しするのが「月おぼろに差し出でて」という記述である。夜明け方、月が出るのは、月の下旬に限定される。ちなみに、『源氏物語』には「（五月の夜更け過ぎ）月おぼろに差し入りて」（「澪標」巻）とあり、[4]「月おぼろに」が五月であっても不自然でないことが知られる。

『紫式部日記』と寛弘五年の法華三十講との不可分な関係は、古本系『紫式部集』巻末にある「日記歌」の存在からも指摘される。この「日記歌」には、『紫式部日記』に見られない、寛弘五年の法華三十講時に詠まれた、次の五首（「日記歌」全十七首中、最初の五首）が収められている。[5]

三十講の五巻、五月五日なり。今日しも、当たりつらむ提婆品を思ふに、阿私仙（＝提婆達多）よりも、この殿（＝道長）の御ためにや、木の実も拾ひ置かせけむと、思ひやられて

1　妙なりや今日の五月の五日とて五つの巻に合へる御法も

池の水の、ただこの下に、篝火に御あかしの光り合ひて、昼よりも、さやかなるを見、「思ふこと少なくは、をかしうも、ありぬべき折かな」と、かたはし、うち思ひめぐらすにも、まづぞ涙ぐまれける

2　篝火の影も騒がぬ池水に幾千代すまむ法の光ぞ

おほやけ事に言ひまぎらはすを、大納言の君

3　澄める池の底まで照らす篝火にまばゆきまでもうき我が身かな

五月五日、もろともに眺め明かして、あかうなれば入りぬ。いと長き根を包みて差し出で給へり。小少将の君

4　なべて世のうきになかるる菖蒲草けふまでかかるねはいかが見る

返し

5　何事とあやめは分かで今日もなほ袂に余るねこそ絶えせね

道長の演出もあって、女人往生を説く提婆達多品が含まれる『法華経』第五巻が講ぜられた日は、五月五日端

午の節句となった。1の「妙なりや……」歌は、それを霊妙なる法華三十講の冥利として讃えている。2の「篝火の……」歌では、自己の内省を踏まえつつ、主家の繁栄を願い、続く3〜5では、翌朝に詠まれた親しい同僚である大納言の君・小少将の君との贈答歌を載せている。1と2の長い詞書から窺われるように、これらは現存しない『紫式部日記』から採られた可能性が高い。すなわち、某月十一日の御堂詣での条の前には、法華三十講中盤のハイライトである五巻の日が描かれていたと思われる。しかし、この本来あるべき法華三十講前半部は散逸し、結果的に残された後半部の時期も不明になったのであろう。

『明月記』貞永二年（一二三三）三月二十日の条は、「某月」五月説を後押しする。そこには、式子内親王筆の月次絵に関する記事があり、その中に「五月紫式部日記／暁景気」とある。しかし『紫式部日記』には、「五月」の「暁景気」に相当する記述はなく、「十一日の暁」、もしくは散逸した寛弘五年の法華三十講、五巻の日の条に基づくと考えるのが自然である。(6)

このように、Ⅱの前半部、某月十一日の御堂詣での条は、寛弘五年五月二十二日から翌朝にかけての記事と推定される。「十一」は「二十二」の誤写と言うしかあるまい。それでは、これに続く後半部、『源氏物語』に因んだ道長との贈答歌に関する記述は、いつか。その条は次のようにある。

源氏物語、（彰子中宮の）御前にあるを、殿（＝道長）の御覧じて、例のすずろ言ども出できたるついでに、梅の下に敷かれたる紙に書かせ給へる、

　すきものと名にし立てれば見る人の折らで過ぐるはあらじとぞ思ふ

賜はせたれば、

　「人にまだ折られぬものを誰かこのすきものぞとは口ならしけむ

めざましう」と聞こゆ。

『源氏物語』が中宮の御前にあったのを道長が見て、いつものように冗談を言ったついでに、梅の実の下に敷いてあった紙に「好色家（酸き物）と評判が立っているので、そなたを見て手折ることなく過ぎる男はあるまいと思う」と詠みかけた。これに対して紫式部は「人にはまだ手折られておりませんのに、誰が私を好色家などと言い慣らしたのでしょうか」と返歌し、「心外にも」と答えている。

彰子中宮は法華三十講終了後、そのまま六月十四日まで土御門邸に滞在している。右の場面は、梅の実がとれる季節であるから、法華三十講を終えた五月下旬から六月初旬の頃であろう。かの御冊子作り（『源氏物語』豪華清書本作製）は、半年後の十一月である。道長の歌には、着実に進んでいた『源氏物語』執筆の功をねぎらう意も込められていたであろうが、ここで紫式部に向けられた興味は単なる冗談では済まなかったようだ。右の条に続いて、次のような贈答歌が添えられている。

渡殿に寝たる夜、戸を叩く人ありと聞けど、恐ろしさに、音もせで明かしたる翌朝、

夜もすがら水鶏よりけになくなくぞ真木の戸口に叩きわびつる

返し、

ただならじとばかり叩く水鶏ゆゑあけてはいかに悔しからまし

土御門邸における寝所があった渡殿での事、夜、戸を叩く道長に、紫式部は恐ろしさで音を立てないよう身を潜めて一夜を明かした。翌朝、道長からの「一晩中、水鶏以上に泣いて、あなたの戸口を叩き疲れたことよ」という歌に対して、紫式部は「ただならぬ気配で戸を叩いておりましたから、開けましたなら、どんなにか悔しい思いをしたことでしょうか」とある。

以上のように、Ⅱの某月十一日の御堂詣で等の断簡は、寛弘五年における法華三十講結願の日の五月二十二日から翌朝にかけてと、同土御門邸滞在時の五月下旬から六月初旬（水鶏の贈答歌を含めるならば中旬までか）の頃の

記述と見なされる。これ以後、彰子中宮は一旦、里内裏の一条院に還啓し、七月十六日には再び土御門邸に戻っている。Ⅰの『紫式部日記』冒頭「秋の気色入り立つままに……」は、それから間もない初秋の頃である。このⅠ・Ⅱの時間的逆転の配列は、何を意味するのか、Ⅱの法華三十講前半部散逸の問題も含めて、改めて問わねばなるまい。

三　『紫式部日記』の時間的構成（二）――敦成親王誕生記と消息的部分の執筆時期

Ⅱの某月十一日の御堂詣で等の断簡が記された年月日を確定したことにより、『紫式部日記』の記録の下限は、Ⅲの寛弘七年正月十五日の敦良親王五十日の儀となる。しかしⅠ②の消息的部分から窺われる執筆時期の下限は、この時期をさらに越える。すなわち、赤染衛門を「丹波の守の北の方」と称しているが[7]、夫大江匡衡が丹波守に任ぜられたのは寛弘七年三月三十日である。一方、「内裏《うち》の上」と呼ぶ一条天皇は[8]、寛弘八年五月二十二日に発病し、翌六月十三日、譲位、同月二十二日、崩御している。これらから導き出される、その下限は寛弘七年三月三十日～翌年六月となり、寛弘七年正月から少なくとも二ヵ月以上、後である。消息的部分執筆が寛弘七年内であることは、「一昨年の夏頃より」楽府二巻を紫式部が彰子中宮に教えたとある記述[9]（消息的部分）からも窺われる。この御進講は、胎教であろうから、懐妊中の寛弘五年の事となる。跋文にも、「この春」に手紙を処分したとある（第一項の引用本文、参照）ことから、消息的部分執筆は、寛弘七年の夏頃とするのが妥当であろう[10]。楽府の御進講やⅡで記した法華三十講のあった「一昨年の夏頃」の想起が、消息的部分執筆に向かわせた一因と思われる。

このように『紫式部日記』中、Ⅰ②の消息的部分は、Ⅲの寛弘七年正月十五日の敦良親王五十日の儀以後の執筆である。それではⅠ①の敦成親王誕生記については、どうか。

・藤原公任は「四条の大納言」（寛弘五年九月十五日の条）と呼ばれているが、権大納言に任ぜられたのは、寛弘六年三月四日である。
・藤原行成は「侍従の中納言」（寛弘五年十一月十八日の条）と呼ばれているが、権中納言に任ぜられたのは、公任と同様、寛弘六年三月四日である。(11)
・具平親王は寛弘六年七月二十八日、薨去しているが、故人扱いとなっていない。(12)
右から導き出されるのは、少なくともⅠ①は、寛弘六年三月〜同年七月に執筆された部分があるという事実である。これは、Ⅰ①の草稿、もしくは備忘録の存在を示唆する。Ⅱ・Ⅲの断片的な記述のあり方も含めて、総合的に判断するならば、こうした草稿的記述の複合体が先に存在し、そこから、現在の『紫式部日記』の形態が生まれた可能性が浮かび上がってこよう。
以上の結果を踏まえ、執筆時期を念頭に入れて並び替えた『紫式部日記』の構成は、次の通りとなる。

Ⅱ（①　寛弘五年五月初旬、法華三十講五巻の日における散逸した記録的部分）
　②　寛弘五年五月下旬、法華三十講結願の日における記録的部分と、六月までの道長との贈答歌の部分
（Ⅰ　①の寛弘五年初秋〜翌年正月、敦成親王誕生記の草稿……寛弘六年三月〜七月、執筆）
Ⅲ　寛弘七年正月の記録的部分（敦良親王五十日の儀等）
Ⅰ　①・②の敦成親王誕生記と消息的部分……………寛弘七年夏頃、執筆？

このように、『紫式部日記』は本来、Ⅱ→Ⅰ①の草稿→Ⅲ→Ⅰ①②という順序で執筆されたと推定される。ここから現在の形態に置き換えられたのは、Ⅰ①②が、Ⅱ・Ⅲの断片的な記述とは異なる独立した存在として執筆されたからにほかならない。それは「秋の気配、入り立つままに、土御門殿の有様、言はむ方なく、をかし」に始まる堂々たる書きぶりと、消息的部分の跋文に象徴される。すなわち、Ⅰ①の草稿をもとに、新たに書き起

こしたのがⅠ①②であり、Ⅱ・Ⅲは、残部として添えられたと思われる。散逸したⅡの前半部の存在も、残存した後半部と同等程度の量であったろうし、いわゆる『紫式部日記』首欠説は当たるまい。

それでは、新たに書き起こされたⅠ①②は、どのような意図のもとで執筆されたのか。その視線の先に向けられた読み手は、誰か。

四　消息的部分と愛娘・賢子

『紫式部日記』消息的部分（Ⅰ②）に綴られている歯に衣着せぬ批判と言えば、次の清少納言評が有名である。

清少納言こそ、したり顔に、いみじう侍りける人。さばかり賢しだち、真名、書き散らして侍る程も、よく見れば、まだ、いと足らぬ事、多かり。かく人に異ならむと思ひ好める人は、必ず見劣りし、行く末、うたてのみ侍るは。艶になりぬる人は、いと、すごう、すずろなる折も、物のあはれに進み、をかしき事も見過ぐさぬ程に、おのづから、さるまじく、あだなるさまにも、なるに侍るべし。そのあだになりぬる人の果て、いかでかは、よく侍らむ。

〈清少納言こそ、得意顔で大層にしていた人です。あれほど賢ぶり、漢字を書き散らしておりますのも、よく見れば、まだ随分、至らない点が多くあります。このように人より目立とうと思い、好む人は、必ず見劣りし、将来は酷いことばかりですよ。風流ぶってしまった人は、全く興ざめで、何ともない時も、何でも感動し、趣深い事を見逃さないうちに、自然と見当はずれで、誠意のないふるまいになることでしょう。その軽薄になってしまった人の最後は、どうしてよいことなどありましょうか。〉

『源氏物語』と王朝女流文学の双璧である『枕草子』、その作者に対するこの完膚無きまでの右の批判は、後に紫式部の人間性までも疑わせる舌禍ともなった。こうした赤裸々な批評が縷々として語られている消息的部分は、そもそも誰に読まれることを前提として書かれたのか。その跋文には「いかに、今は言忌みし侍らじ」、さらに「手紙に書けない事も、よい悪いにかかわらず、世間の出来事だろうが、一身上の悩み事であろうが、包み隠さず語りたい」とあった（第一項の引用本文、参照）。その批評の矛先は、同僚である新参の和泉式部や倫子付き古参の赤染衛門の歌人としての評価にまで及んでいる。

ここまで紫式部が胸中をさらけ出せたのは、なぜか。漢文の素養をひけらかすような行為は極力、控え、最も簡単な漢字の「一といふ文字」でさえ書くまいとしていた彼女がである。[13] それは一説に、この時点で十一～十二才に成長していた愛娘・賢子のためであったと言われている。[14] 賢子も、その時期は不明ながら母に続いて彰子のもとに仕え、やがて後冷泉天皇の乳母として、後世にその名を残すことになる。遠からず宮仕えが予想される賢子に残した心構えであったとすれば、清少納言に対する罵詈雑言も、女房としての生き方の指針・強い戒めとして首肯される。また少女期、漢籍の学習が遅い弟惟規に対して、父為時を「おまえが男でなかったのは、我が家の不運」と常に嘆かせたという自身の才を語るエピソードも、[15] 身内ならではのものとなる。

しかし、消息的部分の第一読者を賢子とした場合、例えば跋文の「御覧じては、とう賜はらむ」〈御覧になったら、早くお返し下さい〉といった書き方は、愛娘としては、やや他人行儀で、十一～十二才の少女に対して不自然な観が強いように思われる。また、敦成親王誕生記における儀式等の詳細な記録が、単に将来の宮仕えに対する予備知識といったレベルを超えたものとなっているのも、否定できない。賢子といった一個人へのメッセージとしてのみ『紫式部日記』をとらえることは、やはり無理があろう。ここで改めて確認しておかなければならないのが、公的な立場として執筆された敦成親王誕生記（Ⅰ①）それ自体の性格である。

五　敦成親王誕生記の性格――『枕草子』の影響

敦成親王誕生記が、いかに道長摂関家の目を意識して執筆されたか――それは、『紫式部日記』冒頭から彰子中宮の出産に至るまでの周到な配慮から窺われる。『紫式部日記』は先ず「秋の気色入り立つままに……」と、素晴らしい土御門邸の初秋の風情を描いた上で、女房たちの雑談に耳を傾けつつ、悪阻の辛さをさりげなく取り繕ってじっと耐えている彰子中宮の姿が印象的に語られている。[16] これに続き、五壇の御修法の後夜をはさんで、翌朝、道長との女郎花の贈答歌、[17] そしてその日の夕暮れ、若い摂関家の嫡男・頼通の物語の男主人公のような姿[18]が点描される。この後、播磨守の碁の負けわざ・八月二十余日の上達部や殿上人たちの宿直・同月二十六日の薫物配り・同室の宰相の君の昼寝姿を経て、出産前々日の九月九日、彰子中宮の母倫子より菊の綿を賜ったことが[19]記され、以下、若宮誕生の詳細が語られていく。この彰子中宮→道長→頼通→倫子という流れは、まさに『紫式部日記』が、道長摂関家待望の若宮誕生を記すにふさわしい資格・体裁を有していることを示す。そこにおいて彰子中宮・道長・頼通三人は絶賛されており（紫式部が仕える御主人で今回の主役とも言うべき彰子中宮、その父で摂関家の長、土御門邸の実質的主人である道長、そして次代を担う頼通と、その登場の順序も礼を失せず、自然である）、最後の倫子への言及は、紫式部の宮仕えにおける実質的後見人である彼女[20]に対する敬意・礼儀ともなっている。

『紫式部日記』冒頭以降の構成から読み取られる配慮・工夫は、これに止どまらない。この頼通と倫子の間に挿入されている、播磨守の碁の負けわざ・八月二十余日の上達部や殿上人たちの宿直の記述にも、それなりの意味が込められている。播磨守の碁の負けわざの記述は、次の通りである。

播磨守、碁の負けわざしける日、（私は）あからさまに、まかでて後にぞ御盤のさまなど見給へしかば、華足など、ゆゑゆゑしくて、洲浜のほとりの水に書きまぜたり。

紀の国のしららの浜に拾ふてふこの石こそは巌《いはほ》ともなれ
扇どもも、をかしきを、その頃は人々、持たり。

「播磨守」が負け碁の饗応をした日、紫式部は宮中を退出していたため、後で御盤などを見たところ、その華足など格調高く、洲浜のほとりの水に、「紀の国……」の歌が書き交ぜてあった。（こうした饗応が催された）その頃、（負け方から贈られたりした）風情ある扇を、女房たちは持っていたとある。この趣向を凝らした饗応が評判を呼び、ちょとした扇ブームに一役買ったのであろう。

その雅な催しを取り仕切った「播磨守」が誰かは諸説に分かれる中、有力視されるのが、平生昌である。[21] 彼は、この敦成親王誕生記の草稿執筆時に近い寛弘六年八月、その任にあった（『御堂関白記』）。生昌と言えば、長徳二年（九九六）、定子中宮の兄伊周が、配流先の大宰府への途上、密かに入京した際、定子中宮の大進（中宮職の三等官）であったにもかかわらず、これを道長に密告した人物である。しかし、その後も中関白家との距離は近かった。長保元年（九九九）八月、定子中宮は、職曹司より生昌の三条邸に移り、敦康親王を出産している（また、翌年の定子崩御も生昌邸においてである）。

『枕草子』第五段「大進生昌が家に、宮の出でさせ給ふに……」では、この敦康親王出産の折の行啓における、生昌の受け入れ体制の不備や行動が、痛烈に批判・嘲笑されている。三条邸へ出御の際、東門を四脚門に改造したが、門が小さいため、女房たちは筵道を歩いて、殿上人・地下人の目に晒されることとなり、その怒りを定子中宮に伝えたとある。[22] 以下、この門の一件で生昌を秀句でやり込めた話、生昌が清少納言に夜這いをしようとしたことを暴露し、その折、「さぶらはむは如何に。さぶらはむは如何に」と連呼した生昌の無粋な愚直ぶり等が[23]語られている。この生昌邸への出御時、定子中宮の御輿が仮ごしらえの四脚門をくぐるという異例な出来事は、当時、評判であった。「人々云ク、未ダ御輿ノ板門屋ヲ出テ入ルヲ聞カズト云々」（『小右記』）とある。定子中宮の御輿は、ここでは四脚門ではなく、さらに格下の板門屋[24]から入ったとなっている。こうした事態に至った背景には、道長の定子中宮に対する妨害行為があった。道長は、この出御の日に、あえて上達部たちを引き連れて宇治に赴いている（『権記』『小右記』）。結果、定子中宮の出御に随行する上達部は、ほとんどなく、藤原実資がその任に当たることになり、板門屋、もしくは仮ごしらえの四脚門からの入御という前代未聞の事を目の当たりにすることとなった。この彰子中宮の存在を愚弄するかのような明白な牽制行為[25]は、凋落する中関白家を容赦なく追い込んだものとして世に知らしめたと言ってよい。

　そうした定子中宮の最大の汚点の一つともなった出来事を、あえて取り上げた第五段は、いわゆる日記回想的章段の初出となる。「春は曙、……」（初段）「頃は正月、……」（第二段）・「同じ事なれども、聞き耳、異なるもの。……」（第三段）「思はむ子を法師になしたらむこそ、心苦しけれ。……」（第四段）という差し障りのない類聚的章段・随想的章段の後、「大進生昌が家に……」と、この世間で評判となった出来事に、冒頭から切り込んだインパクトは、大きかったはずである。

　第五段の挿入が、そうした対読者効果を充分、意識したものであったことは、続く第六段「上にさぶらふ御猫は、……」の内容からも窺われる。この段で語られるのは、一条天皇が可愛がっていた猫を追い回し、天皇の怒りを買って追放された翁丸という犬が、宮中に舞い戻り、畜生とも思われぬ忠義な振る舞いに、勅勘が解かれるまでの一件である。事の発端は、五位を授けられた「命婦のおとど」という一条天皇の愛猫を、「乳母の馬の命婦」の命令に従って、翁丸が追い回したことにある。[26]翁丸は犬狩りの末、打擲《ちょうちゃく》、犬島へ追放。しかし、その三・四日後の昼頃、翁丸らしき犬が、宮中で啼き続け、打擲されるものの、夕方、みじめな姿となって現れる。犬は呼び名に答えず、餌も食べずに居続けたが、翌朝、定子中宮の御調髪に奉仕した清少納言が優しい言葉を投げかけるに及んで、身を震わせて涙をポロポロ流し、その素性を明らかとする。その後、一条天皇も聞きつけて、

「犬なども、かかる心あるものなりけり」とお笑いになり、勅勘が解かれ、元の身の上となったとある。

宮中を我が物顔で歩いていた翁丸が、帝の勘気に触れて追放の憂き目に。しかし追放先から舞い戻り、度重なる打擲にも堪え、ひたすら恭順の意を示した結果、許されて元の境遇に収まる――このエピソードは、中関白家の長でありながら、大宰府に左遷された伊周を連想させる。[27] 伊周は、長徳二年（九九六）正月、花山院に矢を射る不敬事件を起こし、同年四月、大宰府左遷が決定。十月、その往路の途中、密かに入京するといった愚挙に及ぶも、翌三年十二月、帰京を許されている。その間、母貴子の死去等、伊周を中心とする中関白家の悲劇・苦難は、筆舌を超えたものであった。前段が、中関白家凋落を象徴する出来事を語り、かつ、その中心的人物が伊周入京の際の密告者「生昌」であることを踏まえるならば、なおさら翁丸に伊周のイメージを重ね合わせざるをえない。

この翁丸のエピソードは、定子中宮の生昌邸出御の約一年半後、長保二年（一〇〇〇）三月のことである。[28] 翁丸をけしかけた「乳母の馬の命婦」は、その半年前の長保元年九月、この愛猫と思われる猫が内裏で子猫を産んだ際、仰々しく行われた産養に奉仕している。[29] 翁丸も、実在したようだ。[30] しかし、犬狩りをされ、打擲の上、犬島に送り込まれたはずの犬が、[31] 果たして宮中に無事、生還できるであろうか。たとえ生還できたとしても、再び打擲されるという仕打ちを受けた後、定子中宮の御前に舞い戻る可能性は、さらに低かろう。ましてや、優しい言葉をかけられ、身を震わせて涙をポロポロ流す（「震ひ、わななきて、涙を、ただ落としに落とす」）などということは、現実問題としてありうるはずもない。この段の創作性の強さは明らかである。

こうした虚構性の色濃い第六段を鑑みるならば、第五段で語られていた生昌の滑稽な夜這いも、どこまで事実を伝えているか疑わしいところである。邸の主人として、夜、清少納言のもとに挨拶した程度のことに、尾ひれをつけた可能性も否定できまい。入御の際のエピソードにしても、実のところは、実資の記した通り「板門屋」ではなかったか。その場合、「板門屋」からの入御という定子中宮の屈辱的な出来事は、仮ごしらえとは言え、

「四脚門」とすることによって、いくらか軽減される。定子中宮の体面を重んじた上での変更ではあろうが、『枕草子』成立の背景を考慮した場合、それのみに止どまらない別な側面も浮かび上がる。『枕草子』は、道長方の人物である源経房の手に渡り、流布した（跋文）[32]。それは、中関白家没落が決定的となり、清少納言が道長方との内通の噂を立てられて長期の里下がりを強いられた期間中のことである[33]。跋文の執筆は、翁丸のエピソードの翌年、定子中宮没後の長保三年（一〇〇一）[34]。その披露は、道長方でなされたと思われる。しかも、この時には、彼女は亡き中宮サロンを辞していた可能性が高い[35]。

『枕草子』中、最初の日記回想的章段である第五・六段が挿入された背景には、こうした道長方を第一読者とする事情が見え隠れする。この両段には、中関白家凋落という厳しい現実が横たわっていたが、その視線の先には共に、勝者道長方の存在が見据えられている。第五段では、清少納言が生昌を批判・愚弄する都度、定子中宮が彼女を笑って制止したり、生昌に同情したりする姿が印象的に語られている[36]。これは道長による屈辱的な生昌邸入御という世間の見方に対して、当の中宮本人は全く意に介していないというアピールともなる。生昌への個人攻撃・戯画化に終始することによって、本来、向けられるべき相手の目くらましとなっている。この段における異様な明るさは[37]、こうした道長方への配慮の結果、生じていると言えよう。また、第六段においては、帝の勘気に触れた翁丸が示した恭順の姿勢は、繰り返し強調されているところである[38]。翁丸を伊周に置き換えるならば、大宰府左遷は、あくまで一条天皇との問題であり、そこに道長側の介入の余地はないこととなる。

一見、不可解な「播磨守」平生昌の碁の負けわざのエピソード挿入——そこからは、『枕草子』第五段で愚弄された生昌の名誉回復とともに、『枕草子』の奥底に潜む欺瞞性を訴えた、紫式部の清少納言に対する無言の抗議が読み取れよう[39]。

『紫式部日記』が如何に『枕草子』を意識していたかは、この「播磨守」の条に続く、八月二十余日の上達部や殿上人たちの宿直の記述からも窺われる。

八月二十余日の程よりは、上達部・殿上人ども、さるべきは皆、宿直がちにて、……遊び明かす。……宮の大夫（＝斉信）・左の宰相の中将（＝経房）・兵衛の督（＝源憲定）・美濃の中将（＝済政）などして、遊び給ふ夜もあり。……

この条で官職が挙げられている四名のうち、藤原斉信・源経房・源済政の三名は、いずれも道長方の側近でありながら、清少納言とゆかりが深い人物である。経房は、『枕草子』を最初に流布させた当事者(40)であり、済政とは、経房と同様、清少納言が伏せていた里居の場所を知らされていた程の密接な関係(41)。斉信は、清少納言びいきの一人で、『枕草子』に登場する頻度が主君筋を除けば最も高く、八段（経房は五段）に及ぶ。このうち、斉信は、彰子の中宮大夫であったにもかかわらず、彰子中宮サロンにおいては、経房と共に「例は、け遠き人々」（『紫式部日記』寛弘五年九月の条(42)）であった。この三人の登場は、『枕草子』を意識したからにほかなるまい。

こうした『枕草子』ゆかりの人物に対する特別な意識は、『紫式部日記』中、最初に執筆された某月十一日の御堂詣での断簡の段階から、既に見いだされる。すなわち、寛弘五年五月下旬、法華三十講結願の日における記録的部分は、次の通り、斉信がメインとなって閉じられている。

事、果てて、殿上人、舟に乗りて、皆、漕ぎ続きて遊ぶ。……池に造り下ろしたる階の高欄を押さへて、宮の大夫（＝斉信）は居給へり。……大夫、「除福文成誑誕多し」と、うち誦じ給ふ声も、さまも、こよなう今めかしく見ゆ。「池の浮草」と謡ひて、笛など吹き合はせたる、暁方の風の気配さへぞ、心ことなる。はかない事も、所がら、折からなりけり。

そもそも『枕草子』の影響は、『紫式部日記』冒頭においても顕著である。「秋の気色入り立つままに、……」以降、描かれる土御門邸の風情の名文は、女房たちの雑談に耳を傾けつつ、悪阻の辛さをさりげなく取り繕ってじっと耐えている彰子中宮の姿に収斂される。そうした中宮に接するにつけても、紫式部は「辛いこの世の慰めとして、このようなお方のところに、参内すべきであった」と、普段の思いとは裏腹に、様々な憂いも忘れてしまうのも不思議な気がするとある。(43)このように、『枕草子』が定子中宮の素晴らしさを前面に打ち出して語っているのに対して、『紫式部日記』冒頭では、点描でもって彰子中宮の素晴らしさを印象的に映し出している。これは『源氏物語』中、多用されている描かないことで描く、省略的技法とも言うべき紫式部が得意とする手法(44)ではあるが、この場合、『枕草子』を意識した結果でもある。もし『枕草子』と同様な描き方をするならば、二番煎じとなり、その賞賛は定子中宮に対抗できるレベルに達しえまい。これに対して『紫式部日記』冒頭で披露した手法は、まさに『枕草子』と対極をなし、万言を尽くすより効果的なものであったと言えよう。

以上のように、『紫式部日記』冒頭部分には、『枕草子』を意識して書かれた箇所が集中している。これは敦成親王誕生記執筆の前提として彰子中宮サロンがあったことを意味する。ほかならぬ『枕草子』への対抗心が、その誕生記執筆の動機のひとつとして浮かび上がるのである。先に述べた、彰子中宮絶賛に続く道長・頼通・倫子の流れを重ね合わせるならば、彰子中宮サロンにおける発表を前提とした確固たる紫式部の執筆姿勢は、疑う余地はない。

それでは、このように改めて確認された公的な側面が強い敦成親王誕生記と、私信的性格をもつ消息的部分との併存は、どのようにして生まれたのか。

六　『紫式部日記』成立の背景

『紫式部日記』の核となる敦成親王誕生記と消息的部分の執筆は、寛弘七年（夏頃？）である。この年の春、紫式部は古い手紙を処分している（第一項の跋文、参照）。この時点において出家願望もあった。消息的部分の加筆は、こうした彰子中宮のもとを去る覚悟のもとになされたことになる。同僚批評等、本音を語るスタンスは、それを物語っている。これに対して敦成親王誕生記の草稿執筆時は、寛弘六年三月～七月である。紫式部にとって初出仕から丸二年間の集大成とも言うべき御冊子作りは、その前年の寛弘五年十一月。紫式部は、この御冊子作りを契機に、積極的に彰子中宮に仕える新たな決意を抱くに至っている。(45)敦成親王誕生記の草稿執筆は、そうした熱意の現れでもある。

このように、敦成親王誕生記の草稿と消息的部分、それぞれは、その執筆時期における紫式部の心理状況から、全く異なる姿勢で執筆されたことが知られる。それは、そのまま想定する第一読者の違いともなっている。すなわち、敦成親王誕生記の草稿においては、彰子中宮サロン、消息的部分では娘賢子である。

この二方向のベクトルを新たに一本化する際、紫式部は、どのような体裁を想定したか。その参考となるのが『土佐日記』『蜻蛉日記』である。我が国最初の仮名日記『土佐日記』は、その冒頭に「男もすなる日記といふものを、女もしてみむとて、するなり」とあるように、女性（亡児の乳母？）(46)に仮託した体裁で書かれている。一方、『蜻蛉日記』は、受領層の作者「倫寧女」が、摂関家の藤原兼家との結婚による、苦悩や嫉妬を赤裸々につづった自伝的日記である。消息的部分は、『蜻蛉日記』の独白に通ずる。『紫式部日記』は、この『蜻蛉日記』を踏まえた上で、『土佐日記』的仮託の方法を意識し、実質上の伝達先である賢子を、架空の同僚の女房に置き換えたと見なせよう。

こうした結果、混在している二方向のベクトルを止揚するまでに至らないながら、その併存は可能となった。しかし、その発表がなされたのは、紫式部自身の死去後、程なくである。母が残した『紫式部日記』は、賢子の乳母時代には既に世の人の目に触れていた。『栄花物語』第八巻「初花」の典拠の一つとなっていることは、それを物語っている。『栄花物語』正編三十巻は、万寿四年（一〇二七）以降、長元七年（一〇三四）以前の成立とされる。

この日記は他ならぬ賢子本人によって、広まったとするのが自然であろう。賢子の手元に残された遺品中の断簡と併せてまとめられ、現在の形態となって、おそらく彰子中宮への初出仕時（紫式部没後、初出仕の場合。没前出仕の場合は紫式部没後）に献上されたと思われる。

結語

以上、『紫式部日記』が如何にして成立したかを考察した。その成立過程を振り返ったとき、改めて着目されるのは、『枕草子』の影響の大きさである。『枕草子』成立は、定子中宮崩御翌年の長保三年（一〇〇一）である。[47] しかし、その補筆は紫式部初出仕以降もなされ、清少納言当人が彰子中宮サロンとも深く関与している。[48] こうした状況を考慮するならば、紫式部が『枕草子』の存在を意識したのは、むしろ当然な流れである。定子中宮サロンを描いた『枕草子』に対抗しうる彰子中宮サロンの記録を残す必要性・使命感を抱かざるを得ない環境が、用意されていたと言えよう。寛弘五年五月下旬、法華三十講結願の日における記録的部分（某月十一日の御堂詣での断簡）は、このような環境のもとに執筆され、敦成親王誕生記の先鞭をつけたと思われる。

『枕草子』から『紫式部日記』へ——従来、軽視されてきた観が強い、この流れは、『枕草子』から「桐壺」巻[49]へとともに、一条天皇の後宮という共通基盤の意義の大きさを再認識させるものにほかならない。

【注】

（1）「事果てて、殿上人、舟に乗りて、皆、漕ぎ続きて遊ぶ。……月おぼろに差し出でて、若やかなる君達、今様歌、謡ふも、舟に乗りおほせたるを、若う、をかしく聞こゆるに、……。……笛など吹き合はせたる、暁方の風の気配さへぞ、心ことなる。はかない事も、所がら、折からなりけり」（『紫式部日記』）

（2）彰子中宮のために、寛弘五年二月十三日、御修善、同月十五日、三十余名の僧による釈迦念仏会、翌三月二十一日、御修法が行われた（『御堂関白記』）。

（3）かくて四月の祭（＝葵祭）、（彰子中宮からの使は懐妊により）停まりつる年なれば、二十余日の程より、例の三十講、行はせ給ふ。五月五日にぞ、五巻の日に当たりたりければ、ことさらめき、をかしうて、捧物の用意、かねてより心ことなるべし。御堂に宮（＝彰子中宮）も渡りて、おはしませば……（『栄花物語』「初花」巻）ちなみに、この日の薪の行道に加わった僧は百四十三人にも及んだ（『御堂関白記』）。

（4）「五月雨のつれづれなる頃、……（光源氏は花散里の住む邸に）渡り給へり。……夜更かして（花散里のもとには）立ち寄り給へり。月おぼろに差し入りて、（光源氏の）いとど艶なる御振る舞ひも、尽きもせず、見え給ふ」（「澪標」巻）

（5）この五首の他、『紫式部日記』にはなく「日記歌」に載せられている歌は、最終十七番目の次の一首のみである。

題知らず

世の中を何嘆かまし山桜花見る程の心なりせば

この歌は、同じく「題知らず」として『後拾遺和歌集』に出ていることから、そこから補入されたと考えられる。山本利達校注『紫式部日記　紫式部集』（新潮日本古典集成、昭55）参照。

（6）中野幸一「『紫式部日記』の欠脱部分」（石原昭平編『日記文学新論』（平16、おうふう）所収）参照。但し、氏は「五月紫式部日記／暁景気」を、散逸した寛弘五年の法華三十講、五巻の日の条とする。

（7）「丹波の守の北の方をば、宮・殿などのわたりには、匡衡衛門とぞ言ひ侍る。ことに、やむごとなき程ならねど、まことにゆゑゆゑしく、歌詠みとて、よろづの事につけて詠み散らさねど、聞こえたる限りは、はかなき折節の事も、それこそ恥づかしき口つきに侍れ」（『紫式部日記』消息的部分）

（8）「内裏の上の、源氏の物語、人に読ませ給ひつつ、聞こし召しけるに、『この人は日本紀をこそ読みたるべけれ。まことに才あるべし』と宣はせけるを、……」（同右）

（9）「宮の、御前にて、文集の所々読ませ給ひなどして、さるさまの事、知ろし召さまほしげに思いたりしかば、いと忍びて、人のさぶらはぬものの暇々に、一昨年の夏頃より、楽府といふ書二巻をぞ、しどけながら教へたて聞こえさせて侍る。……」(『紫式部日記』消息的部分)

(10) ちなみに、寛弘七年夏説を主張する岡一男氏は、その著『源氏物語の基礎的研究』(東京堂出版、昭41)において、有名な清少納言評に続く、次の身辺所感の一部には、執筆時の季節感が繁栄されているとする。

風の涼しき夕暮、聞きよからぬ一人琴をかき鳴らしては、嘆き加はるると、聞き知る人やあらぬと、ゆゆしくなど覚え侍るこそ、をこにも、あはれにも侍りけれ。(『紫式部日記』消息的部分)

(11) このほか、「陸奥守」(藤原済家、寛弘六年正月に陸奥守)という『紫式部日記』中の呼称からも、寛弘六年の執筆は裏づけられる。中野幸一「『紫式部日記』の時間的構造——その回想と執筆時について——」(「日本文学」昭47・10)、原田敦子「『紫式部日記』の成立」(『女流文学講座』第三巻、勉誠社、平3)参照。

(12) 『紫式部日記』寛弘五年十月中旬の条には、次のように記されている。

中務の宮(=具平親王)わたりの御事を(道長様は)御心に入れて、そなたの心寄せある人と思して、語らはせ給ふも、まことに心のうちは思ひゐたる事、多かり。

(13) 「この、ふるさとの女の前にてだに、(教養をひけらかすのは)つつみ侍るものを、さる所(=宮中)にて、才、さかし出で侍らむよ。……一といふ文字だに書きわたし侍らず、いと手つづに、あさましく侍り」(『紫式部日記』消息的部分)

(14) 萩谷朴「紫式部と後宮生活」(『源氏物語講座』第6巻、有精堂、昭46)参照。

(15) 「この式部の丞と言ふ人(=惟規)の、童にて書読み侍りし時、聞き習ひつつ、かの人は遅う読み取り、忘るる所をも、(私は)あやしきまでぞ聡く侍りしかば、書に心入れたる親(=父為時)は、「口惜しう、男子にて(お前を)持たらぬこそ、幸ひなかりけれ」とぞ、常に嘆かれ侍りし」(『紫式部日記』消息的部分)

(16) 「御前にも、近うさぶらふ人々、はかなき物語するを聞こし召しつつ、なやましう、おはしますべかめるを、さりげなく、もて隠させ給へる御有様などの、いと、さらなる事なれど、『憂き世の慰めには、かかる御前をこそ尋ね参るべかりけれ』と、現し心をば引き違へ、たとしへなく、よろづ忘らるるも、かつは、あやし」(『紫式部日記』)

(17)「渡殿の戸口の局に見出せば、ほのうち霧りたる朝の露も、まだ落ちぬに、殿(=道長)ありかせ給ひて、御随身、召して、遣水、払はせ給ふ。……(女郎花の)一枝、折らせ給ひて、几帳の上より、さし覗かせ給へる御さまの、いと、はづかしげなるに、我が朝顔の思ひ知らるれば、……

女郎花さかりの色を見るからに露の分きける身こそ知らるれ

『あな、疾《と》』と微笑みて、硯、召し出づ。

白露は分きても置かじ女郎花心からにや色の染むらむ」(『紫式部日記』)

(18)註17の本文に続いて、次のようにある。

しめやかなる夕暮に、宰相の君と二人、物語して居たるに、殿の三位の君(=頼通)、簾のつま引き上げて居給ふ。年の程よりは、いと大人しく心憎きさまして、……はづかしげに見ゆ。うちとけぬ程にて、「多かる野辺に」と、うち誦じて、立ち給ひにしさまこそ、物語に褒めたる男の心地し侍りしか。

(19)九日、菊の綿を、兵部のおもとの持て来て、「これ、殿の上(=倫子)の、とりわきて『いとよう老いのごひ捨て給へ』と宣はせつる」とあれば、

菊の露わかゆばかりに袖ふれて花の主に千代は譲らむ

とて、返し奉らむとする程に、「あなたに帰り渡らせ給ひぬ」とあれば、用なさに止どめつ。

右の通り、御子誕生二日前のせわしい重陽の節句の日に、倫子は中宮の御座所に参上した際、菊の着せ綿を紫式部の事を忘れることなく指名で贈っている。その厚意に恐縮した紫式部は、「私はほんの少し若返る程度、袖に触れるに止どめて、花の持ち主のあなた様に、千年の寿命はお譲り申しましょう」と詠み、着せ綿をお返ししようとしたが、既にお部屋に戻られていたので、そのまま頂戴したとある。

(20)紫式部の出仕は、勧修寺流の繋がりから、倫子を介しての強い要請を受けてのものであったと思われる。倫子は亡夫宣孝同様、三条右大臣定方の曽孫であり、紫式部とは再従姉妹の関係にある。倫子が紫式部にとって特別な存在であったことは、この重陽の節句の際における気配りとともに、同年十一月、御冊子作りの大役を果たして里下がりした紫式部のもとに送った、早々の帰参を促す倫子直々の手紙(『紫式部日記』)からも窺われる。紫式部はこ

の手紙に恐縮し、彰子中宮のもとに戻っているが、この時の里下がりはそのまま宮仕えを終える危険性もあっただけに、倫子の発言力は並々ならぬものがあったと推察される。拙著『紫式部伝――源氏物語はいつ、いかにして書かれたか』(笠間書院、平17)「御冊子作り」参照。

(21) 平生昌の他に、藤原行成・藤原有国等が挙げられているが、行成・有国は『紫式部日記』中、敬語を用いて別称で呼ばれており、除外されるべきであろう。中野幸一校注『紫式部日記』(新編日本古典文学全集26所収、小学館、平元)「登場人物一覧」参照。

(22) 「大進生昌が家に、宮(=定子中宮)の出でさせ給ふに、東の門は四足になして、それより御輿は入らせ給ふ。……(女房の)檳榔毛の車などは門、小さければ、障りて、え入らねば、例の、筵道敷きて下るるに、いと憎く腹立たしけれども、いかがはせむ。殿上人・地下なるも、陣に立ちそひて見るも、いと、ねたし。御前に参りて、ありつるやう啓すれば、『ここにても、人は見るまじうやは。などかは、さしも打ち解けつる』と、笑はせ給ふ」(『枕草子』第五段)

(23) 「(皆、就寝後)あやしく、嗅《か》ればみ、騒ぎたる声にて、『さぶらはむは如何に。さぶらはむは如何に』と、あまたたび言ふ声にぞ、おどろきて見れば、几帳の後ろに立てたる燈台の光は、あらはなり。……傍らなる人を揺り起こして、……いみじう笑ふ。……『開けむとならば、ただ入りねかし。消息を言はむに、よかなりとは誰かは言はむ』と、げにぞ、をかしき。……」(同右)

(24) 同じ『小右記』に、この生昌邸行啓より二ヵ月後の長保元年十月十二日、権大進道貞邸への冷泉天皇皇后昌子の入御に関して「板門屋ヲ改メテ四足門ヲ造ル」とある。

(25) 定子中宮出御の日における道長の宇治行きについて、実資は「行啓ノ事を、妨グルニ似タリ。(道長に)上達部、憚ル所有リテ参内セザルカ」(『小右記』長保元年八月九日の条)とある。

(26) 「上(=一条天皇)にさぶらふ御猫は、冠にて、『命婦のおとど』とて、いみじう、をかしければ、かしづかせ給ふが、……乳母の馬の命婦、……おどすとて、『翁丸いづら。命婦のおとど、食へ』と言ふに、『まことか』とて痴れ者は、走りかかりたれば、(猫は)おびえ惑ひて、御簾のうちに入りぬ。……」(第六段冒頭)

（27）萩谷朴著『枕草子解環一』（同朋社出版、昭56）一〇六頁の「翁丸と伊周」等、参照。

（28）・「三月三日」桃の節句に、翁丸は飾り立てられて堂々と闊歩した（第六段）とある。
・翁丸を打擲した「蔵人忠隆」が蔵人に任ぜられたのは、長保二年正月である。
・定子中宮の一条院内裏滞在が、長保二年二月十一日〜翌三月二十七日になされている。
左記等を考慮するならば、このエピソードは同年三月四日から二十七日以前の出来事と考えざるをえない。註27の萩谷朴著『枕草子解環一』一〇六頁の「第六段の史実年事」参照。

（29）『小右記』長保元年九月十九日の条に、次のようにある。
内裏ノ御猫、子ヲ産ム。女院（＝一条天皇の母詮子）・左大臣（＝道長）・右大臣、産養ノ事、有り。猫ノ乳母、馬ノ命婦。時ノ人、之ヲ笑フ。……

（30）出典未詳ながら、藤村作編『清少納言枕草子』一〇頁の頭注に「一条院御犬……翁丸者近江産也、……」とある。註27の萩谷朴著『枕草子解環一』九八頁の「おきなまろ」参照。

（31）『この翁丸、打ち調じて、犬島へ遣はせ。ただ今』と（一条天皇が）仰せらるれば、集まり狩り騒ぐ。……犬は狩り出でて、滝口などして追ひつかはしつ」（『枕草子』第六段）

（32）『枕草子』跋文は、次のように、この書が世間に流布した経緯を記している。
左中将（＝源経房）、まだ「伊勢守」と聞こえし時、里（＝清少納言の里邸）におはしたりしに、端の方なりし畳を差し出でしものは、この冊子、載りて出でにけり。惑ひ取り入れしかど、やがて持ておはして、いと久しくありてぞ、返したりし。それより、歩き初めたるなめり。

源経房は、道長とは従兄弟にあたり、同母姉の明子は道長室である。そうした関係からか、道長の猶子扱いともなっていたらしい。前節、参照。

（33）長期の里下がりの間に、『枕草子』執筆がなされていたことは、次の章段からも知られる。
心から思ひ乱るる事ありて、里にある頃、めでたき紙二十を包みて、（中宮様から）賜はせたり。仰せ言には、「とく参れ」など、宣はせて、……。まことに、この紙を冊子に造りなど、もて騒ぐに、むつかしき事も、紛

るる心地して、「をかし」と、心のうちにも思ゆ。（第二五八段）

（34）「伊勢守」経房が「左中将」であった時期は、長徳四年（九九八）十月～長和四年（一〇一五）二月、その下限をより限定するならば蔵人頭となった長保三年（一〇〇一）八月までで、定子中宮亡き後と判断される章段の存在も考慮した場合、跋文の添えられた『枕草子』成立は、長保三年正月～八月に限定される。『日本古典文学大辞典』（岩波書店、昭60）「枕草子」の項、石田穣二担当等、参照。

（35）本章第二節「『枕草子』」参照。

（36）註22、参照。このほか、次のようにある。

・「彼を、はしたなう言ひけむこそ、いとほしけれ」とて、笑はせ給ふ。

・「これ、な笑ひそ。いと、勤公なるものを」と、いとほしがらせ給ふも、をかし。

そして、この段は、生昌を弁護なさる「御気色、いと、めでたし」で閉じられている。

（37）加納重文「枕草子鑑賞（第二段～第六段）」（『枕草子講座　第二巻　枕草子とその鑑賞Ⅰ』有精堂、昭50）には、次のようにある。

　前代未聞の板門よりの入御（中略）というお粗末さも、そういうみじめなものとしては描かず、むしろ諧謔・笑いの種にして、興がってさえいるのである。現実の状況の暗さと、清少納言が残した『枕草子』の異様な明るさという不可解な齟齬を、どう判断したらよいのだろうか。

（38）第六段は、次の一文が添えられて終わる。

なほ、あはれがられて（＝同情されて）、震ひ啼き出でたりしこそ、世に知らず、をかしく、あはれなりしか。人などこそ、人に言はれて、泣きなどはすれ。

（39）『枕草子』成立に隠された欺瞞性や、清少納言に対する紫式部の対抗心等の詳細については本章第二節、参照。

（40）註32、参照。

（41）里に、まかでたるに、殿上人などの来るをも、やすからずぞ、人々は言ひなすなる。……あまり、うるさくもあれば、「この度は、いづく」と、なべてには知らせず、左中将経房の君・済政の君なぞばかりぞ、知り給へ

る。（第八〇段）

済政は、大納言時中（左大臣源雅信男）男で、道長の正妻倫子は父時中の異母妹に当たる。道長の家司、後年には敦成親王（＝後一条天皇）や上東門院彰子の別当等を勤め、道長方の側近の一人として位置づけられる人物である。

(42) 彰子中宮出産の当日、寛弘五年九月十一日の条に次のようにある。

左の宰相の中将（＝経房）、宮の大夫（＝斉信）など、例は、け遠き人々さへ、御几帳の上より、ともすれば覗きつつ、腫れたる（私の）目どもを見ゆるも、よろづの恥を忘れたり。（『紫式部日記』）

また、消息的部分では、次のようにも記されている。

いと、あえかに子めい給ふ（彰子中宮の）上臈たちは（中宮大夫斉信様と）対面し給ふこと難し。（同右）

(43) 註16、参照。

(44) 例えば、六条御息所との最初の交渉の経緯（「夕顔」巻）・藤壺との最初の密通の場面（「若紫」巻）は、その省略自体が巻の展開方法となっており、巻の完成度の高さに結びついている。「匂宮」巻頭「光、隠れ給ひにし後……」も、そうした手法の一端を示している。また、光源氏の死を暗示する巻名のみの「雲隠」巻は、その究極的手法と言えよう。拙著『源氏物語　展開の方法』（笠間書院、平7）『源氏物語　成立研究』（笠間書院、平13）参照。

(45) 宮仕えに対する紫式部の姿勢は、御冊子作り終了後の里下がりを境に、大きな転換点を迎える。彰子中宮の内裏還啓から、わずか五日後の同僚たちと一体となって興じた左京の君の一件は、それを象徴している。こうした紫式部の在り方は、これまで宮仕えに馴染めぬ我が身の辛さを訴え続け、わずか二カ月程前には、池の水鳥を我が身の境遇に譬え、自らの生き方に確固たる方向性を見いだせずに苦悩していた姿（『紫式部日記』）とは、隔世の感がある。この変貌ぶりは、当人も自覚するところであった。左京の君の一件より一カ月程後には、次のような感慨を漏らしている。

師走の二十九日に参る。初めて参りしも今宵の事ぞかし。いみじくも夢路に惑はれしかなと思ひ出づれば、こよなく立ち馴れにけるも、疎ましの身の程やと覚ゆ。（『紫式部日記』寛弘五年十二月二十九日の条）

この心理的変化は、御冊子作り、及びその直後における自己を直視した里下がりでの体験を契機として、彰子中宮サロンの一員としての自覚・自信が深まったからにほかならない。註20の拙著『紫式部伝』「御冊子作り」参照。

(46) 村瀬敏夫著『宮廷歌人　紀貫之』(新典社、昭62)「土佐日記の執筆」には、次のようにある。

作者をある女性に仮託するが、その女性が貫之とどういう関係にあるかは明記されていない。しかしいつも貫之夫妻の周囲におり、時には夫妻に敬語を用い、彼らとともに亡児を悲傷しているということから、亡児の乳母《うば》といったような設定だったろう。

(47) 註34、参照。

(48) 本章第二節四、参照。

(49) 本章第二節結語、参照。

【五十四帖の構成】

	《推定巻序》	《現行巻序》		
第一期	「帚木」	「桐壺」	第一部	正篇
	「空蝉」	「帚木」		
	「夕顔」	「空蝉」		
第二期	「桐壺」	「夕顔」		
	「若紫」	「若紫」		
	「末摘花」	「末摘花」		
	「紅葉賀」	「紅葉賀」		
	「花宴」	「花宴」		
	「葵」	「葵」		
	「賢木」	「賢木」		
	「花散里」	「花散里」		
	「須磨」	「須磨」		
	「明石」	「明石」		
	「澪標」	「澪標」		
	「絵合」	「蓬生」		
	「松風」	「関屋」		
	「薄雲」	「絵合」		
	「朝顔」	「松風」		
	「乙女」	「薄雲」		
	「梅枝」	「朝顔」		
	「藤裏葉」	「乙女」		
第三期	「蓬生」	玉鬘十帖		
	「関屋」	「梅枝」		
	玉鬘十帖	「藤裏葉」		
第四期	「若菜上」	「若菜上」	第二部	
	「若菜下」	「若菜下」		
	「柏木」	「柏木」		
	「横笛」	「横笛」		
	「鈴虫」	「鈴虫」		
	「御法」	「夕霧」		
	「幻」	「御法」		
	「夕霧」	「幻」		
第五期	「匂宮」	「匂宮」	第三部	続篇
	「橋姫」	「紅梅」		
	「椎本」	「竹河」		
	「総角」	「橋姫」		
	「早蕨」	「椎本」		
	「紅梅」	「総角」		
	「宿木」	「早蕨」		
	「東屋」	「宿木」		
	「浮舟」	「東屋」		
	「蜻蛉」	「浮舟」		
	「手習」	「蜻蛉」		
	「夢浮橋」	「手習」		
	「竹河」	「夢浮橋」		

（　　は巻序が異なる巻）

第一期……家居期、具平親王家サロン周辺で発表された帚木三帖。

第二期……彰子中宮に出仕後、寛弘五年十一月の御冊子作りまでに執筆された巻々十八帖。

第三期……御冊子作り以後、寛弘七年二月の妍子の東宮参入までに執筆された十二帖。このうち玉鬘十帖は、妍子参入の献上本として執筆されたと思われる。

第四期……『紫式部日記』跋文を執筆した寛弘七年の翌年正月以降、丸一年がかりで発表された八帖。第五帖「鈴虫」以降の四巻は、この年六月の一条天皇崩御の影響が著しい。

第五期……一条天皇崩御の翌年の長保元年正月から、彰子のもとを辞していた長保三年正月までに発表された十三帖。

参考までに、『源氏物語』の構成についての従来の通説である正篇・続篇の二部説と三部構成説を併記した。正篇・続篇の二部説とは、「桐壺」巻から「幻」巻までの光源氏の生涯を描いた四十一帖と、次代を描く「匂宮」巻以降、最終巻「夢浮橋」までの十三巻を分けて、それぞれ正篇・続篇とするものであり、三部構成説は、このうち正篇を「藤裏葉」巻までと次巻「若菜上」巻以降との二つに分けて、五十四帖を三部とする考え方である。

【五十四帖の執筆・発表年譜】

年号	西暦	巻々の執筆・発表時期	巻名	関係事項
長保三	一〇〇一			宣孝、没（四月二十五日）。
寛弘元	一〇〇四	五月初め	**帚木**	
		六月？	**空蟬**	
		八月？	**夕顔**	
二	一〇〇五			具平親王、「大顔の車」の契機となる作文会に参加（七月七日）。
				敦康親王、読書始の儀（十一月十三日）。
				紫式部、彰子中宮のもとに初出仕（十二月二十九日）。
三	一〇〇六	春	桐壺	東三条院で花宴（三月四日）。
		五月初め	若紫	紫式部、同僚から薬玉を贈られる（五月五日）。
		年後半（八月？）	末摘花	
		〃（十月？）	紅葉賀	
四	一〇〇七	春（三月？）	花宴	
		五月初め	葵	過去にない盛況ぶりの葵祭（四月十九日）。
				源明子、辞表提出（五月八日）。
		九月	賢木	道長、吉野参詣（八月）。
		年後半	花散里	
		〃	須磨	彰子中宮、懐妊（十二月初め）。
五	一〇〇八	春（一月？）	明石	

		春	澪標	
		四月頃	絵合	
		四月中旬以降	松風	彰子中宮、土御門邸で法華三十講（四月中旬～五月下旬）。
		年後半	薄雲	
		〃	朝顔	
		八月	乙女	彰子中宮、再び土御門邸へ退下（七月十六日）。
		八月下旬～十月	梅枝	土御門邸にて薫物配り（八月二十六日）。
				彰子中宮、敦成親王を出産（九月十一日）。
		九月下旬～十一月初旬	藤裏葉	一条天皇、土御門邸へ行幸（十月十六日）。
				御冊子作り（十一月初旬～中旬）。
		十一月下旬	**蓬生**	彰子中宮、里内裏の一条院に還啓（同月十七日）。紫式部も同
		～	**関屋**	行し、以後、同十一月二十八日まで宮中、翌十二月二十九日に
		十二月二十九日	**玉鬘**	里邸より戻る。
六	一〇〇九	正月	初音	
		春（三月下旬？）	胡蝶	彰子中宮、第二御子、懐妊確定（二～三月）。
		五月	螢	
		六月	常夏	
		七月	篝火	
		八月	野分	
		年後半	行幸	
		〃	藤袴	
		十一月末～十二月	真木柱	彰子中宮、敦良親王を出産（十一月二十五日）。

七	一〇一〇			『紫式部日記』寛弘七年正月の条（正月一日〜三日、十五日）。
				妍子、東宮居貞親王に参入（二月二十日）。
				紫式部、雛の家造りとして手紙を処分（春）。
				『紫式部日記』消息的部分、執筆（夏頃）。
八	一〇一一	正月	若菜上	
			若菜下	
		春（三月？）	柏木	
		五月初め	横笛	一条天皇、発病（五月二十二日）。
				一条天皇、崩御（六月二十二日）。
		八月下旬〜九月下旬	鈴虫	一条天皇、四十九日法要（八月十一日）。
		年後半	御法	
		〃	幻	
		〃	**夕霧**	
長和元	一〇一二	正月	匂宮	紫式部、彰子中宮に司召の詠歌（正月）。
		年半ば	橋姫	彰子皇太后主催の一条天皇追善法華八講（五月十五日）。
		八月前後	椎本	
		十二月	総角	
二	一〇一三	正月	早蕨	
		二月	**紅梅**	春日祭（二月十日）。
		五月初め？	宿木	紫式部、実資側の啓上を取り次ぐ（五月二十五日）。
		五月〜七月？	東屋	
		〃	浮舟	

		七月頃	蜻蛉	国忌として一条天皇三回忌法華八講（六月二十二日）。
		八月？	手習	
		年後半	夢浮橋	
三	一〇一四	正月	**竹河**	実資の彰子皇太后への取り次ぎは道長二男頼宗（正月二十日）。 紫式部、没（春）。 為時、越後守を辞し、帰京（六月）。

（ゴシック体は現行巻序と異なる巻）

【紫式部略年譜】

年号	西暦	紫式部推定年齢	事項	関係事項
安和元	九六八		為時、播磨権少掾（十一月）。	安和の変（源高明、大宰府左遷）。
二	九六九			
天禄三	九七二		為時、帰京?、藤原為信女と結婚?	
天延元	九七三		姉、誕生（年末）?	
三	九七五	1	紫式部、誕生?	
貞元元	九七六	2	弟惟規、誕生?、母為信女、没?	
二	九七七	3	為時、東宮読書始めの儀において副侍読（三月）。	
永観二	九八四	10	花山天皇、即位。為時、式部丞・蔵人（十月）。	
寛和二	九八六	12	為時、具平親王邸の宴遊に列する。 花山天皇、退位・出家（六月）。	一条天皇、即位。
正暦元	九九〇	16	宣孝、御嶽詣で（三月）、筑前守（八月）。	定子、入内（正月）。
長徳元	九九五	21	宣孝、帰京? この年頃までに姉、死去? 宣孝、神楽人長（十一月）。	宋人七十余人、越前へ（九月）。
二	九九六	22	為時、越前守（正月）。紫式部、共に下向（夏）。	伊周・隆家兄弟、左遷（四月）。
三	九九七	23	紫式部、単身帰京（晩秋）。	
四	九九八	24	紫式部、宣孝と結婚（冬）。	

長保元	九九九	25	宣孝、宇佐使として豊前国へ下向（十一月）。	彰子、入内（十一月）。
二	一〇〇〇	26	紫式部、賢子を出産（もしくは翌年）。 宣孝、帰京（二月）。	皇后定子、崩御（十二月）。
三	一〇〇一	27	宣孝、没（四月二十五日）。	疫病流行。 東三条院詮子、崩御（閏十二月）。
寛弘二	一〇〇五	31	具平親王、作文会に参加（七月七日）。 彰子中宮のもとに初出仕（十二月二十九日）。	敦康親王、読書始の儀（十一月十三日）。
三	一〇〇六	32	東三条院で花宴（三月四日）。	
四	一〇〇七	33	惟規、六位蔵人となる（一月）。 伊勢大輔、八重桜の歌を献詠（四月）。 源明子、辞表提出（五月八日）。 彰子中宮、懐妊（十二月頃）。	過去にない盛況ぶりの葵祭（四月十九日）。 道長、吉野参詣（八月）。
五	一〇〇八	34	彰子中宮に楽府を進講（夏頃〜）。 彰子中宮、土御門邸で法華三十講（四月二十三日〜五月二十二日）。 彰子中宮、再び土御門邸へ退下（七月十六日）。 『紫式部日記』冒頭の記述（同月下旬）。 薫物配り（八月二十六日）。 重陽の節句（九月九日）。 彰子中宮、敦成親王を出産（九月十一日）。 三・五・七・九夜の産養（同月十三日・十五日・十七	

			日・十九日）。 一条天皇の土御門邸行幸（十月十六日）。 五十日の祝宴（十一月一日）。 御冊子作り（同月）。 彰子中宮、里内裏の一条院に還啓（同月十七日）。 五節の舞、見物（同月二十日）。	
六	一〇〇九	35	彰子中宮、敦良親王を出産（十一月二十五日）。 玉鬘十帖、完成（十二月下旬頃まで）。	頼通・隆姫の婚姻。 具平親王、薨去（七月）。
七	一〇一〇	36	敦良親王の五十日の祝宴（一月十五日）。 妍子、東宮居貞親王に参入（二月二十日）。 『紫式部日記』消息的部分、執筆（夏頃まで）。	
八	一〇一一	37	一条天皇、崩御（六月二十二日）。 惟規、父為時の任国越後に同行し、没す（秋頃）。	三条天皇（居貞親王）、即位。
長和元	一〇一二	38	彰子中宮、皇太后となる（二月十四日）。 一条院追善御八講（五月十五日）。	
二	一〇一三	39	紫式部、実資側の彰子への啓上を取り次ぐ（五月二十五日）。 一条院三回忌御八講（六月二十二日）。	
三	一〇一四	40	紫式部、没（春）？ 為時、越後守を辞し、帰京（六月）。	
五	一〇一六		為時、三井寺で出家（四月）。	後一条天皇（敦成親王）、即位。

寛仁二	一〇一八		為時、摂政大饗料の屏風詩を献ずる（正月）。	菅原孝標女、『源氏物語』を通読。
治安元	一〇二一			親仁親王、誕生（八月）。
万寿二	一〇二五		賢子、親仁親王（後冷泉天皇）の乳母となる。	
万寿三	一〇二六			彰子、落飾して上東門院と号す（一月）。
四	一〇二七			妍子、崩御（九月）。道長、薨去（十二月）。
長元四	一〇三一		賢子、上東門院彰子の住吉大社等の参詣に随行。	
九	一〇三六			後一条天皇、崩御。後朱雀天皇、即位。
寛徳二	一〇四五		賢子、従三位に叙せられる。	後朱雀天皇、崩御。後冷泉天皇、即位。
天喜元	一〇五三			倫子、逝去。
治歴四	一〇六八			後冷泉天皇、崩御。
延久六	一〇七四			頼通、薨去（二月）。上東門院彰子、崩御（十月）。
永保二	一〇八二		賢子、没？	

【初出一覧】

第一章　五十四帖の執筆・発表時期――発表の場と季節を手掛かりとして

第一節　第一期（帚木三帖）

一・二　「『源氏物語』始発のモデルと准拠――成立論からの照射――」（森一郎他編『源氏物語の展望』第5輯、三弥井書店、平21・3）

三　帚木三帖の発表時期はいつか（二）　［未発表］

第二節　第二期前半（「桐壺」～「葵」六帖）――源明子の典侍辞任を手掛かりとして

「『源氏物語』発表の場と季節――源明子の典侍辞任を手掛かりとして――」（『いわき明星大学人文学部研究紀要』第24号、平23・3）

第三節　第二期後半（「賢木」～「藤裏葉」十二帖）　［未発表］

第四節　第三期（「蓬生」「関屋」と玉鬘十帖）　［未発表］

第五節　第四期（「若菜上」～「幻」）　［未発表］

第六節　第五期（「匂宮」～「竹河」）　［未発表］

第二章　『源氏物語』のモデルと准拠

第一節　帚木三帖――具平親王と光源氏

第二節　「桐壺」巻――敦康親王と光る君

「『源氏物語』始発のモデルと准拠――成立論からの照射――」（森一郎他編『源氏物語の展望』第5輯、三弥井書店、平21・3）

第三節　六条御息所――京極御息所・中将御息所・斎宮女御を手掛かりとして

「六条御息所のモデルと准拠」（『いわき明星大学人文学部研究紀要』第23号、平22・3）

第四節　朝顔斎院――代明親王の系譜を手掛かりとして

「朝顔斎院のモデルと准拠――代明親王の系譜を手掛かりとして――」（『いわき明星大学大学院人文学研究科紀要』第9号、平23・3）

第五節　「浮舟」巻における実名考――彰子皇太后の母源倫子との関係　［未発表］

第三章　王朝文学は如何にして発表されたか

第一節　『宇津保物語』『落窪物語』『堤中納言物語』からの照射

「王朝物語は如何にして発表されたか――『宇津保物語』『落窪物語』『堤中納言物語』からの照射――」（『いわき明星大学人文学研究科紀要』第8号、平22・3）

第二節　『枕草子』――女房文学発表の場　［未発表］

第三節　『紫式部日記』――『枕草子』の影響　［未発表］

あとがき

帚木三帖に藤壺はいないのではないか?!――この疑問を抱いたのは、昭和六十二年暮れだった。当時、『源氏物語』初期の巻々の展開方法について模索している最中であり、「桐壺」巻と帚木三帖のトーンの落差は前々から気にかかっていたところであった。早速、帚木三帖中、藤壺とされている四ヵ所を確認し、果たして藤壺か否かを前後の文脈から判断した。結果は意外なものだった。藤壺と明記されている箇所はなく、かつ四ヵ所は本来、それぞれ帚木三帖の主要な女君たち（葵の上・六条御息所・空蟬・夕顔）に関わるものと見なすべきであることを確信した。これは何を意味するのか。直感的に浮かんだのは、帚木三帖起筆という大胆な結論であった。これまで関心をもつことのなかった『源氏物語』成立論に目が向けられた、きっかけである。

思えば、これが自身にとって、絢爛たる『源氏物語』という織物を解きほぐす一本の糸の先端のようなものであった。この先をたどっていくと、絡み合っていた糸が解きほぐされるが、新たなほつれに行き当たる。そのほつれを再びたどっていく――このような繰り返しが続き、最後には、幾重にも絡み合い成り立っていた織物が解体されて、本書の考察結果に至った観が強い。

この発想を得た翌年五月、「帚木三帖における藤壺の存否」と題して中古文学会春季大会において発表。平成七年には第一著『源氏物語　展開の方法』（笠間書院）を刊行し、研究の疑問点の明確化とその解答の方向性を提示した。そして平成十三年に第二著『源氏物語　成立研究――執筆順序と執筆時期――』（同社）刊行、推定しうる限りの五十四帖の執筆順序と執筆時期を確定した。この時点で、なすべき殆どの研究は終わったと思っていた。しかし、一方において作家論として紫式部に関する知識を網羅していないこと、彼女の人生全般から『源氏物語』をとらえていないことは気になっていた。また、自説を補強する意味においても、紫式部の伝記執筆の必要性を感じていた。そこで「紫式部伝考」と題して、その家系から晩年・没後までをたどり、平成十七年、第三著『紫式部伝――源氏物語はいつ、いかにして書かれたか』(同社)刊行に至った。

この第三著は自身の集大成となるはずであった。紫式部の実像に即して、『源氏物語』の成立事情を明らかにしたという達成感があったからである。具平親王(帚木三帖における光源氏のモデル)の伯父たち〝延喜時の三光〟の存在、具平親王と源順の世代を超えた麗しい交流に隠された「桐壺」巻着想のエピソード、宮仕え当初における末摘花のモデルの見聞等――この著によって浮かび上がった様々な事実は、何より自説の信憑性の証にほかなるまい。

さらなるテーマとの出会いは平成二十年、『源氏物語』千年紀に因んだ講演の終了後、傍聴者の一人から寄せられた、定子と彰子の関係を含めた一条天皇の後宮についての質問だった。漠然とした断片的知識しかもちあわせていなかった自らを反省し、また率直な探求心も抱いた。その結果は、またしても予想外なものであった。「弘徽殿女御」「桐壺更衣」はもとより、敦康親王(定子の遺児)という「光る君」のモデルも実在していた。推定されていた「桐壺」巻の執筆時期(七歳に成長した敦康親王の読書始の儀から半年以内で、彰子の第一皇子出産は約二年半後)によって、「藤壺」彰子のみならず、一条天皇・定子等、鮮明に映し出された一条天皇の後宮と直結するモデルたちの存在を知り、まさに千年間の封印が開かれた思いであった。そして、改めて発表の場という観点の重要性を痛感させられ、本書執筆の端緒となった次第である。

こうして三年のブランクを経て研究を再開し、四冊目の刊行を目指していた途上、3・11は起こった。いわき市を襲った震度六弱の地震は、長期振動であったこともあり、かつて経験したことのない揺れであった。一瞬、死を予想し、当時、いわき駅前新築ビル六階にいた家族も、天井が落下し、スプリンクラーの放水、ガラスの飛散、隣の怪我人が担架で運ばれるといった惨状下、かろうじて被災を免れた。十キロ先の給水所に自転車で通うといった生活も限界に達し、福島第一原発に加えて第二原発も不穏な気配を示している三月十四日の正午、県内の空港が一部、運航との事前情報を踏まえ、タクシーで福島空港に移動。三号機爆発の報は、そのタクシーを呼んでいる途中であった。この移動の決断が一時間でも遅れていたならば、三度の脳梗塞による右半身の後遺症に加え、多くの持病を抱えている高齢の義父は、避難所生活を余儀なくされ、命はなかったと思う。しかし移動はしたものの、結局、福島空港での予約はどこも取れず、近辺の郡山市付近での宿泊先も見つからず、夜中に会津若松に到着。義父の切れかけた種々の薬調達のため二泊して、近くとなった新潟空港に向かい、たまたまチケットの取れた大阪便（当初は実家に近い名古屋便を予定）で伊丹空港へ。たまたま空室のあった私学共済のホテルにたどり着いた。そしてホテル側の親切な対応もあって、そのまま一ヶ月近く滞在。ホテル暮らしも義父の腰の状態から限界で、かといって、これ以上の移動もできず、紹介された不動産を介し、義父の通院の便を最優先して、現在の住居に落ち着くに至った。

無理な要求に的確なアドバイスと誠意で答えたくれたタクシーの運転手の方々、福島空港での長蛇の列に手車を探してくれたお子様連れの若い御婦人、暖かな心遣いでもてなしてくれた大阪ガーデンホテル、そのレストラン「花綴」「シーズン」や「丸善宝飾」の皆様等――幾つかの偶然と、多くの人の親切に支えられて、現在の生活が手に入った思いである。特に義父は、最も不安のあった心臓の専門医を主治医として、これまでにない治療を受け、長寿を保っている。しかし、代償も大きかった。大学は五月に再開されたが、背に満杯のリュックサック、両肩・両腕にも大きな手荷物の長距離移動は、予想以上に心身に疲労を与え、体調を崩し、年内、休職となった。カリキュラムの都合上、翌年三月復帰の確約を夏休み明けまでに返答する期限を迎え、思案の末、昨年三月、早期退職の決断に至った。

通院と薬の服用で治療に専心する日々の中、心の支えとなったのは、残された研究の完遂であった。これまで当然のように享受していた、過分な研究費と研究室が与えられ、大学図書館で直ぐに調べられる恵まれた環境とは一変しての執筆は、当初、不可能と思われたが、幸い、資料収集と大まかな結論・章立ての段階は在職中に終え、執筆も八割以上は済ませていた。テーマ毎にまとめられていた論文等のファイル資料も次第に手元に届き、最低限の条件のもと、一日のうち、最も調子のよい時間を見計らって、書きかけの原稿から一字・一行でも前に進む姿勢を貫いた。そうした甲斐もあってか、病気も回復の傾向に向かい、今年の初め、主治医より全癒の診断を頂戴した。もし、真の集大成となる本書刊行という明確な目標がなかったならば、到底、日常性の深い喪失感、環境の激変に堪えられなかったであろう。

今回の震災で、一期一会の本当の意味を知らされ、自己の卑小さも痛感した。そうした中、仙台の御自宅が被災されて、大変な状況下、励ましの御手紙を頂戴した恩師菊田茂男先生、賀状の御返事にて御心配下さった鈴木則郎先生、御奥様の献身的な御介護のもと、不屈の精神でリハビリに励んでおられる東京の井上英明先生の御報には、敬服し、随分と勇気づけられた。奈良の藤田菖畔先生の御厚情も忘れがたい。また、いわき明星大学、及び明星学苑本部の方々には、親身に相談に乗って頂いた上、丁寧に応対して頂いた。本書に至る研究も、いわき明星大学奉職の四半世紀なくしては、ありえない。

本書の考察は、奇しくも『源氏物語』千年紀の年に始まり、五十四帖完結と筆者が推定する年に終わった。これも紫式部との深い縁に繋がれていた証ではと、感謝の思いで一杯である。四半世紀に及ぶこの研究も、千年読み継がれた『源氏物語』を、さらなる千年のためにという願いから始まった。しかし「天長く地久しくも時あれば尽く」（『長恨歌』）――『源氏物語』と言えども、必ず終焉の時は訪れる。パンドラの箱を開け、未来社会に突入した観のある人類は、千年先は疎か五十年先さえ保障の限りでない。そうした時代における希望の光は、いつの時代でもそうであったように、一瞬の中に永遠の輝きを垣間見させてくれる芸術体験にある。紫式部が如何に『源氏物語』を着想・執筆したかを解き明かすことは、時空を越えて『源氏物語』から得る感動を一層、深めてくれる。本書が、その一助となれば幸いである。

最後に、厳しい出版事情の中、本書の刊行を快く承諾して頂いた笠間書院の皆様、及び、その縁を与えて下さった泉下の安井久善先生に心より御礼申し上げたい。

平成二十五年三月吉日

斎藤正昭

■著者略歴

斎藤正昭（さいとう　まさあき）
1955年　静岡県生まれ。
1987年　東北大学大学院博士課程国文学専攻単位取得退学。
元　いわき明星大学人文学部教授。
著　書『源氏物語　展開の方法』（笠間書院、1995年）
〈私学研修福祉会研究成果刊行助成金図書〉
『源氏物語　成立研究―執筆順序と執筆時期―』（笠間書院、2001年）
『紫式部伝―源氏物語はいつ、いかにして書かれたか』（笠間書院、2005年）

源氏物語の誕生―披露の場と季節

2013年6月5日　　初版第1刷発行

著者　斎藤正昭

発行者　池田つや子

発行所　有限会社　笠間書院
東京都千代田区猿楽町2-2-3〔〒101-0064〕
電話 03-3295-1331　Fax03-3294-0996

NDC分類：913.36

ISBN978-4-305-70697-3
モリモト印刷
（本文用紙・中性紙使用）

出版目録は上記住所または下記まで。
http://www.kasamashoin.co.jp

主要事項索引

〔凡例〕
一、五十音順に配列した。
二、書名、作品名は「　」で表記した。
三、物語の巻名は省いた。

【あ行】

【か行】

【さ行】

【た行】

【な行】

人名索引

（＊は、物語作中人物）

〔凡例〕

一、五十音順に配列した。

二、光源氏は省いた。

【あ行】

【か行】

【さ行】

【た行】

【な行】

【は行】

【ま行】

【や行】

【ら行】

【わ行】